LOVE RESTORED - GEHEILTE LIEBE

Die Gallagher-Brüder, Buch 1

CARRIE ANN RYAN

Love Restored - Geheilte Liebe

DIE GALLAGHER-BRÜDER, BUCH 1

von
Carrie Ann Ryan

Englischer Originaltitel: »Love Restored (Gallagher Brothers
Book 1)«
Deutsche Übersetzung: Sebastian Kubla für Daniela Mansfield
Translations 2021

eBook:
ISBN: 978-1-63695-118-8

Taschenbuch:
ISBN: 978-1-63695-119-5

Besuchen Sie Carrie Ann im Netz!
carrieannryan.com/country/germany/
www.facebook.com/CarrieAnnRyandeutsch/
twitter.com/CarrieAnnRyan
www.instagram.com/carrieannryanauthor/

Montgomery Ink Reihe:
Delicate Ink – Tattoos und Überraschungen (Buch 1)
Tempting Boundaries – Tattoos und Grenzen
(Buch 2)
Harder than Words – Tattoos und harte Worte
(Buch 3)
Written in Ink – Tattoos und Erzählungen (Buch 4)
Ink Enduring – Tattoos und Leid (Buch 5)
Ink Exposed – Tattoos und Genesung (Buch 6)

Novellas:
Ink Inspired - Tattoos und Inspiration (Buch 0.5)
Ink Reunited – Wieder vereint (Buch 0.6)
Forever Ink - Tattoos und für immer (Buch 1.5)
Hidden Ink – Tattoos und Geheimnisse (Buch 4.5)

Love Restored - Geheilte Liebe

Im ersten Teil dieses Ablegers der Montgomery Ink Reihe der *New York Times* Bestsellerautorin Carrie Ann Ryan erfährt ein gebrochener Mann, was es bedeutet, ganz unvorhergesehen mit einer Frau eine zweite Chance zu bekommen.

Graham Gallagher hat schon vieles erlebt. Und als das Schicksal zuschlug, hat er alles verloren. Er ist das Rückgrat seiner Brüder, derjenige, auf den sich alle sowohl privat als auch beruflich verlassen. Und wenn es darum geht, sich zu verlieben und ein Leben zu erschaffen, weiß er, wie es ist, alles zu erreichen und zusehen zu müssen, wie es in sich zusammenfällt. Er hat genug davon, nach einem anderen Menschen zu suchen, der sein Bett wärmt, doch ganz offensichtlich hat er seine Lektion nicht gelernt, denn die neue

Piercerin bei Montgomery Ink übt einen Reiz auf ihn aus wie noch keine andere zuvor.

Blake Brennen wurde vielleicht in reiche Verhältnisse geboren, doch in der Welt von Tattoos, Piercings und Freiheit hat sie für sich selbst ein ganz neues Dasein geschaffen. Doch leider sind die Fesseln, von denen sie dachte, sie schon vor langer Zeit durchtrennt zu haben, immer noch vorhanden. Als sie wiederholt Graham über den Weg läuft, wird ihr schnell klar, dass er der Falsche für sie ist. Nur dass sie sehr gut darin ist, falsche Entscheidungen zu treffen, und Graham ist möglicherweise doch die ultimative Herausforderung für das Mädchen, das sie einst war.

Kapitel Eins

GRAHAM GALLAGHER HATTE sich noch nie so sehr nach einer Zigarette gesehnt wie in diesem Moment. Es spielte keine Rolle, dass er vor über fünfzehn Jahren über Nacht mit dem Rauchen aufgehört und seitdem keine mehr in die Hand genommen hatte. Er wollte einfach nur eine verdammte Kippe.

Streichen Sie das.

Er wollte eine verdammte Zigarette, ein Bier und eine willige Frau unter ihm, während er sie fickte, bis sie beide erschöpft waren.

Und nicht unbedingt in dieser Reihenfolge.

Nicht dass er in nächster Zeit etwas davon bekommen würde. Mit diesem neuen Job, dem alten, den sie noch nicht ganz abgeschlossen hatten, und dem restlichen Mist in seinem Leben war er sich nicht sicher, ob er überhaupt Zeit für ein Bier haben würde.

Und wenn man bedachte, dass es schon über ein halbes Jahr her war, dass er eine Frau gehabt hatte, war er sich ziemlich sicher, dass er in nächster Zeit keinen Sex bekommen würde. Er und seine rechte Hand hatten für den Moment eine ganz nette Beziehung, und wenn es wirklich nötig wurde, sprang die linke auch mal ein.

Mein Gott, er brauchte einen Kaffee oder etwas anderes, wenn er darüber nachdachte, wie seine linke Hand etwas anderes in seinem Leben tun würde.

Er zog sein dunkles Haar aus dem Gummiband und schnitt eine Grimasse, als er sich beim Durchfahren mit der Hand ein paar Kletten einfing. Er war sich nicht sicher, ob er es an diesem Morgen gebürstet hatte; stattdessen hatte er es einfach zu einem Zopf am Hinterkopf hochgesteckt, sobald er aus der Dusche gekommen war. *Wenigstens habe ich geduscht*, dachte er. In Anbetracht der Tatsache, dass er die Nacht zuvor beschissen geschlafen hatte, war eine Dusche nach schweißtriefenden Träumen nötig gewesen. Schnell fuhr er sich noch ein paarmal mit der Hand durch die Haare, wobei er die meisten Kletten herausbekam, und zog es dann wieder zurück, bevor der Besitzer ihres neuen Projekts auftauchte und schockiert wäre.

Graham seufzte und fuhr sich mit der Hand über den Bart, um ihn zu glätten. Da er über sein Kinn hinausgewachsen war und fast seine Brust berührte, wenn er den Kopf senkte, sah er für manche schon wie ein Krimineller aus. Wenn man dann noch die Tätowierungen, die seinen Körper bedeckten, und die Piercings, die nur diejenigen in seinem Bett sehen konnten, hinzufügte, entsprach er nicht dem Idealbild des Geschäftsmannes, den seine Kunden erwarten würden.

Nicht dass er nur ein Geschäftsinhaber gewesen wäre. Er und zwei seiner Brüder besaßen, betrieben und schwitzten für Gallagher Brothers Restoration. Sie säuberten und restaurierten alte Häuser und Gebäude, die entweder bereits denkmalgeschützte Gebäude waren oder kurz davor standen, es zu werden. Es war nicht die einfachste Arbeit der Welt, da Colorado im Vergleich zu den östlichen Staaten ein relativ junger Staat war. Vereinfacht gesagt waren die Gebäude in Denver nicht so alt wie dort, wo sich die ersten Kolonisten niedergelassen hatten, wie zum Beispiel in Delaware, Pennsylvania oder den Carolinas. Aber während der letzten zehn Jahre hatte es ihm, Owen und Murphy nie an Arbeit gefehlt. Ihr anderer Bruder Jake arbeitete auch manchmal mit ihnen zusammen, obwohl er als Künstler seinen eigenen Beruf hatte und sich nie hatte einmischen wollen.

Graham hatte immer versucht, das zu ändern, hatte immer versucht, dafür zu sorgen, dass jeder miteinbezogen wird.

Er seufzte. Eine der Nebenwirkungen, der älteste Bruder zu sein, war offenbar ein Magengeschwür, da er sich so verdammt viele Sorgen um seine Familie machte. Und jetzt stand er mitten in einer Monstrosität von einem Herrenhaus und war nicht in der Stimmung, sich mit den rechtlichen Aspekten und den Konventionen zu befassen, die mit diesem speziellen Job einhergingen.

Deshalb brauchte er die Zigarette, das Bier und die willige Frau.

»Lass mich raten, du bist aufgewacht, hast geduscht und die sauberste Jeans angezogen, die du besitzt, hast dir aber nicht die Mühe gemacht, eine Tasse Kaffee zu machen. Ich meine, warum solltest du, wenn du denkst, ich bringe dir welchen.«

Graham drehte sich beim Klang von Owens Stimme um und zuckte mit den Schultern. »Du bringst mir immer Kaffee. Warum sollte ich welchen machen? Vor allem, wenn ich sowieso schon spät dran war.« Er schnappte sich den besagten Kaffee mit dem »G« auf der Seite, nahm einen Schluck und sein Körper entspannte sich bei dem Geschmack des braunen Lebenselixiers.

Bei diesem Gedanken nahm er einen weiteren Schluck, diesmal einen etwas größeren. Wenn er wie Murphy an Elixiere dachte, brauchte er vielleicht mehr Koffein, als ihm bewusst war.

»Wenn du deinen Wecker auf eine vernünftige Uhrzeit einstellen würdest, würdest du auch nicht zu spät dran sein. Es ist erstaunlich, was mit deinem Tag passiert, wenn du dir einen Zeitplan erstellst und ihn auch einhältst.« Owen stellte den letzten Becher ab, auf dem ein großes »M« für Murphy stand, und nahm einen Schluck aus seinem eigenen Becher, auf dem das große »O« in Owens perfekter Blockschrift stand.

Im Ernst, wenn sein Bruder nicht so gut mit seinen Händen wäre, wenn es um die Restaurierung von Gebäuden ging, und sich nicht um den ganzen Papierkram kümmern würde, der Graham Kopfschmerzen bereitete, würde er den Kerl hassen. Außerdem sprach Owen mit den anderen Bauunternehmern und den Leuten, denen das Grundstück gehörte, auf dem sie arbeiteten. Da Graham es generell nicht besonders mochte, mit Menschen zu reden, war er verdammt froh, dass Owen sich darum kümmerte.

Während Graham das sauberste und hellste T-Shirt, das er besaß, über eine Jeans gezogen hatte, trug Owen ein geknöpftes Hemd über einer gebügelten Jeans. Ja, er hatte einen leichten Bart, aber den hatte er an diesem Morgen gestutzt, und er hatte sogar eine Art Schaum oder Gel in den Haaren. Da Graham das Zeug noch nie benutzt hatte, war er sich nicht sicher, welches es war. Außerdem hatte er das Gefühl, wenn Owen nicht vorgehabt hätte, sich schon zu Beginn des Jobs schmutzig zu machen, hätte er eine Anzughose statt einer Jeans getragen, und wahrscheinlich sogar eine Krawatte dazu.

Graham hatte seinen Bruder und dessen Bedürfnis, immer vorzeigbar auszusehen, nie verstanden.

Aber das ist es, was Owen zu Owen und Graham zu Graham machte.

»Ich habe nicht gut geschlafen«, murmelte er. »Außerdem ist es der erste Tag in einem neuen Job, den ich eigentlich gar nicht will, also ja, ich bin ein bisschen daneben. Sobald ich einen Hammer in der Hand habe, wird es mir besser gehen.«

Owen musterte Grahams Augen und fluchte leise vor sich hin. »Scheiße, ich habe gar nicht daran gedacht, welchen Monat wir haben.« Er hielt inne, als würde er versuchen, sich etwas einfallen zu lassen, um alles besser zu machen. Doch nichts würde es besser machen, also sollte sein Bruder besser aufhören, es zu versuchen.

Graham streckte eine Hand aus und schüttelte den Kopf. »Mach dir keine Sorgen. Ich werde es überstehen. Das tue ich immer«, log er.

Denn er hatte es nie überstanden; hatte es nie aus dem Kopf bekommen. Aber er bemühte sich, verdrängte es, wenn es nötig war, und hatte eine Möglichkeit zu leben gefunden, als das Sterben fast die bessere Wahl gewesen wäre.

Verdammt, er brauchte mehr Kaffee als das hier, sollten seine Gedanken in diese Richtung abschweifen. »Wann kommt Murphy hierher?«, fragte er und versuchte, unauffällig das Thema zu wechseln. Dem

Blick in Owens Augen nach zu urteilen war er nicht unauffällig genug gewesen.

Zum Glück ließ Owen sich darauf ein und drängte nicht. Das war es, was er an seinen Brüdern liebte; sie drängten ihn nicht, es sei denn, er brauchte es. Und selbst dann taten sie ihr Bestes, um nicht zu nerven. Er wusste, dass er genauso war, wenn es um ihre Dämonen ging, und das war es, was sie zu Gallaghers machte.

Sie waren alleine durch die Hölle gegangen und hatten sich zusammengerauft, als die einzige andere Option das Aufgeben gewesen war.

Und für einen Gallagher gab es so etwas nicht. Ein Gallagher gab nicht auf.

»Murphy hätte eigentlich vor ein paar Minuten hier sein sollen, also wird er wohl in etwa zehn Minuten hier eintreffen«, sagte Owen grinsend.

»Das habe ich gehört, Arschloch«, sagte Murphy, als er herbeischlenderte. Ihr jüngerer Bruder hatte sich zumindest die Haare gekämmt, aber ansonsten sah er aus wie eine etwas kleinere Version von Graham. Er trug auch sein Haar außerdem offen, sodass es leicht über seine Schultern strich, und da er seinen Bart vor etwa einem Monat komplett abrasiert hatte, war er noch nicht ganz nachgewachsen.

Wäre Jake mit seinem struppigen Bart und den unordentlichen Haaren dabei gewesen, hätten die vier wahrscheinlich so ausgesehen, als müssten sie irgendwo eingesperrt werden – zu nichts nutze und verantwortungslos. Aber Aussehen ist nicht alles, und obwohl sie tätowiert und gepierct waren und nicht gerade adrett auftraten, waren sie auf dem besten Weg, aus Gallagher Brothers Restoration mehr zu machen als das kleine, aber profitable Unternehmen, das es war.

Owen zeigte Murphy den Mittelfinger und reichte ihm seinen Kaffee. »Ich weiß, dass du es gehört hast. Ich habe es laut genug gesagt, damit du es hörst. Es ist erstaunlich, was passiert, wenn man aufmerksam ist.«

Für diese Bemerkung zeigte Graham Owen ebenfalls den Mittelfinger. Er schaute zwischen seinen Brüdern und dem alten Herrenhaus hin und her, das schon viel zu lange nicht mehr gepflegt worden war. Es brauchte eine Generalüberholung, damit es für jeden, der dort in Zukunft leben wollte, sicher war und auch dem Jahrhundert entsprach, in dem es gebaut worden war, damit es auf der Liste der denkmalgeschützten Gebäude bleiben konnte.

Es war schwierig, damit zu arbeiten, und wenn es irgendein anderes Haus mit einer anderen Hintergrundgeschichte gewesen wäre, hätte Graham als Erster daran gearbeitet.

Jetzt aber wollte er nichts mehr damit zu tun haben.

»Wir nehmen den Job nicht an«, sagte Graham mit einem Knurren.

Es war ein alter Streit. Einer, den er noch nicht gewonnen hatte. Da sie die endgültigen Papiere noch nicht unterschrieben hatten, konnten sie immer noch einen Rückzieher machen und einen Job annehmen, bei dem sein Gehirn nicht schmerzte und seine Hände nicht zuckten. Die Erbin und derzeitige Besitzerin des Grundstücks würde bald da sein, um die letzten Details durchzugehen, und weil das Haus wegen verschiedener Dinge in einen Rechtsstreit verwickelt war, hatten sie sie noch nicht getroffen.

Er war nicht in der Stimmung, sich mit einer verwöhnten Prinzessin herumzuschlagen, die sich nicht um das Haus kümmern wollte, in dem sie aufgewachsen war.

»Wir nehmen den Job«, sagte Owen, diesmal ohne seine gewohnte Geduld.

Wie üblich hielt Murphy sich zurück und ließ Graham und Owen es ausfechten. Graham war sich nicht sicher, auf welcher Seite Murphy stand, aber er hatte das Gefühl, dass es nicht seine war.

Verdammt noch mal.

»Wir werden den Job nicht annehmen«, wiederholte Graham.

»Wir nehmen den Job«, erwiderte Owen sofort.

»Nein, tun wir nicht.«

»Wir brauchen ihn«, sagte Owen und Frustration lag in seiner Stimme. »Dies ist unser großer Durchbruch. Wir können Gallagher Brothers zu einem Namen in der Branche machen. Wir werden in die Fußstapfen von Montgomery Inc. treten. Ein Vermächtnis in unserem Bereich, bei dem wir uns keine Sorgen machen müssen, Jobs zu finden, weil sie uns finden werden. Wir werden sicher sein. Sicher.«

»Nicht mit diesem Job, Owen. Ich bin der älteste Gallagher. Der Boss. Was ich sage, wird gemacht.«

Murphy und Owen tauschten einen Blick aus und Graham seufzte, weil er wusste, dass cr verloren hatte, noch bevor er den ersten Schluck Kaffee getrunken hatte.

Sie würden diesen verdammten Job übernehmen.

»Schön«, knurrte er. »Wie auch immer.« Er leerte den Rest seines Kaffees und warf den Becher in den Müllsack, den Owen ihm hinhielt. Ernsthaft, der Mann dachte an alles.

»Wollen wir uns umsehen, bevor sie auftaucht?«, fragte Murphy mit einem kleinen Lächeln. »Ich meine, wenn wir den Job annehmen müssen, können wir genauso gut herausfinden, womit wir es zu tun haben.«

»Das haben wir schon«, sagte Graham. »Und du hast monatelang über den Plänen gebrütet, Mr. Architekt.«

Murphy war der leitende Architekt der Firma, obwohl sie alle drei an den Plänen arbeiteten. Owen war ihr Manager, derjenige, der sie organisierte und bei Verstand hielt. Graham war der Vorarbeiter, der für die Bauarbeiten zuständig war und den Rest der Mannschaft herumkommandierte, um dafür zu sorgen, dass alle wussten, was sie taten. Wenn Jake sich ihnen bei Projekten anschloss, erledigte er die klassischen Restaurierungen und Holzarbeiten, für die keiner der anderen das Talent oder die Fähigkeiten besaß. Es funktionierte für die vier, auch wenn die tägliche Arbeit mit seinen Brüdern manchmal ein bisschen viel war. Aber sie hielten ihn bei der Stange, und das musste doch etwas bedeuten. Besonders in diesem Monat.

Murphy zuckte mit den Schultern. »Ja, aber es ist ein bisschen anders, wenn wir kurz davor stehen, die Papiere zu unterschreiben. Kommt, wir können uns alles frisch ins Gedächtnis zurückrufen.«

»Er hat recht, weißt du. Wir sollten zumindest einen Rundgang machen, bevor sie auftaucht, falls es irgendwelche Probleme gibt, die wir in der ursprünglichen Dokumentation nicht vermerkt haben.«

Graham stieß einen Atemzug aus, folgte aber seinen Brüdern, als sie sich auf den Weg durch die große Villa machten, die schon weitaus bessere Tage gesehen hatte.

»Als hättest du dir irgendetwas entgehen lassen«, sagte er mit einem kleinen Lächeln zu Owen.

Owen rollte mit den Augen. »Ich kann nichts dafür, dass ich perfekt bin, weißt du. Es ist sowohl ein Fluch als auch eine Gabe.«

Graham schlug seinem Bruder auf den Arm, um die Dinge etwas anzuheizen und um Owen auf Trab zu halten. Graham mochte auf die vierzig zugehen, aber er war nicht im Begriff, in nächster Zeit vollständig erwachsen zu werden. Außerdem waren

Owen und Murphy näher an dreißig als er selbst, und er musste dafür sorgen, dass seine kleinen Brüder wussten, wer in dieser Firma und in dieser Familie eigentlich das Sagen hatte.

Owen holte aus, um ihn zurückzuschlagen, und Graham duckte sich und lief in Murphy hinein, der ihn in Owens Schulter stieß. Dann lachte Graham, ein tiefer Laut, der ihn überraschte. Er hatte nicht gedacht, dass er in diesem Monat lachen würde, und er sei verdammt, wenn er seine Brüder nicht viel mehr dafür respektierte, dass sie ihn im Jetzt hielten und nicht immer in der Vergangenheit verweilen ließen.

Als sie sich dem anderen Eingang näherten, stieß er einen Fluch aus. Wenn überhaupt, dann sahen die rissige Farbe und die Tapete sowie die morschen Balken noch schlimmer aus als zuvor. Hätten sie nicht schon alles abgesucht, um sich davon zu überzeugen, dass es sicher war, überhaupt unter diesem verdammten Dach zu stehen, wäre er nicht einmal hier drinnen. Wenn er in einer anderen Stimmung gewesen wäre und wenn es sich um ein anderes Haus ohne die damit verbundenen Bedingungen gehandelt hätte, hätte er sich vielleicht mehr über die Aussicht gefreut, an der Restaurierung teilzunehmen.

Dieses Gebäude hatte ein gutes Fundament, das musste er ihm lassen, aber das war es auch schon. Und obwohl ein gutes Fundament der Grund war, warum er diesen Job machte und ihn liebte – zumindest normalerweise –, wollte er manchmal jemanden dafür verprügeln, dass er ein Haus so verkommen ließ. Ja, in diesem Fall wäre er seinen Job los, aber zu sehen, wie etwas, das einmal so großartig und kompliziert gewesen war, so endete wie dieses Gebäude, tat weh.

Häuser brauchten Pflege, doch die meiste Zeit waren die Menschen faul und taten es nicht.

»Man sollte meinen, dass eine Familie mit so viel Geld ein bisschen besser auf ihren Scheiß aufpassen würde«, brummte Graham.

»Gut zu wissen, was für eine Einstellung Sie bei der Arbeit an den Tag legen werden«, sagte eine temperamentvolle Stimme hinter ihm.

Owen murmelte einen Fluch, während Murphys Augen sich weiteten. Graham spannte seinen Kiefer an. Na toll. Die kleine Erbin war endlich da, und jetzt musste er sich mit dem Mist auseinandersetzen, den sie mitgebracht hatte.

Er drehte sich auf dem Absatz um und rollte dabei die Schultern zurück. Der Schock, den er beim ersten Blick auf sie verspürte, war ein elektrischer Schlag.

Scheiße, sollten Erbinnen in einem eleganten Rock so gut aussehen?

Natürlich sollten sie das, dachte er bei sich. Sie gaben ihr ganzes Geld für ihre Kleidung und was auch immer sie brauchten aus, um so auszusehen, wie sie es taten, anstatt sich um die wichtigen Dinge in ihrem

Besitz zu kümmern, wie das Haus, in dem sie einst gelebt hatten. Gott bewahre diese Frau davor, sich die Hände schmutzig zu machen, um den Schlamassel aufzuräumen, den die Leute, die hier wohnten, hinterlassen hatten.

Ihr langes braunes Haar hatte helle Strähnchen, wie blond und kastanienbraun, obwohl sie es im Nacken zu einem engen Dutt zurückgebunden hatte, sodass er nicht sehen konnte, wie lang es war.

Ihre Augen waren groß, aber nicht zu groß für ihr Gesicht, und hatten diesen honigbraunen Farbton, der so aussah, als würde er bei unterschiedlicher Beleuchtung die Farbe ändern. Ihre Wangenknochen waren markant, aber nicht auf die unterernährte Art und Weise, wie bei einer der Frauen auf der letzten Baustelle. Sie trug einen hellbraunen Blazer mit silbernen Knöpfen über einer cremefarbenen Bluse und einen sehr engen Rock, der zur Jacke passte.

Wenn er nicht schon in einer schlechten Stimmung gewesen wäre, hätte er vielleicht sehen wollen, wie weit der Rock an ihren Beinen hochrutschen würde, während er sie fickte. Besonders mit diesen hohen Absätzen, die sie trug und die an den Knöcheln kleine Riemen hatten, um sie an Ort und Stelle zu halten.

Und das war ein Gedankengang, den er jetzt beenden musste. Er kannte diese Frau nicht und während seine Leistengegend vielleicht eine Idee hatte, musste sich sein Gehirn auf die Tatsache konzentrieren, dass *jemand* dieses Haus jahrelang vernachlässigt hatte. Ja, es war vielleicht nicht unbedingt ihre Schuld, aber sie war hier und er brauchte jemanden, dem er die Schuld geben konnte.

Es machte ihn zu einem Arschloch, aber offen gesagt hatte er nicht genügend Kaffee in seinem Körper, um *keines* zu sein. Und dazu kam, dass er in diesem Monat lieber nicht daran denken wollte …

Sie hatte Glück, dass er nicht gleich rausging und »scheiß drauf« zu dem ganzen Projekt sagte.

Owen räusperte sich neben ihm und Graham hielt ein Stöhnen zurück. *Das* war der Grund, warum er nicht die Möglichkeit hatte zu gehen und warum er wahrscheinlich kein Arsch sein sollte, wenn es um diese Frau ging.

Aber irgendetwas an ihr stieß ihn ab und offenbar konnte er den Mund nicht halten.

»Wenn Ihnen meine Einstellung nicht gefällt, können Sie ja gehen, Prinzessin.« Owen und Murphy stöhnten beide vor sich hin. Verdammt, warum benahm er sich wie ein Kleinkind, das sich den Zeh gestoßen hatte? Er musste sich verdammt noch mal zusammenreißen.

Die Frau verengte die Augen, bevor sie zu Owen blickte. »Sie sind derjenige, der entsprechend angezogen ist, also nehme ich an, Sie haben das Sagen?« Sie sah Graham absichtlich nicht an und er konnte es ihr nicht verübeln, auch wenn es ihn ärgerte.

Owen bewegte sich vorwärts, schob dabei

Graham aus dem Weg und hielt ihr die Hand hin. »Owen Gallagher. Ich bin der in den Akten aufgeführte Bauleiter und habe mit demjenigen gesprochen, der, wie ich annehme, Ihr Nachlassverwalter ist. Das sind meine Brüder, Murphy und Graham. Ihnen gehört die Firma zusammen mit mir, aber in Zukunft werden Sie nur noch mit mir sprechen müssen.« Er legte den Gallagher-Charme an den Tag, den Graham heute komplett ignoriert hatte.

»Blake Brennen.« Sie nahm Owens Hand, schüttelte sie kurz und ließ sie dann wieder los. Sie nickte Murphy zu, bevor sie sich an Graham wandte. »Wenn Sie ein Problem damit haben, hier zu arbeiten, dann gehen Sie. Ich bin nur hier, weil ich als Testamentsvollstreckerin aufgeführt bin und weil das Testament diese Restaurierung verlangt. Ich habe keine Möglichkeiten mehr. Es ist mir wirklich egal, ob Sie ein Problem mit mir haben, aber *ich* werde ein Problem haben, wenn Sie deswegen Fehler bei der Arbeit machen.«

Grahams Augenbrauen hoben sich, Respekt und Neugier auf die Frau vor ihm erfüllten ihn. Die Tatsache, dass sie anscheinend genauso wenig hier sein wollte wie er selbst, faszinierte ihn.

»Wir sind hier, weil dieses Haus Hilfe braucht«, sagte Owen sanft. Auf ihr Schnauben hin verzog Graham die Lippen. »Es stimmt, und Sie wissen es. Ich kenne nicht die ganze Geschichte dieses Gebäudes außer dem, was in den Dokumenten steht, die ich habe, aber ich weiß, dass es ein Herz hat.«

Blakes Blick verhärtete sich. »Vielleicht hatte es das einmal, aber jetzt nicht mehr.«

Interessant.

Owen räusperte sich, aber es war Graham, der als Nächster sprach. »Das Haus ist wirklich verkommen, aber wir kriegen das wieder hin.« Er hielt inne und ließ sich von ihr mustern. Er konnte nicht anders, als diesen Teil zu mögen, auch wenn er *sie* auf den ersten Blick nicht mochte. »Das ist es, was wir tun. Wir sind Gallaghers.«

Sie neigte den Kopf und als er sie betrachtete, glaubte er, in ihrem Blick etwas zu erkennen, das ihn ansprach. Aber er musste sich irren. Denn er hatte sich bereits eingeredet, dass er sie nicht mochte. Sie war genau wie Candice. Zu gut für ihn und zu gut für alles in seinem Leben.

Er hatte das erlebt. Hatte es geheiratet. Er war fertig damit.

»Ich kenne die Gallaghers nicht, tut mir leid«, sagte sie schließlich. »Wenn ich das Sagen hätte, würde ich die Montgomerys mit diesem Projekt betrauen, aber anscheinend haben sie es an Sie weitergegeben.«

Das stimmte nicht ganz, wenn man bedachte, dass dies das war, womit die Gallaghers sich beschäftigten, und die Montgomerys wussten das. Die Tatsache, dass Jake eine Montgomery heiratete, war nur ein Teil der

Gleichung, aber er wusste nicht, was diese Blake alles wusste.

»Wie auch immer«, sagte Blake plötzlich und hob ihr Kinn. »Wo muss ich unterschreiben? Sobald das erledigt ist, sind Sie mich los. Ehrlich gesagt glaube ich nicht, dass ich zurückkommen werde. Viel Glück mit diesem Haus.«

Verdammt, auf einmal war sie wieder ganz interessant.

Owen ging auf sie zu und nahm einige Papiere aus seiner Tasche. »Ich habe alles hier. Lassen Sie uns zu meinem Wagen gehen, wenn das für Sie in Ordnung ist. So können wir alles durchgehen.« Er sah über seine Schulter zu Graham, verengte die Augen und nahm Blake sanft am Ellbogen, als sie das Gebäude verließen.

Als Blake sich vorsichtig von Owens Berührung entfernte, tat Graham sein Bestes, um nicht glücklich darüber zu sein, dass sein Bruder sie nicht mehr anfasste. Zum Teufel, sein Schwanz musste sich zusammenreißen, denn er wollte diese Frau *nicht*. Er brauchte sie nicht in ihrem engen Rock, mit ihrem schicken Geld und all dem Drama, das damit einherging.

Sie hatte gesagt, dass sie nicht zurückkommen würde, und er konnte nicht anders, als dankbar dafür zu sein. Er wollte sich nicht mit dem beschäftigen, was auch immer in ihrem Leben vor sich ging, oder mit der Tatsache, dass sein Schwanz nicht anders konnte, als stramm zu stehen, wenn sie in der Nähe war.

Sobald Owen und Blake außer Hörweite waren, schlug Murphy, der bis jetzt verdächtig ruhig gewesen war, Graham auf die Schulter. Fest.

»Was soll der Scheiß, Mann?« Graham presste die Zähne aufeinander, während er sich die Schulter rieb. Sein kleiner Bruder mochte wegen des Giftes in seinen Adern und in seinem Körper verdammt dürr gewesen sein, als er aufwuchs, aber jetzt war er verdammt stark.

»Ich sollte dir die gleiche Frage stellen«, fauchte Murphy. »Ich habe noch nie erlebt, dass du dich einer Frau gegenüber so verhältst, und ich will verdammt sein, wenn du es noch einmal tust. Ich meine, ernst-haft, Graham, was zum Teufel ist los mit dir? Mom würde dir für so etwas eine Ohrfeige geben oder dich verprügeln. Blake hatte noch nicht mal ein Wort gesagt und du hast sie schon wie den letzten Dreck behandelt.«

Graham fühlte Hitze in seinem Nacken aufsteigen und er zuckte zusammen. Scham erfüllte ihn, obwohl er sein Bestes tat, um sie zu verdrängen.

»Sie hat mich einfach auf dem falschen Fuß erwischt.«

»Und?«, fragte Murphy. »Nur weil du sie aus Gründen nicht magst, die nur Gott und dein schwanzgesteuertes Gehirn kennen, heißt das nicht, dass du so mit einer Frau reden kannst. Zum Teufel, du solltest vor allem nicht so mit jemandem reden, für den wir technisch gesehen *arbeiten*.«

»Technisch gesehen arbeiten wir für das Anwesen«, murmelte Graham.

»Wer benimmt sich jetzt wie der kleine Bruder?«, spottete Murphy. »Bist du bescheuert oder was? Entschuldige dich gefälligst bei ihr, wenn du sie das nächste Mal siehst. Denn weißt du was? Owen hat nicht nur recht damit, dass dieser Job etwas bedeutet, sondern auch, dass du besser bist als das hier.«

Graham seufzte und fuhr sich mit der Hand übers Gesicht. Schon wieder brauchte er die Zigarette, das Bier und die Frau. Doch als er an die Frau dachte, sah er Blake, und er hielt ein Knurren zurück.

»Sie erinnerte mich an jemanden, und ich ließ es an ihr aus.« Er grunzte. »Ich werde mich entschuldigen.«

»Verdammt richtig, das wirst du«, sagte Owen, als er wieder hereinstürmte. »Übrigens ist sie weg. Also ruf sie vielleicht an und hinterlasse ihr eine Nachricht, um ihr zu sagen, was für ein Arschloch du bist. Weil sie auf keinen Fall hierher zurückkommen wird, obwohl ich nicht weiß, ob das nur an dir liegt. Und an wen zum Teufel erinnert sie dich?« Kaum hatte er das gesagt, schloss er die Augen und fluchte.

Graham seufzte. »Ja. Sie.« Sie alle wussten, wen er damit meinte.

»Jesus, dieser Monat wird ätzend«, murmelte Murphy vor sich hin.

Murphy hatte nicht unrecht. Und ja, Graham war ein Arschloch. Denn egal, wer Blake war, sie war nicht seine Ex-Frau, und das musste er sich klarmachen. Was die Sache jedoch noch schlimmer machte – es hatte ihm während ihrer Ehe gar nichts ausgemacht, dass Candice einen Treuhandfonds zur Verfügung hatte.

Erst als ihre Welt um ihn herum zusammengebrochen war, wurde es zu einem Thema.

Ein Thema, das er gern vergessen würde.

Aber Albträume vergehen nie, und Graham wusste das besser als jeder andere.

Kapitel Zwei

SELBST VIERUNDZWANZIG STUNDEN, nachdem sie das Grundstück betreten hatte, das sie nie wieder sehen wollte, wollte Blake Brennen diesem nervtötend heißen, bärtigen Mann das selbstgefällige Lächeln aus dem Gesicht schlagen. Normalerweise brauchten Arschlöcher ein oder zwei Minuten, um ihr wahres Gesicht zu zeigen, doch dieser Graham Gallagher hatte sich nicht einmal die Mühe gemacht, so lange zu warten.

Es könnte sein, dass sie ein Magnet für diese Idioten war, aber sie wollte gern glauben, dass es nicht an ihr lag; stattdessen verhielten sich diese Typen wie Arschlöcher zu jedem, den sie trafen. Oder in ihrem Fall wie Arschlöcher, bevor sie auch nur ein Wort mit ihr gesprochen hatten, denn Graham hatte sich bereits eine Meinung über sie gebildet – eine völlig falsche dazu –, als sie noch nicht einmal in dem verdammten Raum gewesen war.

Wie auch immer. Sie seufzte. Sie würde ihn oder seinen Blick nicht mehr sehen müssen, weil sie keinen Fuß mehr auf dieses Grundstück setzen würde. Gut, dass sie die schlechten Erinnerungen, den schlechten Geschmack, die kaputten Träume und das kaputte Fundament los war. Und wenn sie mit einem Gallagher über etwas sprechen musste, das mit dem Anwesen zu tun hatte, dann mit dem sympathischen Owen.

Er war kein Arschloch.

Zumindest nicht so offensichtlich.

»Willst du da sitzen und in Selbstmitleid versinken oder wirst du heute tatsächlich arbeiten?«, fragte Maya Montgomery, während sie eine Hüfte an die Seite von Blakes provisorischer Arbeitsstation lehnte. Die Augenbraue der anderen Frau hob sich und der winzige Metallreifen glitzerte unter der Deckenbeleuchtung. »Ich meine, du kannst gern vor deinem ersten Piercing-Termin des Tages einfach nur rumjammern oder du kannst die Kundin bedienen, die an der Rezeption steht und den Umriss eines winzigen Schmetterlings auf ihrer Hüfte haben möchte. Ich dachte, du wolltest Geld verdienen, aber wenn nicht, ist mir das egal.«

Blake schnaubte und stand auf, damit sie ihren Rücken strecken konnte. »Du wirst launisch, Maya«, sagte sie mit einem Lächeln. »Das müssen die Schwangerschaftshormone sein.«

Maya zeigte ihr den Mittelfinger, bevor sie mit einer Hand über ihren noch flachen Bauch fuhr. »Ich bin noch gar nicht so weit, weißt du. Das mit den Hormonen wird noch viel schlimmer.«

Blake lächelte nur und schüttelte den Kopf. »Wenn es das ist, was du dir nachts einreden musst, damit du den Tag überstehst, dann nur zu.«

Maya legte den Kopf schief und musterte die andere Frau. Maya hatte immer ein unheimliches Talent dafür, hinter die Schichten zu sehen, die Blake trug, um sich zu schützen. Und das war etwas, vor dem Blake sich in Acht nehmen musste. »Warum? Weißt du etwas darüber?«

Blake zuckte mit den Schultern und richtete ihre Aufmerksamkeit auf ihr Skizzenbuch vor ihr, während sie ihre Sachen zusammensuchte, um sich um die Kundin zu kümmern. »Ich sehe fern. Ich weiß Dinge.« Das war nicht ganz gelogen, aber da sie Maya und den Rest von Montgomery Ink noch nicht so gut kannte, war es besser, manche Dinge für sich zu behalten.

Sie hatte zuvor auf die harte Tour gelernt, was passierte, wenn sie zu schnell zu offen war. Geld hatte eine eigene Sprache und Menschen betrogen ohne Unterlass, und dann war Blake diejenige, die verletzt wurde und blutend auf dem Boden lag.

Sie schüttelte die Erinnerungen und Sorgen ab,

die in diesem Laden nichts zu suchen hatten, und rollte mit den Schultern.

»Sie will also nur den Umriss eines Schmetterlings und nicht das ganze Ding ausgefüllt haben?« fragte Blake, um das Thema zu wechseln. Dem Blick in Mayas Augen nach zu urteilen war sie nicht besonders subtil gewesen, aber es gab nichts, was sie jetzt tun konnte.

»Nur den Umriss«, antwortete Maya. »Wenn man die Stelle bedenkt, wo sie es haben will, und der Größe nach zu urteilen, die sie mit ihrer Hand angedeutet hat, denke ich, dass das sowieso besser ist. Aber frag sie noch mal, nur für den Fall.«

Blake rollte mit den Augen. »Nein, ich hatte vor, sie an den Haaren hierherzuzerren und ihr ein Tattoo zu verpassen, ohne überhaupt mit ihr zu sprechen. Denn so bin ich nun mal.«

»Zumindest siehst du jetzt aus wie ein Tätowierer und Piercer«, sagte Maya trocken, während sie Blake von oben bis unten musterte. »Willst du mir erzählen, warum du gestern in diesem Banker-Outfit aufgetaucht bist, bevor du dich hinten umgezogen hast? Ich meine, wirklich, ich hätte dich nie für ein Mädchen mit Rock und Absatzschuhen gehalten. Nun, vielleicht die Absätze, aber der Rock? Nicht so sehr.«

Blake versteifte sich. Sie hatte nicht bemerkt, dass Maya sie gesehen hatte, als sie nach dem Verlassen des Anwesens zurück in den Laden geeilt war. Und weil sie eh schon spät dran gewesen war, hatte sie keine Zeit gehabt, irgendwo anzuhalten und sich vor der Arbeit ihre normale Kleidung anzuziehen. So war sie zehn Minuten zu spät gekommen und hätte beinahe einen Piercing-Termin verpasst. Das war so gar nicht ihre Art, aber es war ja nicht so, dass dieser Morgen normal gewesen wäre.

Sie hatte Rock und Blazer angezogen, um sich anzupassen, nicht weil sie es wollte. Es hatte viel zu lange gedauert, bis sie die alte Kleidung gefunden hatte, die sie im hinteren Teil ihres Schranks aufbewahrte. Zum Glück hatte sie nicht so viel zugenommen, seit sie sie zuletzt getragen hatte. Es war etwa ein Jahrzehnt her, aber die Kurven, die sie jetzt hatte, hatten den Rock nur ein wenig unanständig nach oben rutschen lassen.

Sie konnte sich gut daran erinnern, wie Graham den Blick an ihren Beinen hatte hinaufwandern lassen, bevor er auf ihren Schenkeln zur Ruhe gekommen war. Obwohl sie verdammt wütend auf ihn gewesen war, hatte sie sich immer noch vorgestellt, wie sie ihre Beine um seinen Hals schlang, während er sie zum Höhepunkt brachte. Und dann hatte sie sich vorgestellt, wie er sie umdrehte und ihre Hüften packte, während er den Stoff hochschob, um von hinten hart in sie zu stoßen.

Verdammt, sie war nicht mehr diese Frau. Sie war es nicht mehr seit dem Moment, in dem sie den Rock hinten im Schrank versteckt hatte.

Sie hatte das verdammte Ding nur getragen, weil

es wahrscheinlich nicht die beste Idee gewesen wäre, in tief auf den Hüften sitzenden Jeans und einem Trägerhemd aufzutauchen, das den Betrachter dazu aufforderte, ihre Tätowierungen aufreizend zu küssen. Obwohl sie nichts mit dem Anwesen und den Gallagher-Brüdern zu tun haben wollte, sollte sie verdammt sein, wenn sie sich blamierte, indem sie so auftauchte, wie sie war, und nicht mit der Fassade, die ihr all die Jahre geholfen hatte, sich zu verstecken.

Natürlich war sie sich mit einem Blick auf Graham ziemlich sicher, dass diese Schichten — ebenso wie der Rock — abgestreift werden würden, wenn sie nicht vorsichtig wäre.

Sie wünschte, das Testament hätte ihr die Wahl der Firma gelassen, die auf dem Anwesen arbeitete. Sie kannte die Montgomerys und obwohl sie in der Lage gewesen wären, etwas über ihre Vergangenheit herauszufinden, vertraute sie denen in diesem Zweig des Familienunternehmens, dass sie den Mund hielten.

Doch jetzt, wo sie darüber nachdachte, wäre es vielleicht tatsächlich besser, mit den Gallaghers zu arbeiten. Sie kannten sie überhaupt nicht und hatten keine Verbindung zu ihr. Sie würden ihre Angelegenheiten und die Vergangenheit, die sie lieber vor den anderen in ihrem Leben verborgen halten wollte, nicht ausplaudern. Es war allerdings nicht einfach, vor den Leuten im Laden Geheimnisse zu bewahren. Sie neigten dazu, *alles* zu bemerken.

Als sie nach dem Verlassen der Villa in den Laden geeilt war, hatte sie gedacht, dass sie ihren Rock gut genug versteckt hatte, damit niemand sie sehen konnte. Und da es den ganzen Arbeitstag über niemand erwähnt hatte, dachte sie, dass sie ungeschoren davongekommen war.

Offenbar hatte sie sich geirrt.

Maya Montgomery wusste alles, und manchmal sogar schon, bevor es passierte.

Und das war ein beängstigender Gedanke.

»Dir haben meine Beine in diesem Rock nicht gefallen?«, fragte Blake und klimperte mit den Wimpern. »Ich meine, ich fand, sie sahen verdammt heiß aus. Aber wenn du Probleme damit hast, sollte ich mir das mit dem Kleid, das ich morgen eigentlich tragen wollte, vielleicht noch einmal überlegen.«

»Du bist ein Idiot«, brummte Maya. »Warum willst du es mir nicht sagen?«

»Entgegen der landläufigen Meinung musst du nicht alles wissen, was in jedermanns Leben zu jedem Zeitpunkt vor sich geht.«

Maya schnaubte. »Das wird mich nur noch neugieriger machen.«

Das wäre ein Problem, wenn Blake vorhätte, zurück zu dem Anwesen zu gehen. Aber da sie den Papierkram unterschrieben hatte, hatte sie ihre Pflicht getan. Jetzt lag der Rest bei den Anwälten.

»Viel Spaß dabei, aber manchmal ist ein Rock einfach nur ein Rock.«

Maya verengte die Augen.

Blake blinzelte unschuldig zurück.

Maya zeigte ihr den Mittelfinger und Blake tat es ihr mit einem Lächeln gleich. Als Maya lachte und zurück zu ihrer Arbeitsstation schlenderte, lächelte Blake immer noch. Sie mochte die Neue im Laden sein, aber sie konnte bereits jetzt das Zuhause spüren, das sie haben könnte, wenn sie nur lange genug blieb. Dies könnte ihre Familie sein, und aus irgendeinem Grund machte das Blake mehr Angst, als sie erwartet hätte.

Wieder einmal schüttelte sie die Gedanken ab, die sie lieber nicht haben wollte, und machte sich auf den Weg zu dem jüngeren Mädchen, das im vorderen Teil des Ladens stand und einige der Muster betrachtete, die in hübschen Rahmen an den Wänden hingen.

»Hey, ich bin Blake. Ich habe gehört, du willst ein Schmetterlingstattoo?«

Das Mädchen drehte sich um, ihre Augen waren weit aufgerissen, aber es sah nicht nach Angst aus, also musste das schon etwas bedeuten. Blake konnte nicht mehr zählen, wie oft Leute wegen eines neuen Piercings oder Tattoos zu ihr kamen und ausflippten, bevor sie überhaupt auf dem Stuhl Platz genommen hatten. Und ehrlich gesagt war sie froh darüber, denn Tätowierungen waren dauerhaft und Piercings befanden sich nur eine Stufe darunter. Körpermodifikation war nichts, was man auf die leichte Schulter nehmen sollte.

»Das ist richtig«, sagte das Mädchen und winkte ihr ein wenig zu. Blakes Lächeln vertiefte sich, als das Mädchen errötete. »Äh, Entschuldigung. Ich äh, wusste nicht, ob du mir die Hand geben wolltest, also habe ich wie eine Närrin gewunken.« Das Mädchen schloss die Augen und atmete aus, bevor sie die Lider wieder öffnete. »Hi, ich bin Kennedy und ich hätte gern einen Schmetterlingsumriss auf meiner Hüfte.«

»Hi, Kennedy. Darf ich fragen, wie alt du bist?« Sie sah nicht älter als achtzehn aus und obwohl Blake Maya vertraute, Kennedys Alter überprüft zu haben, wollte sie sicher sein.

»Ich bin dreiundzwanzig«, antwortete Kennedy, wobei ihre Röte zum Rot ihrer Haare passte. »Ich weiß, ich sehe nicht so aus, und die ganze Sache mit dem nervösen Erröten hilft nicht wirklich, aber ja, ich bin älter, als ich aussehe.«

Blake stieß einen leisen Pfiff aus. »Das kann man wohl sagen.«

»Ich habe ihr Alter bereits überprüft«, sagte Maya von ihrer Arbeitsstation aus, während sie mit einem Stift in der Hand über einem Notizbuch brütete. »Diese Gene werden dir gute Dienste leisten, wenn du erst einmal in unserem Alter bist«, sagte sie zu Kennedy und Blake runzelte die Stirn.

»So komme ich mir uralt vor«, murmelte Blake.

»Und das alles an einem Tag«, sagte Maya mit einem Lächeln. »Aber wie du gemerkt hast, habe ich *unser* Alter gesagt.«

Kennedy ließ den Blick zwischen Blake und Maya hin und her wandern und ihre Augen weiteten sich noch mehr. »Äh … habe ich etwas verpasst?«

Blake schüttelte den Kopf. »Nein, meine Chefin ärgert mich nur gern.«

»Da ich diejenige bin, die deine Gehaltsschecks unterschreibt, halte ich es für meine Pflicht«, sagte Maya, während sie die Aufmerksamkeit auf ihren Notizblock gerichtet hatte und nicht auf Blake. »Aber ich würde mich an die Arbeit machen, Blake. Du hast bald einen Termin zum Piercen.«

Blake stieß einen Seufzer aus und nickte in Richtung ihrer Arbeitsstation. »Dann fangen wir mal an. Mein Stuhl steht ganz hinten.«

Kennedy folgte ihr schweigend und setzte sich mit im Schoß gefalteten Händen auf den Stuhl in Blakes Arbeitsstation.

»Also«, begann Blake, während sie mit ihrem Skizzenblock in der Hand auf ihrem Hocker saß. »du willst den Umriss eines Schmetterlings auf deiner Hüfte. Hat das eine Bedeutung oder möchtest du das nur, weil es hübsch ist?«

Kennedy lächelte sanft und zog ein Stück Papier aus ihrer Tasche. »Als Kind hatte ich Krebs und war deswegen ein bisschen spät dran mit der ganzen Wachstumsgeschichte. Anstatt mir also eine Raupe stechen zu lassen wie mein altes Ich, möchte ich etwas, das zeigt, dass ich gewachsen bin. Dass ich mich verändert habe. Und ich will es an meiner Hüfte haben, weil es für mich ist.« Sie errötete wieder. »Und, na ja, für die, mit denen ich intim genug bin, dass sie diesen Teil von mir sehen können.«

Blake blinzelte die Tränen zurück. Zum Teufel, das war der Teil des Jobs, den sie sowohl liebte als auch hasste. Manchmal war es okay, wenn Tätowierungen hübsch aussahen, weil man sich in dem Moment so fühlte und nicht die große Bedeutung brauchte, die so viele andere Designs hatten. Doch die Tatsache, dass dies für Kennedy beides sein würde, bedeutete etwas.

»Und ich will es so klein haben, weil es unter einen Badeanzug passen muss, verstehst du?«, fuhr Kennedy fort.

»Dann reicht der Umriss für die Größe aus. Auf diese Weise ist es nicht zu detailliert, sodass man nicht wirklich erkennen kann, was es ist.« Das war das Problem mit vielen kleinen Tattoos. Die Leute wollten keine übermäßig großen Designs, aber sie wollten trotzdem die Art von Details, für die eine bestimmte Größe notwendig war. Es gab natürlich Möglichkeiten, das zu umgehen, aber Blake arbeitete lieber mit dem, was das Tattoo auf jeden Fall besser machte.

»Das war auch mein Gedanke«, sagte Kennedy mit einem strahlenden Lächeln. »Und, na ja, ich möchte, dass es ein Entwurf ist, weil ich auch noch nicht fertig bin. Das gibt ihm Raum, alles zu sein, was es will.« Sie hielt inne. »So wie ich es sein möchte.«

Blake wischte sich eine Träne weg, als Kennedy

das Gleiche tat, und verfluchte sich dafür, dass sie diese Emotion gezeigt hatte. Dies war ihr *Job* und sie musste sich daran erinnern, sich zurückzuhalten, sonst würde sie etwas monumental Dummes tun und sich wieder auf jemanden verlassen. Das würde sie lieber nicht riskieren, vielen Dank.

»Ich denke, das klingt nach einem perfekten Tattoo für dich. Gut durchdacht und etwas, das nur für dich sein wird. Zumindest, bis du bereit bist, es zu zeigen.« Blake zwinkerte, was sie beide zu einem leisen Lachen veranlasste. »Hattest du schon mal ein Tattoo?«

Kennedy schüttelte den Kopf. »Nein, das wird mein erstes Mal sein.«

»Eine Jungfrau also«, sagte Blake, als sie das Papier aus Kennedys Griff nahm.

Die andere Frau schnaubte. »Klar. Das kann man so sagen.«

Ah, nicht so unschuldig also. Blake mochte Kennedy jetzt schon. Sie öffnete das gefaltete Papier, sah eine am Computer ausgedruckte Version eines Schmetterlingsumrisses und nickte.

»Damit kann ich arbeiten und ein wenig an den Außenseiten hinzufügen, damit es einzigartig für dich ist«, sagte Blake, während sie die Art und Weise betrachtete, wie die Kurven der Flügel den Schmetterling aussehen ließen, als würde er flattern. Verglichen mit einigen der Dinge, die Kunden mitbrachten, war dies gar nicht so schlecht.

»Das klingt gut«, sagte Kennedy. »Ich vertraue dir.«

Blake sah mit einem Grinsen auf. »Du hast meine Arbeit noch gar nicht gesehen, und du vertraust mir schon?«

Kennedy zuckte mit den Schultern. »Wenn man fast stirbt, sieht man die Leute anders. Ich bin normalerweise ein guter Menschenkenner.«

Blake wurde nüchtern und nickte. »Nun, ich bin froh, dass du etwas siehst, dem du vertrauen kannst. Lass uns an die Arbeit gehen. Du kannst weiterreden, wenn du möchtest. Was machst du beruflich?«

Kennedy begann zu erzählen, wie sie im Moment im sozialen Bereich auf der Kinderstation des Krankenhauses der Universität von Colorado in Aurora arbeitete. Als sie davon sprach, Kindern zu helfen, wie ihr in der Vergangenheit geholfen worden war, wurde ihre Stimme warm und Blake wusste, dass diese Frau eines Tages erstaunliche Dinge tun würde – wenn sie nicht schon damit begonnen hatte.

Es dauerte nur ein paar Minuten, die Skizze anzufertigen, und als Kennedy strahlte, wusste Blake, dass sie es auf Anhieb richtig gemacht hatte. Sie machte sich schnell daran, die Schablone anzufertigen, nachdem sie die Platzierung auf Kennedys Hüfte mit ihr abgesprochen hatte.

Sobald Kennedy auf dem zum Tisch umfunktionierten Stuhl saß, legte Blake die Schablone an und sorgte dafür, dass von ihrer Seite aus alles bereit war.

Da Kennedy es in Schwarz haben wollte und es keine Schattierungen geben würde, würde dies nur ein paar Minuten dauern. Ein perfektes Tattoo mit einer fantastischen Kundin, um den Tag zu beginnen.

Obwohl das Tattoo direkt auf dem Knochen lag, gab Kennedy keinen Laut von sich, während Blake arbeitete. Da sie die Narben an Kennedys Seite und den anderen Teilen ihrer Hüfte sehen konnte, nahm sie an, dass der Umgang mit Nadeln dem Mädchen nicht neu war.

Blake atmete aus und lauschte dem Summen der Nadel, während sie sich konzentrierte. Dieses Tattoo musste perfekt sein … obwohl das doch bei allen der Fall war, oder nicht?

Es dauerte nicht lange, da hatte sie den letzten Schnörkel am Rand des Flügels vollendet, um den Flug zu zeigen, und legte die Tätowierpistole aus der Hand, während sie die Wunde säuberte.

»Alles fertig«, sagte sie, nachdem sie die neue Tätowierung abgedeckt hatte.

Kennedy sah zu Boden und blinzelte. »Wirklich? Jetzt schon? Das hat kaum wehgetan.«

Blake lächelte. »Ich fasse das als Kompliment auf. Lass mich dir aus dem Stuhl helfen, damit du es sehen kannst.« Sie ging die Nachsorgeanweisungen durch und achtete darauf, alles zu wiederholen, was verwirrend erschien.

»Ich liebe es«, strahlte Kennedy. »Ernsthaft. Es ist perfekt.«

Blake entspannte sich und die Anspannung wich aus ihren Schultern. »Gut. Ich bin froh, dass es dir gefällt. Ich denke, die Idee, die du hattest, ist perfekt.« Kennedy begegnete Blakes Blick und die andere Frau fing an zu weinen. Dieses Mal schloss Blake sich ihr nicht an. »Ich hoffe, du fliegst, Kennedy, obwohl ich glaube, dass du schon auf dem Weg bist.«

Als sie mit Kennedy fertig war und ihren Arbeitsplatz aufgeräumt hatte, blieben ihr nur noch wenige Minuten bis zu dem Termin mit ihrem Piercing-Kunden. Sie nahm zwar Laufkundschaft für Tattoos und Piercings an, aber für etwas so Heikles wie ihren nächsten Termin zog sie es vor, vorbereitet zu sein.

»Hey, Kumpel! Ich wusste gar nicht, dass du herkommst!« Mayas Stimme holte Blake aus ihren Gedanken und sie drehte sich um, nur um dann zu erstarren.

Von allen Tattooläden dieser Welt …

Murphy Gallagher griff nach unten, legte seine Hand auf Mayas Bauch und lächelte sein süßes Lächeln, während der Goliath hinter ihm Blake finster anschaute.

Warum zum Teufel sah Graham sie jetzt so finster an? Was hatte sie denn getan, um seinen Zorn zu verdienen? Und würde sich sein dichter Bart verdammt sexy anfühlen, wenn er an der Innenseite ihrer Oberschenkel entlangschabte?

Und das war genug davon.

»Wie geht es meiner kleinen Nichte?«, fragte

Murphy, während er Mayas Bauch streichelte. »Wird sie wie ihre Mutter werden? Ich hoffe es nämlich sehr. Jake hat es verdient.«

Jake.

Wie in Jake Gallagher. Einer von Mayas Ehemännern, da sie erstaunlich war und in einer echten Dreierbeziehung mit Jake *und* Border lebte.

Aber Gallagher. Verdammt noch mal. Warum hatte sie nicht zwei und zwei zusammengezählt? Natürlich war es nicht so, dass dies eine Kleinstadt war. Es war das verdammte Denver in Colorado. Es musste Hunderte von Gallaghers im Staat geben, und doch hatten die, die an ihrem Anwesen arbeiteten, zufällig in die Montgomery-Familie eingeheiratet.

Und sie war kurz davor, einen Gallagher-Schwanz in der Hand zu halten.

Tja, scheiße.

Vom Telefon kannte sie nur den Vornamen des Kerls und Murphy war zwar ein etwas ungewöhnlicher Name, aber nicht *so* ungewöhnlich. Und doch schien das Schicksal es auf sie abgesehen zu haben und sie war dabei, einem der Gallagher-Brüder ein Prinz-Albert-Piercing zu verpassen.

Denn das war ihr Leben, und entgegen der landläufigen Meinung war es nicht die richtige Antwort auf alles, mit dem Kopf gegen eine Wand zu schlagen.

Es spielte also nicht im Geringsten eine Rolle, dass die Gallaghers den Zuschlag für das Anwesen bekommen hatten. Anfangs wollte sie vielleicht die Montgomerys haben, aber ihre Überlegung, es den Gallaghers zu überlassen, damit sie die Dinge für sich behalten konnte, hatte auch nicht funktioniert. Ihre Geheimnisse würden an die Öffentlichkeit gelangen und die Leute würden sich über sie wundern.

Schon wieder.

Was auch immer. Sie musste einfach nur das Piercing stechen und sich weiter keine Gedanken darüber machen.

Vielleicht.

»Woher weißt du, dass es ein Mädchen ist?«, fragte Maya. »Es könnte ja auch ein Junge sein und ganz still wie Border.«

Daraufhin schüttelte Graham den Kopf und ein Lächeln schlich sich auf sein Gesicht. Verdammt, wenn sie dieses Lächeln mal nicht mochte. »Schatz, es handelt sich hier um dich. Als würde das Kind so ruhig sein wie Border. Er oder sie wird ein Energiebündel sein wie du und Jake, egal was passiert. So viel kann ich dir sagen.« Er senkte den Kopf und küsste sie auf die Schläfe. »Schön, dich zu sehen, Montgomery.«

Maya strahlte die beiden Männer an und schob sich zwischen sie. »Also, jetzt sagt mir, warum ihr tatsächlich hier seid. Braucht ihr neue Tattoos?«

»Ich habe einen Termin«, sagte Murphy mit einem Augenzwinkern. Er hob den Kopf und schnaubte. »Mit Blake hier, wie es scheint. Schön, Sie wiederzusehen, Miss Brennen.«

Maya sah zwischen den beiden hin und her, eine Furche zwischen den Brauen. »Was? Woher kennt ihr beide euch? Und was meinst du mit einem Termin? Was lässt du dir piercen, Murphy Gallagher?«

»Wir kennen uns von irgendwoher«, sagte Murphy beiläufig und zwinkerte Blake zu. Wenn sie ihn nur so attraktiv fände wie seinen grüblerischen Bruder, wären die Dinge vielleicht einfacher gewesen, als sie es jetzt waren. »Und ich denke, du kannst dir denken, was ich mir piercen lasse.«

Maya bedeckte ihr Gesicht mit den Händen. »Oh Gott. Wenn Jake herausfindet, dass ich zugelassen habe, dass sein kostbarer kleiner Bruder sich den Schwanz piercen lässt, wird er mich umbringen.« Sie hielt inne. »Oder mir den Hintern versohlen. Also sollte ich es dich vielleicht machen lassen.«

Graham stöhnte, während Murphy den Kopf zurückwarf und lachte. Blake stieß nur einen Seufzer aus und bewegte sich mit erhobenem Kinn auf sie zu. Sie konnten das genauso gut hinter sich bringen.

»Solche Dinge muss ich nicht wissen, Maya«, knurrte Graham. Er sah Blake an und seine Augen verengten sich erneut. »Du siehst heute ganz anders aus.« Er ließ den Blick über ihren Körper wandern und sie hätte schwören können, dass sie seine Hitze spüren konnte.

Sie wandte die Aufmerksamkeit eher von ihm ab,

als zu antworten, mehr um sich zu schützen, als um unhöflich zu sein. Letzteres war nur ein netter Nebeneffekt und angemessen für den Mann, der sie am Tag zuvor noch wie eine verwöhnte Göre mit einem Treuhandfonds behandelt hatte. Keine Menge an sexy Tattoos, Muskeln oder Bart konnte das ändern.

»Also, Murphy, bist du bereit, mit nach hinten zu kommen?« Ihre Stimme war angenehm, aber sie spürte, dass alle Blicke auf sie gerichtet waren. Genau das, was sie wollte – im Mittelpunkt der Aufmerksamkeit stehen.

Murphy drückte Maya an den Schultern. »Ja, geh einfach voraus. Graham hier wird mich nach Hause fahren, aber ich brauche ihn eigentlich nicht bei mir im Zimmer, es sei denn, er will dabei sein.« Er zwinkerte ihr zu und sie schnaubte.

»Klingt nach einem Plan.« Sie machte auf dem Absatz kehrt und ging schnell zurück in den neu eingerichteten Piercingraum, der perfekt geeignet für Privatsphäre und Effizienz war, und ignorierte dabei die Tatsache, dass Graham ihr beim Gehen auf den Hintern starrte.

Murphy saß auf dem Tisch, während sie alles vorbereitete und ihr Bestes tat, um die Anweisungen durchzugehen, während sie versuchte, nicht an die Tatsache zu denken, dass Graham und Maya zweifellos über sie sprachen. Sie konnte jetzt nicht viel dagegen tun, aber es würde es umso schwieriger machen, ihr Leben privat zu halten.

»Also, ich habe deine Stimme gar nicht erkannt, als du gestern auf der Baustelle aufgetaucht bist«, sagte Murphy beiläufig, als sie mit den Vorbereitungen fertig war.

Blake zuckte mit den Schultern. »Das hätte ich nicht gedacht, deine habe ich ja auch nicht erkannt. Obwohl es scheint, dass Denver viel kleiner ist, als ich erwartet hätte.«

Jemand räusperte sich hinter ihr und sie drehte sich um, um Graham allein an der Tür stehen zu sehen. »Ja?«

»Ist es das, was du beruflich machst?«, fragte er nach einem Moment.

»Ja, hast du ein Problem damit?«, schnauzte sie zurück.

»Graham«, flüsterte Murphy, »beherrsche dich, Bruder.«

Sie atmete ein und versuchte, ihr Temperament zu zügeln. Sie war im Begriff, einen geölten Schlauch, eine Nadel und einen großen Ring in den Penis eines Kunden zu stecken, und sollte wahrscheinlich nicht daran denken, den Bruder des Mannes zu schlagen.

»Nein, damit habe ich kein Problem«, antwortete Graham. »Wenn man bedenkt, dass ich selbst gepierct und tätowiert bin, würde mich das zu einem Arschloch machen.« Er schnaubte auf ihren Blick hin. »Gut, ich bin ein Arschloch, aber nicht deswegen. Du hast mich mit deiner Anwesenheit hier nur überrascht.«

»Nun, es hat mich auch überrascht, dass ihr beide hier seid.« Natürlich war sie jetzt schockiert, dass sie überhaupt sprechen konnte, denn sie konnte jetzt nur noch daran denken, wo genau Graham gepierct war und wie es sich anfühlen würde. »Wirst du hierbleiben und zusehen?«

Graham zuckte mit den Schultern. »Ja, ich denke schon.«

Murphy lachte. »Na, dann klingt das ja nach einer Party.«

»Mach die Tür hinter dir zu«, sagte sie zu Graham und wandte sich wieder Murphy zu. »Okay, Hose aus und lass uns das erledigen. Du sagtest, du seist beschnitten, richtig? Denn obwohl das für diese Art von Piercing nicht unbedingt notwendig ist, macht es die Sache für uns beide auf lange Sicht einfacher.«

Murphy stand auf und ließ seine Hose und Boxershorts auf den Boden fallen. »Jup, die ganze Familie ist beschnitten.«

Graham stöhnte. »Danke dafür.«

Blake schaute hinunter auf Murphys Schwanz und dann wieder hoch zu ihm, und setzte einen absichtlich gelangweilten Gesichtsausdruck auf. »Ich brauche eure Familiengeschichte nicht, aber danke für die Information. Also, fangen wir an. Das könnte ein bisschen brennen.«

Als Murphy mit einem schweigsamen Graham hinter ihm behutsam aus Montgomery Ink herausging, war Blake bereit, nach Hause zu gehen. Sie sollte heute nur einen halben Tag arbeiten und als sie sich auf den Weg machte, waren zum Glück nur zwei der Teilzeit-Künstler im Laden. Sie packte schnell ihre Sachen zusammen und machte sich auf den Weg zu ihrem Wagen, bevor Maya oder ein anderer Montgomery auftauchte, um sie über ihre Verbindung mit den Gallaghers auszuquetschen. Nicht dass sie dachte, sie stünde im Mittelpunkt der Aufmerksamkeit oder so, aber es war verdammt schwer, nicht neugierig in Bezug auf diese Art von Dingen zu sein.

Sie fuhr nach Hause und die Anspannung in ihren Schultern, die sich weigerte zu verschwinden, seit Graham heute Morgen hereingekommen war, bereitete ihr Kopfschmerzen. Sobald sie auf ihren Parkplatz gefahren war, stellte sie den Motor ab, schnappte sich ihre Sachen und eilte die Metalltreppe zu ihrer Wohnung hinauf. Hoffentlich würde sie sich bald etwas Besseres leisten können, aber dieser Ort war zumindest sicher.

Als sie die Tür öffnete, erfüllte der Duft von kochendem Fleisch und Paprika ihre Nase und ihr Körper entspannte sich.

»Mom!«

Blake ließ ihren Kram auf den Boden fallen und öffnete die Arme, als ihre Tochter Rowan auf sie zustürmte und sie in eine feste Umarmung nahm.

»Hey, mein kleines Mädchen. Wie war dein Tag in der Schule? Hat der halbe Tag Spaß gemacht?« Sie gab Rowan einen Kuss auf den Kopf, fuhr mit der Hand über die Naturlocken ihres Babys und ging Hand in Hand mit ihrer Tochter in Richtung Küche, während Rowan Schritt für Schritt ihren Tag Revue passieren ließ.

Rowan ließ nie ein Wort ungesagt, wenn sie es vermeiden konnte.

»Danke, Mrs. Gonzales«, sagte Blake, als sie der älteren Frau einen Kuss auf die faltige Wange gab. »Halbe Tage sind mörderisch.«

Die ältere Frau winkte Blake mit der Hand und umarmte Rowan, bevor sie nach ihrer Handtasche suchte. »Es macht mir überhaupt keine Mühe. Da meine Kinder alle erwachsen sind und sich mit dem Kinderkriegen Zeit lassen, ist das genau das Richtige für mich. Sie können mich jederzeit anrufen, Blake. Das wissen Sie doch. Ich habe Ihnen einen Eintopf zubereitet. Es ist nicht mein bestes Rezept, aber es funktioniert in der Not mit Resten, die Sie ja mögen. Ich mache mich dann mal auf den Weg, um meine Sendungen zu schauen. Mein Fernseher ruft nach mir! Tschüss, meine Lieben!«

Und damit verließ die netteste ältere Frau, die Blake je getroffen hatte, die kleine Wohnung und schloss die Tür hinter sich.

»Mom? Können wir jetzt essen? Ich weiß, es ist noch nicht Essenszeit, aber ich bin am *Verhungern*.«

Rowan betonte das letzte Wort und legte sich den Handrücken auf die Stirn.

Blake lachte und schüttelte den Kopf. »Wie wäre es, wenn wir stattdessen etwas Käse und Obst essen, während wir auf den Abend warten. Denn wenn wir jetzt essen, werden wir vor dem Schlafengehen wieder hungrig sein.«

Rowan stieß einen großen Seufzer aus, lächelte aber. »Okay.« Damit fuhr sie gleich wieder mit der Erzählung ihres Tages fort, als hätten sie gar keine Pause gemacht.

Blake beobachtete ihre Tochter, wie sie sich in der Küche bewegte, und presste die Lippen zusammen. Die Emotionen überwältigten sie. Es gab Gründe, warum sie hinter ihren Schutzmauern blieb, Gründe, warum sie so war, wie sie war.

Und sie würde verdammt sein, wenn sie das alles für einen finsteren Mann mit einem Bart riskieren würde.

Das hatte sie auf die harte Tour gelernt.

Nie wieder, versprach sie sich. *Nie wieder.*

Kapitel Drei

GRAHAM WUSSTE, dass die Dinge bald den Bach runtergehen würden, es war nur eine Frage der Zeit. Natürlich würde sich ihm das Warum für immer entziehen, da war er sich sicher. Er war ein Mistkerl gewesen, nicht nur einmal, sondern *zweimal* in ebenso vielen Tagen, und er war sich nicht sicher warum. Es war nicht so, dass diese Blake Brennen ihm jemals etwas angetan hatte, und doch konnte er nicht anders, als sich wie ein grunzendes Arschloch zu benehmen, wann immer sie in der Nähe war.

Sein Bruder hatte ihn während der Fahrt zurück zu Murphys Haus zusammengefaltet, und Graham hatte nichts gesagt, um sich zu verteidigen. Er hatte sich ihr gegenüber tatsächlich wie ein Idiot verhalten und hatte keine Entschuldigung dafür. Dennoch war er sich nicht sicher, ob er etwas anders gemacht hätte, wenn er die Chance dazu gehabt hätte.

Beim ersten Mal hatte sie ihn auf der Baustelle überrascht und beim zweiten Mal war er derjenige gewesen, der sie an ihrem Arbeitsplatz überraschte. Und doch, aus irgendeinem Grund brachte sie ihn auf die Palme. Er konnte es nicht erklären, aber er wusste, dass er es herausfinden musste, wenn er die Hoffnung haben wollte, sich in nächster Zeit im Spiegel ansehen zu können.

Nachdem er Murphy zu Hause versorgt hatte, um sich zu erholen, war er zurück in seine Wohnung gefahren, um etwas Stress abzubauen. Er hatte zwar darüber nachgedacht, sich einen runterzuholen, aber er dachte, auf etwas einzuschlagen würde besser funktionieren, wenn man bedachte, dass er versuchte, sich von der Frau in den sehr engen Jeans abzulenken.

Er war in den Keller gegangen, um mit dem Boxsack etwas von der Anspannung abzubauen, die durch seinen Körper ging, und als das nicht funktioniert hatte, war er auf das Laufband gestiegen. Er mochte auf die vierzig zugehen, aber er versuchte, in Form zu bleiben.

Er war erschöpft ins Bett gefallen und stellte sich immer noch Blake in diesem Trägerhemd vor, die ihm sagte, er solle ihre Tattoos küssen. Die Hölle war, dass er *alle* ihre Tattoos küssen wollte.

Auch wenn sie ihn völlig verwirrte.

Sie stammte aus einer reichen Familie – das war

aus dem Nachlass ersichtlich –, aber jetzt arbeitete sie als Piercerin bei Montgomery Ink und trug Kleidung, die zu jeder ihrer Persönlichkeiten passte. Er mochte es nicht, nicht zu wissen, welche die *echte* Blake war, und deshalb kam er mürrisch rüber.

Die Tatsache, dass sie ihm nicht aus dem Kopf ging, machte alles nur noch schlimmer.

Jetzt war es der nächste Tag und obwohl er eigentlich einen freien Tag hätte haben sollen, hatte er den Vormittag damit verbracht, die Baupläne durchzugehen, die Murphy ihm geschickt hatte, während er versuchte, sich auf ihr neues Projekt vorzubereiten. Wenn er seine Zeit damit verbrachte, das Anwesen und die Geheimnisse in seinen Mauern und seinem Fundament kennenzulernen, würde er vielleicht nicht so viel Feindseligkeit gegenüber dem ehemaligen Besitzer hegen. Das alte Herrenhaus hatte ein gutes Fundament, erinnerte er sich, aber nicht viel mehr, wenn man all die Jahre der Vernachlässigung bedachte. Laut Owen besaß Blakes Familie das Haus schon seit ein paar Generationen, hatte aber seit mindestens zwanzig Jahren nicht mehr dort gelebt. Die Leute hatten ein neueres, eleganteres Haus gekauft, das neu gebaut worden war und weniger Instandhaltung benötigte. Und weil sie sich anscheinend nicht um die Geschichte kümmerten, die ihnen gehörte, ließen sie das Haus verfallen.

Graham fuhr sich mit der Hand durch die Haare und fluchte, als jemand an der Haustür klopfte.

Verdammt, es schien, egal was er tat, er konnte sich nicht vollständig konzentrieren. Bevor er die Tür öffnen konnte, schlenderte Owen mit dem Schlüssel in der Hand herein.

»Komm nur einfach rein«, sagte Graham trocken. »Ich dachte, dieser Schlüssel sei für Notfälle.« Er rollte mit den Schultern und stand von seinem Tisch auf. Seine Beine waren ziemlich steif, da er sich vorgebeugt hatte.

Owen rollte mit den Augen und reichte ihm einen Eiskaffee mit Grahams Namen darauf. Eines musste man ihm lassen, egal zu welcher Tageszeit, wenn Owen auftauchte, kam er mit irgendeiner Form von Koffein in der Hand. Der Mann wusste ganz bestimmt, wie man den Weg ebnete, obwohl Graham nicht sicher war, warum sein jüngerer Bruder überhaupt hier war.

»Du benutzt deinen Schlüssel ständig, um in meine Wohnung zu kommen«, sagte Owen trocken, nachdem er einen Schluck von seinem eigenen Milchkaffee genommen hatte. Zu viel Zucker für Grahams Geschmack, aber Owen schien es zu gefallen, und wenn ihr Bauleiter den zusätzlichen Zucker brauchte, um den ganzen Papierkram zu erledigen, damit Graham es nicht tun musste, umso besser. »Darauf zu warten, dass jemand tatsächlich auf ein Klopfen oder ein Klingeln an der Tür antwortet, kostet zu viel Zeit.« Owen grinste und Graham rollte mit den Augen.

Nachdem er einen Schluck von seinem eigenen Eiskaffee genommen hatte – perfekt –, kniff er die Augen in Richtung seines Bruders zusammen. »Was brauchst du? Ich dachte, wir gehen heute nicht auf die Baustelle, weil wir diese Dinge mögen, die man ›freie Tage‹ nennt. Ein einschneidendes Konzept, ich weiß.«

Owen schob sich an Graham vorbei, ging auf den Esszimmertisch zu und warf seinem Bruder einen Blick zu. »Ach, wirklich? Du machst dich über Skizzen und Bestellformulare lustig? Wer zum Teufel bist du und was hast du mit meinem Bruder gemacht?«

Graham grunzte. »Ich mache Papierkram, Arschloch.«

»Ja, aber du überprüfst normalerweise nicht den Papierkram, den ich schon gemacht habe. Was zur Hölle, Graham? Was ist los mit dir?«

Er seufzte, ging zurück zu seinem Stuhl und schob ein paar Dinge aus dem Weg, damit er seinen Becher abstellen konnte, ohne dass das Kondenswasser von der Außenseite des Plastiks auf irgendetwas tropfte. »Mit mir ist alles in Ordnung.«

Owen starrte nur.

»Im Ernst.«

»Ach, wirklich? Mit dir ist überhaupt nichts los? Warum musste ich dann von Murphy hören, dass du dich Blake gegenüber schon wieder wie ein Arschloch verhalten hast?«

Graham fluchte leise vor sich hin. »Murph plappert mehr als ein altes Waschweib.«

»*Murph* ist ein bisschen wund, nachdem er seinen Schwanz gepierct bekommen hat, was du sehr wohl weißt, da du das schon durchgemacht hast. Und die Tatsache, dass ich über die Schwänze meiner Brüder spreche, sagt mir, dass du denkst, dass du ziemlich gut darin bist, das Thema zu wechseln.«

»Du hast deinen auch gepierct«, grummelte Graham.

»Eigentlich habe ich ihn zweimal piercen lassen, aber egal.« Owen hob knurrend die Lippen, bevor er sich an dem Piercing an seiner Augenbraue kratzte. Seine Familie mochte Metall am Körper, und da sie nicht auf der Baustelle waren, wo man hängenbleiben oder jemandem im Anzug begegnen konnte, trug Owen lieber seinen Ring als einen Barbell. »Warum warst du ein Arschloch?«

»Ich weiß es nicht, okay? Und ich bin normalerweise ein Arschloch, also ist das nichts allzu Neues.«

Owen seufzte. »Du hast gerade gesagt, du wüsstest es nicht, also ist dein Verhalten nicht so normal, wie du mir weismachen willst. Du musst damit aufhören, Bruder. Ich weiß nicht, was mit dir los ist oder warum du das Bedürfnis hast, dich Blake gegenüber so zu verhalten, aber es ist nicht nur falsch, sondern auch verdammt unprofessionell.«

»Sie kommt sowieso nicht mehr auf die Baustelle zurück.«

Owen warf die Hände hoch. »Sie *könnte* es aber tun, aber das ist nicht das Problem. Sie ist die Nachlassverwalterin und arbeitet mit der Frau unseres Bruders zusammen. Also komm von deinem hohen Ross runter und spring über deinen Schatten.«

Graham schnaubte. »Das könnte schwierig werden, ohne Pferd über etwas zu springen.«

Owen schloss die Augen, aber seine Lippen zuckten, als er fast zu lächeln begann. »Du bist ein Idiot.«

»Das sind wir alle. Das ist es, was uns zu einer Familie macht.« Graham seufzte. »Okay, ich werde es versuchen. Ich weiß nicht, warum ich mich in ihrer Nähe so verhalte, wie ich es tue. Sie braucht mich, obwohl sie kaum ein Wort zu mir sagt.«

Owen hob seine gepiercte Augenbraue. »Könnte sein, dass du sie heiß findest und dich deswegen so dumm benimmst.«

Er zeigte seinem Bruder den Mittelfinger. »Können wir jetzt bitte nicht mehr darüber reden? Warum bist du hier, außer um mich zu verärgern?«

Owen starrte ihn einen Moment lang an, bevor er den Kopf schüttelte. »Du bist derjenige, der sich durch meine bloße Anwesenheit und die Erwähnung einer gewissen Miss Brennen so mürrisch verhält.« Ein böses Funkeln trat in Owens Augen und Graham verengte seine. »Wenn du dir so sicher bist, dass du dich nicht in sie verknallst, dann werde ich sie mal fragen, ob sie mit mir etwas trinken gehen will, wenn der Job vorbei ist.«

Der Gedanke, dass Blake und Owen zusammen ausgingen, und schlimmer noch, danach zu seinem Bruder nach Hause gingen, verleitete ihn zu einem leisen Knurren.

Owen lächelte und nahm einen Schluck von seinem Getränk. »Das habe ich mir gedacht, großer Bruder. Du hast dich in unsere kleine Piercerin verguckt. Mir scheint, du solltest netter zu ihr sein. Mit Speck fängt man Mäuse, weißt du.«

Er zeigte seinem Bruder noch einmal den Mittelfinger und sah auf seinen Papierkram hinunter. Er wollte nicht so über Blake denken. Er mochte sie nicht einmal. Kannte sie nicht einmal. Als er sie das erste Mal in diesem Rock und mit hocherhobenem Kinn gesehen hatte, hatte sie ihn an seine Ex erinnert. Und obwohl er Candice nicht hasste, mochte er sie seit der Scheidung auch nicht mehr. Das war auch gut so, denn sie mochte ihn ebenso wenig. Wenn im Leben alles schiefging, verließen manche sich mehr auf ihren Lebensgefährten, während andere, so wie er, ihn ausschlossen, bis dieser Mensch weder den anderen noch sich selbst leiden konnte.

Die Tatsache, dass Blake ihn an seine Ex erinnert hatte, hatte ihm sowohl einen bitteren Beigeschmack als auch das Gefühl gegeben, ein Idiot zu sein, denn sie hatte nichts getan, um das zu rechtfertigen.

Er hätte das vielleicht verdrängen können, bis er sie in ihrem Element gesehen hatte. Er hatte auf die einzige Art reagiert, die er kannte – wie ein Arschloch

—, und jetzt musste er mit den Konsequenzen leben. Da Blake bei Montgomery Ink arbeitete, konnte er die Tatsache, dass sie zum Kreis seiner Familie gehörte, nicht ignorieren. Er wollte wissen, warum sie das Haus zu dem hatte werden lassen, was es war. Wollte wissen, warum sie ihre Tätowierungen versteckt hatte und wer sie unter diesen eleganten Klamotten war. Und warum sie Piercerin geworden war, wo es doch klar war, dass ihre Familie Geld hatte.

In seinen Augen gab es zwei Blakes, und er wollte sehen, welche die echte war.

Und die Tatsache, dass er das tat, sagte ihm, dass er aufhören musste, über sie nachzudenken. Punkt. Sie war nichts für ihn, nicht einmal für eine Nacht voller verschwitztem, energiegeladenem Spaß.

»Warum bist du hier, Owen?«, fragte er erneut und verdrängte die Gedanken an Blake aus seinem Kopf.

»Ich bin gekommen, um ein paar projektbezogene Dinge mit dir zu besprechen, da wir mehr als nur das Haus auf dem Hügel am Laufen haben. Wir müssen in ein paar Tagen mit dem Henderson-Haus fertig sein und ich möchte mir einen anderen Standort ansehen und ein Angebot abgeben.«

Das Haus auf dem Hügel, so nannten sie Blakes Haus, da es aus irgendeinem Grund unpassend erschien, es das Brennen-Haus zu nennen. Die Tatsache, dass sie das getan hatten, sprach Bände über die

Vernachlässigung, die das alte Gebäude so lange hatte ertragen müssen.

Grahams Verstand schaltete einen Gang zurück. »Wir haben keine Zeit für ein weiteres Angebot. Wie du schon sagtest, wir beenden nächste Woche die Arbeit am Henderson-Haus und ein Teil unserer Mannschaft ist immer noch mit dem Jackson-Anwesen beschäftigt. Ganz zu schweigen davon, dass wir noch nicht einmal mit dem Haus auf dem Hügel begonnen haben. Wir können im Moment kein weiteres Angebot abgeben. Wir sind nicht die Montgomerys mit dieser Art von verfügbaren Arbeitskräften.« Damit hatte er eigentlich kein Problem, denn sie hatten jeder ihre Nische. Normalerweise konkurrierten sie nicht um Aufträge, da die Gallaghers sich für die kleineren Projekte entschieden – und auch für die, die rein historisch waren.

Das Haus auf dem Hügel war die Ausnahme, da sie nicht diejenigen waren, die das Gebot überhaupt erst abgegeben hatten. Das waren die Anwälte gewesen.

Owen hob eine Hand. »Wir würden erst in einem Jahr damit beginnen, Graham. Es steht auf der Liste der Historischen Gesellschaft, und die Mitarbeiter dort sind verdammt langsam darin, die Dinge ins Rollen zu bringen. Also geben wir ein Angebot ab, erledigen unsere anderen Projekte, arbeiten wahrscheinlich zwischendurch sogar noch an einem anderen, und *dann* machen wir es.«

Graham seufzte. »Gut. Ich schätze, du weißt, was du tust.«

Owen hatte den Kopf gesenkt und machte sich bereits Notizen auf seinem Tablet. »Nun ja, da das mein Job ist und so. Du leitest die Arbeiter, ich kümmere mich um alles andere.«

»Ist das alles, worüber du sprechen wolltest?«, fragte Graham, nachdem sie das neue Angebot im Detail besprochen hatten. »Denn damit hättest du bis Montag warten können. Oder, verdammt, das verdammte Telefon benutzen.«

Owen schüttelte den Kopf und holte zwei Eintrittskarten aus seiner Umhängetasche. »Austin hat mir zwei Karten für das Spiel der Colorado Avalanche heute Abend gegeben, da er und Sierra nicht hingehen können.«

Grahams Augenbrauen hoben sich und er nahm seinem Bruder eine der Karten ab. Austin war Mayas Bruder und auch der andere Besitzer von Montgomery Ink. Sierra war seine Frau. Obwohl Graham den anderen Mann kannte und sie altersmäßig nahe beieinander lagen, waren sie nicht die besten Freunde oder so. Es war eher so, dass sich ihr Umfeld dank ihrer Geschwister überschnitt.

»Warum hat er es nicht seinen Geschwistern oder einem seiner vierzig Cousins gegeben? Die vermehren sich wie die Karnickel.«

Owen schnaubte. »Ich war mit Jake im Laden, um etwas abzuholen, und Austin hat sie mir übergeben.

Ich schätze, ich war der erste Mensch, den er gesehen hat. Wie auch immer, willst du hingehen?«

Jungs dabei zuzusehen, wie sie sich gegenseitig in die Bande schubsen, in Schlägereien verwickeln und den Puck herumschoben, klang nach einem so viel besseren Abend als dem, den er geplant hatte, wenn man bedachte, dass er sich das Ganze sonst nur zu Hause in seiner Unterwäsche angesehen hätte.

»Ich bin dabei.«

Da Owen fuhr, trafen sie früh ein. Sie hatten bereits Bier in der Hand und saßen auf ihren Plätzen, noch bevor die Teams mit dem Aufwärmen fertig waren. Für Owen bedeutete Pünktlichkeit, eine Viertelstunde früher da zu sein. Auf die Minute pünktlich einzutreffen, war zu spät. Anstatt wie Graham erst in der Arena zu sein, sobald die Lichter ausgingen, saß er dort und sah zu, wie die Avalanche und die Maple Leafs den Puck auf ihren jeweiligen Seiten des Eises herumschoben. Er sah gern, wie schnell sie sich beim Training bewegten. Es war ein heikles Gleichgewicht zwischen Kraft und Flexibilität, denn die meisten dieser Jungs waren weit über eins achtzig groß und wogen mehr als er, bestanden jedoch aus reinen Muskeln.

Obwohl die Avalanche eine beschissene Saison hatten, und offen gesagt durchliefen sie diese

Grahams Meinung nach schon seit Sakics Rücktritt, glaubte er immer noch, dass sie die Maple Leafs schlagen könnten.

Zumindest hoffte er das, denn ein Spiel zu sehen, bei dem sein Team verlor, war scheiße.

Während er und sein Bruder an ihren Bieren nippten, begannen die Plätze um sie herum, sich zu füllen – bis auf die beiden neben Graham. Er wollte Owen gerade danach fragen, als er am Ende der Reihe ein sehr vertrautes Gesicht entdeckte, das auf sie zukam.

»Was zum Teufel?«, knurrte er.

Owen drehte sich bei Grahams Fluch um und schnaubte. »Oh, das ist süß«, sagte er, bevor er die Fassung wiedererlangte. »Sei kein Arschloch«, murmelte er, bevor er aufstand. »Hey, Blake. Schön, dich hier zu sehen.«

Blakes honigfarbene Augen weiteten sich, als sie Owen und Graham in Augenschein nahm. Sie erstarrte nicht, aber Graham vermutete, dass das eher damit zu tun hatte, dass sie der Person vor ihr nicht auf die Zehen treten wollte. Ihre Vierergruppe saß in der Mitte der Reihe, drei Reihen hinter der Glasscheibe. Tolle Plätze, aber jetzt musste Graham neben dem einen Menschen sitzen, von dem er sich eigentlich fernhalten wollte.

»Du«, murmelte sie. »Ausgerechnet du.« Sie hob ihr Kinn wie zuvor und wollte sich auf den Platz setzen, der am weitesten von ihm entfernt war, nur um leicht angestoßen zu werden, als der Mann hinter ihr stattdessen den Platz einnahm. »Was zum Teufel, Derek?«, schnauzte sie, als sie sich umdrehte.

Das gab Graham einen Moment Zeit, ihre enge Jeans zu betrachten, die einen sehr schönen Hintern und wohlgeformte Oberschenkel umhüllte. Sein Schwanz verhärtete sich und er fluchte. Das würde ein langes Spiel werden, wenn er seine Gedanken nicht von ihrem Hintern ablenken konnte.

Aber wenn man bedachte, dass er genau dort war, ganz nett und perfekt für seine Hände und alles, konnte er nicht wirklich etwas dagegen tun. Owen räusperte sich neben ihm und Graham wandte sich ab, wobei er wieder fluchte. Diese Frau würde noch sein Tod sein, und er wusste nicht einmal warum.

Derek, Blakes Verabredung – was Graham wirklich vollkommen grundlos auf die Palme brachte –, zuckte mit den Schultern. »Setz dich, Blake.« Er sah demonstrativ zu Graham hinüber. »Vielleicht benimmst du dich endlich wieder normal, wenn ihr euch mal ausssprecht, damit du uns im Laden nicht weiterhin das Leben zur Hölle machst.«

Mit zu Fäusten geballten Händen brummte sie ihm etwas zu und Graham seufzte. Das war vielleicht zum Teil seine Schuld, da er sich wie ein Bär mit einem Dorn in der Pfote benommen hatte, aber er hatte nicht vor, sich zu entschuldigen. Offenbar war es ihm nicht möglich, sich in ihrer Gegenwart *nicht* wie ein Arsch zu verhalten.

»Setz dich hin, Blake«, sagte er leise. »Du wirst die Leute hinter dir verärgern, wenn sie den ganzen Abend auf deinen Hintern statt auf deinen Hinterkopf schauen müssen. Nicht dass das Anstarren deines Hinterns eine Strafe wäre.«

Sie wirbelte auf ihn zu und er erstarrte. Nun, verdammt. Er war sich ziemlich sicher, dass bei dem Gerede über ihren Hintern und der Vorstellung, was er mit ihr machen würde, sollte er wirklich mal auf ihren Hinterkopf schauen – und zwar im Bett –, Reißverschlusspuren auf seinem Schwanz zurückbleiben würden. Und er hatte eigentlich gar nicht erwähnen wollen, dass er auf ihren Hintern geschaut hatte und ihn sogar mochte, aber diese Frau konnte einen Heiligen zum Sündigen verleiten.

»Ich … ich kann einfach nicht … verdammt!« Sie setzte sich auf ihren Platz, verschränkte die Arme über den Brüsten und murmelte etwas von bösen Bärten und Arschlöchern.

Nun, soweit es ihn betraf konnte er beides nicht wirklich abstreiten.

»Ich nehme an, Austin hat dir seine anderen beiden Eintrittskarten gegeben«, sagte Blake und richtete die Aufmerksamkeit auf das Eis vor ihr.

Graham nickte, dann fiel ihm ein, dass sie ihn wahrscheinlich nicht sehen konnte, da sie ihn absichtlich nicht ansah. »Ja, er hat sie Owen gegeben.«

»Seid ihr beide schon fertig?«, fragte Owen in dem Moment und beugte sich dabei über Graham.

»Hallo noch mal, Blake.« Sein jüngerer Bruder lächelte und Graham widerstand kaum dem Drang, ihn zu schlagen, da er ihm so nahe war. Kaum.

Dann drehte sie sich um und blickte Graham an, bevor sie Owen anlächelte, obwohl er den leicht manischen Unterton darin erkennen konnte. »Hi, Owen. Das ist Derek. Er arbeitet mit uns im Laden.« Sie neigte den Kopf zu ihrer Verabredung und schaute finster drein. »Obwohl ich ihn vielleicht später umbringe, sodass Austin und Maya sich einen neuen Teilzeit-Künstler suchen müssen.«

Derek lachte, neigte aber sein Kinn in ihre Richtung. »Hey, schön, euch kennenzulernen. Ihr seid Jakes Brüder, richtig?«

Sie nickten beide.

»Cool. Ich bin nicht oft in Denver, da ich die meiste Zeit des Jahres oben in Seattle arbeite, aber ich kenne Jake. Bist du bereit zu sehen, ob die Colorado Avalanche dieses Mal tatsächlich gewinnen können?«

Graham zuckte zusammen, als die Leute hinter ihm ihren Unmut murmelten. »Sie werden gewinnen, verdammt noch mal. Es gibt keine andere Möglichkeit. Und pass auf, was du sagst, Seattle-Boy.«

Derek grinste nur. »Ich bin im Herzen ein Avalanche-Fan, Gallagher.«

Blake schaute zwischen ihnen hin und her, ein Schimmer in ihren Augen, der ihm nicht gefiel. »Wirklich, ihr seid Avalanche-Fans? Hmm …«

Nun, diese Reaktion gefiel ihm wirklich nicht.

Als das Spiel begann und die Avalanche das Eis betraten, richtete Graham seine Aufmerksamkeit eher auf die Spieler als auf die sehr sexy Frau neben ihm. Sein Team brauchte seine Gedanken beim Spiel und nicht bei Blakes Kurven. Und ja, er war vielleicht ein bisschen abergläubisch, aber egal.

Beim Anstoß gelangte Toronto in den Besitz des Pucks und Blake ließ einen kleinen Jubelschrei los – nicht laut genug, dass alle anderen ihn hören konnten, sondern nur die, die rechts und links von ihr saßen.

Du meine Güte, hatte Austin einen Verräter in ihre Mitte geschickt? Einen verdammten Toronto-Fan bei einem Heimspiel der Avalanche? Was zum Teufel hatte sich dieser Montgomery dabei gedacht?

Er knurrte sie an, als sie leise das erste Tor der Maple Leafs bejubelte und Dereks Blick begegnete. Warum zum Teufel lachte der andere Mann? Konnte er nicht sehen, dass Blake für das falsche Team jubelte? Sie lebte im verdammten Denver, um Himmels willen, und wenn man bedachte, dass der Ursprung ihrer Familie hier war, musste sie eine Einheimische sein. Und trotzdem jubelte sie für *Toronto*? Es war, als versuchte sie absichtlich, ihn zu ärgern.

Nach dem ersten Drittel stand er mit zu Fäusten geballten Händen auf. »Ich brauche noch ein Bier.«

Owen, der die ganze Zeit still gewesen war, da er

offenbar E-Mails auf seinem Telefon beantwortete, sah auf. »Bring mir eine Cola mit, ja? Ich brauche etwas Koffein, und da ich uns nach Hause fahre, lasse ich dich trinken.« Er zwinkerte Blake zu. »Ich glaube, du wirst heute Abend Alkohol brauchen.«

Graham grunzte und stapfte durch den Gang und die Treppe hinauf, um sich ein Bier zu holen. Da alle in der Pause aufstanden, würde er in der Schlange warten müssen, aber vielleicht würde ihm das helfen, sich abzukühlen. Er war einfach so verdammt sauer, dass sie es wagen konnte, ein anderes Team anzufeuern. Und das machte keinen Sinn. Warum konnte sie ihm so leicht unter die Haut gehen?

»Hey, Graham, warte mal«, sagte Derek, als er hinter ihm her joggte. »Ich weiß nicht, was du getan hast, um Blake zu verärgern, aber ich sollte dich wohl wissen lassen, dass sie Toronto die Daumen drückt, nur um dich zu ärgern.«

Graham drehte sich um. »Wie bitte?«

Er musste ausgesehen haben, als wollte er jemandem den Arm abreißen, denn ein paar Leute in der Schlange wichen zurück und Derek hielt die Hände hoch.

»Sie ist ein eingefleischter Avalanche-Fan. Sie besitzt sogar ein signiertes Sakic-Trikot und hat ein Ersatztrikot, das sie während der Spiele tragen kann. Das signierte Trikot kommt nur während der Ausscheidungskämpfte zum Einsatz. Es muss sie umbringen, das andere Team anzufeuern, und das sicher nur deinetwegen.«

Diese kleine Hexe. »Woher weißt du, dass es nicht an dir liegt?«, fragte er, fasziniert und verärgert zugleich, dass sie so etwas tun würde.

»Weil wir Freunde sind, keine engen, aber Freunde. Dies ist keine Verabredung oder so, nur damit du es weißt. Ich glaube, sie ist Single, aber da meine Freundin in Seattle mir das Fell über die Ohren ziehen würde, wenn ich es auch nur wagen würde, Blake so anzusehen, ist es gut so, wie es ist. Wie auch immer, ich dachte, du solltest wissen, dass sie nur versucht, dich zu ärgern. Bro Code und so.«

Graham biss die Zähne zusammen. »Bro Code.« Er bestellte sein Bier und Owens Cola und bezahlte außerdem die Getränke von Derek und Blake, da Derek so hilfsbereit gewesen war.

»Was wirst du wegen Blake unternehmen?«, fragte Derek, als sie sich auf den Weg zurück zum Eingang machten und ihre Eintrittskarten zeigten.

»Ich weiß es noch nicht.« Und das war das Problem. Er wusste nie etwas, wenn es um diese Frau ging. Sie konnte ihn innerhalb von zehn Minuten faszinieren, anmachen und wütend machen. Das musste ein Rekord sein.

Er reichte Owen sein Getränk und setzte sich wieder hin, wobei er Blake eingehend musterte.

»Was?«, fragte sie mit hochgezogenen Augenbrauen.

»Nichts«, antwortete er leise. »Jedenfalls noch nicht.«

Sie blinzelte und öffnete den Mund, um etwas zu sagen, dann erstarrte sie, als die Leute um sie herum zu skandieren begannen: »Küssen! Küssen! Küssen!«

Graham schaute langsam zu dem riesigen Bildschirm über dem Eis und fluchte. »Ihr wollt mich wohl verarschen.«

Blake lachte. »Auf keinen Fall. Auf gar keinen Fall.«

»Küssen! Küssen! Küssen!«

Er war sich ziemlich sicher, dass Owen am lautesten schrie, und Graham würde seinem Bruder in den Arsch treten müssen, wenn das hier vorbei war.

»Scheiß drauf«, knurrte Graham, griff nach Blakes Hinterkopf und presste seinen Mund auf den ihren. Sie erstarrten beide einen Moment, als um sie herum Jubel ausbrach, bevor er tiefer in den Kuss sank. Er öffnete seinen Mund nicht, ließ nicht zu, dass seine Zunge ihre berührte, aber der Moment, in dem seine Lippen auf ihre trafen, raubte ihm den Atem.

Er zog sich zurück, seine Augen waren groß, Blakes noch größer.

»Was zum Teufel war das?«, keuchte Blake und ihre Wangen waren rot angelaufen.

»Ich …« Er räusperte sich. »Sieh dir einfach das Spiel an. Und du kannst gern für deine geliebten Avalanche jubeln. Dann musst du dir keinen abbrechen, indem du für Toronto bist.«

Er wandte sich von ihr ab und schluckte die Hälfte seines Biers in einem Zug hinunter. Er konnte Blakes Blick auf sich spüren, bevor sie sich abwandte, und aus dem Augenwinkel bemerkte er, wie ihre Hände zitterten.

»Kumpel«, flüsterte Owen, »das wird ein Spaß.«

»Fick dich«, knurrte Graham und trank den letzten Rest seines Bieres.

Er wusste nicht, was über ihn gekommen war, aber damit musste jetzt Schluss sein. Auf keinen Fall wollte er das weitertreiben. Wenn er mit nur einem Kuss, mit nur einem Blick so aufgewühlt und gleichzeitig angespannt war, würde er sich nicht beherrschen können, wenn er sie erst mal in seinen Armen hatte. In seinem Bett.

Blake war nichts für ihn, und verdammt, er wollte nicht, dass sie es war.

Die Kuss-Kamera könnte ohne Umweg zur Hölle fahren.

Kapitel Vier

BLAKE SAH auf die Nadel in ihrer Hand und unterdrückte ein Lächeln. Die beiden Frauen neben ihr stritten sich zwar nicht, aber sie waren sich auch nicht einig.

»Ich denke wirklich, dass Nippel das Beste wären«, sagte die Blonde, die Linda hieß, sanft.

»Ich dachte eher an die Nase«, erwiderte Natalie, die Brünette, ebenso sanft. Sie winkte mit der Hand in Richtung Blake und der anderen Person im Raum. »Und könntest du in Gegenwart unserer Tochter bitte nicht einfach so Nippel sagen.«

Alisha, die besagte Tochter, lächelte breit und das helle Braun ihrer Haut leuchtete unter dem grellen Licht des Piercingraums. »Meine Güte, Mom, ich weiß, was Nippel sind.« Sie rollte mit den Augen auf eine Weise, die Blake an Rowan erinnerte. Offenbar hatten dreizehnjährige Mädchen dieselbe Angewohnheit wie ihre Zehnjährige.

Natalie seufzte und fuhr mit der Hand über ihr Gesicht. Sie sah ihrer Tochter Alisha sehr ähnlich, doch während Alisha ihr Haar offen trug, hatte Natalie ihres zu Zöpfen geflochten. Linda, ebenfalls Alishas Mutter, hatte eine blassere Haut als Blake und die drei zusammen waren eine wunderschöne Familie.

Blake räusperte sich. »Okay, wie wäre es, wenn wir Alisha die Ohren piercen, bevor wir entscheiden, was wir bei euch beiden machen, entweder heute oder das nächste Mal, wenn ihr reinkommt, hm?« Sie sagte es mit einem Lächeln und Alisha kicherte.

»Ja, heute soll es nur um mich gehen.« Ihre Mütter verengten die Augen und ihre Lippen zuckten. »Immerhin ist dies das Geschenk zu meinem dreizehnten Geburtstag und ich bin so ziemlich das einzige Mädchen in der ganzen Schule, das noch keine Ohrlöcher hat. Ich meine, kommt schon, ihr wollt doch nicht, dass auf mir herumgehackt wird, oder?« Sie klimperte mit den Wimpern und Blake tat ihr Bestes, um nicht in Lachen auszubrechen.

»Du glaubst wirklich, du kannst uns um den kleinen Finger wickeln, oder?«, fragte Linda trocken. »Und Alisha, Liebling, du warst diejenige, die damit warten wollte, sich die Ohren piercen zu lassen. Wir hätten es schon früher gemacht.«

Alisha wurde rot. »Äh …«

»Ja, äh …«, sagte Natalie mit einem Schnauben.

»Aber du hast recht, heute geht es um dich. Wir können später besprechen, welche Teile von uns wir piercen werden.«

Blake konnte nicht anders, sie lachte. Die anderen drei Frauen in dem kleinen Raum sahen sie an, bevor sie mit einstimmten. »Es tut mir leid, ich habe versucht, nicht zu lachen, aber ihr seid einfach hinreißend.« Sie schüttelte den Kopf und stieß mit der Hüfte gegen die von Alisha, obwohl das Kind auf dem Tisch saß. »Wie auch immer, ich kann die Ohren relativ schnell machen, und dann können wir besprechen, was ihr wollt.«

Linda lächelte sanft. »Danke. Ich weiß, wir hätten ins Einkaufszentrum oder in irgendeinen kleinen Laden gehen können, um ihre Ohren durchstechen zu lassen, aber ich möchte lieber, dass es jemand macht, der nicht nur ein paar Jahre älter ist als Alisha. Ich meine, diese Leute müssen schon lernen, wie man diese kleinen Pistolen und alles benutzt, aber ich möchte, dass mein Baby das Beste bekommt.«

»Mom …« Alisha seufzte den Seufzer von tausend verlegenen Teenagern, und Blake biss sich auf die Lippe, um nicht zu lächeln. Sie mochte diese Familie wirklich.

»Kein Problem«, sagte Blake, sobald sie ihren Gesichtsausdruck neutral und dennoch beruhigend halten konnte. »Viele dieser Läden haben zertifizierte Angestellte, aber ich verstehe den Grund, warum ihr hierherkommt. Ich lasse auch nicht zu, dass meine

Freundinnen sich ohne meine Hilfe ein zweites Ohrloch stechen lassen. Da bin ich pingelig.«

Nach ein paar weiteren Minuten der Diskussion über Alisha machte sie sich daran, die Ohren des kleinen Mädchens vorzubereiten. Da dies ihr erstes Mal war, würde es relativ schnell gehen.

»Also«, fuhr Blake fort, während sie arbeitete, »was ist der Anlass für die Piercings für euch beide? Ich weiß, die Ohren für Alisha sind für ihren Geburtstag, aber was ist mit euch?«

Linda und Natalie lächelten einander mit so viel Liebe an, dass Blake sich fast wie ein Voyeur fühlte. Die beiden Frauen hielten sich an den Händen und gaben identische Seufzer von sich.

»Wir hatten eine Verlobungszeremonie, bevor Alisha geboren wurde«, erklärte Linda. »Wir tauschten damals Ringe aus, und obwohl es nicht legal war, betrachteten wir uns dennoch in jeder Hinsicht als verheiratet.«

Natalie stieß Linda grinsend an die Hüfte. »Und als es möglich wurde, hatten wir eine weitere Zeremonie und haben wirklich geheiratet.« Die beiden winkten Blake mit den Fingern zu, sodass ihre Diamantringe unter dem Licht glitzerten. »Wir haben unsere Ringe neu gravieren lassen und dieses Mal durfte Alisha bei der Hochzeit dabei sein.«

Blake sah zu Alisha hinunter, die strahlend lächelte. »Ich war die Trauzeugin und die Brautjungfer«, erklärte das kleine Mädchen.

»Und obwohl wir all das haben, wollen wir trotzdem etwas, das nur für uns ist«, fügte Natalie hinzu.

»Also, zu unserem Jahrestag wollen wir uns identische Piercings stechen lassen, da wir letztes Mal Tattoos bekommen haben.« Linda lachte. »Wir mögen es anscheinend, die verstrichene Zeit mit lustigen Dingen zu ehren.«

Blake lächelte, während sie schnell Alishas Ohren durchstach. Das kleine Mädchen keuchte nicht einmal und Blake war froh darüber. Sie wusste, wie sie es so schmerzlos wie möglich machen konnte.

»Alles fertig«, sagte sie leise. »Ich versuche auch, zu besonderen Anlässen neue Tattoos oder ein neues Piercing zu bekommen«, fügte sie hinzu.

»Darf ich mal sehen?«, fragte Alisha. »Ich meine meine Ohren, nicht deine Tattoos, die ich nicht schon sehen kann.«

Blake lachte und nickte. »Klar doch.«

Als die drei sich auf den Weg machten, strahlte Alisha mit ihren frisch gepiercten Ohren um die Wette, und ihre Mütter hatten sich für Nippelringe entschieden, sobald sie zurückkamen. Blake konnte es kaum erwarten. Sie liebte diese Familie wirklich und die Art, wie sie miteinander umgingen. Es erinnerte sie an sie selbst und Rowan mit ihrem Sarkasmus und ihren Scherzen, die nur die beiden verstanden.

Sie räumte ihren Arbeitsplatz auf und streckte ihren Rücken, bevor sie zur Vorderseite des Ladens

CARRIE ANN RYAN

ging, um zu sehen, ob es noch weitere Termine für sie gab. Sie hatte ein Tablet, das sie auch hätte überprüfen können, aber sie ging gern ein bisschen herum, da es ihr Zeit gab, ihren Kopf zwischen einem Kunden und dem nächsten freizubekommen.

Seltsamerweise war heute keiner der Montgomerys im Laden, da sie ein Familiengrillfest oder so hatten, also war es relativ ruhig. Autumn, ihre Empfangsdame, war mit einem der Montgomerys zusammen, also war sie auch nicht da. Tatsächlich standen heute nur Derek, sie und ein weiterer Teilzeit-Künstler namens Brandon auf dem Plan. Sogar die beiden anderen Vollzeit-Nicht-Montgomerys waren bei dem Grillfest.

Hätte sie schon länger mit ihnen zusammengearbeitet, hätte sie sich vielleicht über die fehlende Einladung geärgert, aber sie gehörte nicht zu ihrer Familie und es war ihr ganz recht, alleine zu sein. Sie rollte den Hals und warf einen Blick auf den Terminplan auf dem Computer.

»Kein allzu schlimmer Tag«, kommentierte sie mehr zu sich selbst.

»Ja«, sagte Brandon mit einem Lächeln, als er auf sie zuging. Er war wirklich ein schöner Mann. Er hatte einmal erwähnt, dass er halb koreanisch, halb irisch war, und er hatte seine Gesichtszüge eindeutig von beiden Elternteilen geerbt. Kräftige Wangenknochen, dunkle Augen und volle Lippen auf einem glatten Gesicht. Er hatte sich vor Kurzem die Haare schneiden lassen, weil er irgendeine Frau beeindrucken wollte, und so lag es in Stufen um seinen Kopf herum. Teils hochbezahltes Model, teils gerade aus dem Bett gestiegen. Sie war sich nicht sicher, ob sie ihre Haare jemals so hinbekommen würde, selbst wenn sie es versuchte.

»So wortreich«, stichelte Blake mit offensichtlichem Sarkasmus.

Brandon grinste, und wenn sie eine andere Frau gewesen wäre, hätte ihr vielleicht der Atem stocken können. Im Ernst, der Mann war verdammt gut aussehend.

»Du bist auch nicht besonders wortreich«, entgegnete Brandon, als er aus sie zuging. »Und ja, es ist ein wenig geschäftiger Tag, da der Rest der Angestellten unterwegs ist, und da Derek und ich nur Teilzeit hier arbeiten, bekommen wir nicht so viele Termine.«

»Ich weiß gar nicht, warum das so ist«, sagte Blake. »Ihr seid beide verdammt talentiert.«

Brandon zwinkerte, während Derek über den Arm seines Kunden gebeugt schnaubte. »Danke, Liebes. Und es liegt nicht daran, dass wir nicht talentiert sind, es ist nur so, dass es nicht unsere Aufgabe ist, die treibende Kraft für den Laden zu sein. Wir sind hier, um einzuspringen. Ich kann meine großen Stücke oben in Portland und Seattle machen, während ich hierherkomme, um an neuen Dingen zu arbeiten und mich von Laufkundschaft überraschen zu lassen. Das hält mich frisch.«

»Wenn du das sagst.« Sie legte ihre Hand auf Brandons Brust und schob ihn zurück, damit sie hinter dem Tresen hervorkommen konnte. Er bewegte sich leicht weg von ihr und bedrängte sie nicht im Geringsten. Das mochte sie an diesen Typen – keiner von ihnen gab ihr je ein unbehagliches Gefühl. Sie behandelten sie nicht wie ein kleines Weib oder wie jemanden, den sie im Hinterzimmer kurz vögeln konnten, einfach weil sie da war. Sie respektierten sie und sprachen tatsächlich mit ihr wie mit einem Menschen. Sie hatte in Läden gearbeitet, in denen sie sich täglich unerwünschter Aufmerksamkeit erwehren musste, und hatte sich auf dem Weg zur Tür hinaus sogar ein paar Finger gebrochen. In diese Lage wollte sie nie wieder kommen.

Und ja, die Dinge hätten anders sein können, wenn sie in das Familienunternehmen eingestiegen und bei den Leuten geblieben wäre, die sie dazu erzogen hatten, nichts weiter als eine Puppe zu sein, aber das war sie nicht, also hatte sie gelernt, die zu sein, die sie sein musste. Montgomery Ink würde es ihr ermöglichen, einen anderen Teil von sich selbst zu finden, denn obwohl sie sich nie völlig entspannen würde, konnte sie zumindest in der Nähe derer, mit denen sie arbeitete, etwas leichter atmen und einfach … erschaffen. Einfach … sein.

Beides war ihr schon lange nicht mehr möglich gewesen. Aber Rowan brauchte sie, um stark zu sein, um ganz zu sein, und Blake würde alles tun, um das zu erreichen.

»Möchtest du den nächsten Kunden übernehmen?«, fragte Brandon, während er zu seiner Arbeitsstation zurückging und ein Skizzenbuch in die Hand nahm. »Ich habe gerade ein kleines Knöchelstück fertiggestellt, während du hinten warst, und Derek hier arbeitet, wie du sehen kannst.«

Derek sah von seinem Tattoo auf und blinzelte. »Ja, Blake, nimm den nächsten. Und wenn du schon dabei bist, warum erzählst du Brandon hier nicht von dem Hockeyspiel.«

Blake versteifte sich unweigerlich und zwang sich, sich zu entspannen. Nein, sie würde nicht an Grahams Lippen denken oder an die eindringliche Art, wie er die Kontrolle über den Kuss, über *sie*, übernommen hatte. Verdammt, das hatte sie nicht gewollt, sie hatte ihn nicht gewollt. Und wenn sie sich das immer wieder einredete, würde sie es eines Tages vielleicht sogar glauben.

»Ooooh«, krächzte Brandon mit einem verruchten Schimmer in den Augen. »Oh, wirklich? Ein Hockeyspiel? Und was ist bei dem Hockeyspiel passiert?« Er legte die Finger an seine Schläfe. »Oh, warte! Ich weiß schon. Warst du mit Mr. Groß, Bärtig und Grüblerisch auf der Kuss-Kamera beim Knutschen zu sehen? Denn, Liebes, wenn ich nicht schon mit einer Frau zusammen wäre, würde ich ihn bespringen. Ich sage ja nur. Ich bin für Gleichberechtigung.«

Sie schob die Tatsache beiseite, dass sie jetzt sehr, *sehr* schmutzige Bilder von Graham und Brandon im Kopf hatte, und rieb sich mit einer Hand übers Gesicht. »Ich habe nicht mit ihm geknutscht. Und wie zum Teufel hast du es herausgefunden?«

»Du bist überall im Internet zu finden, Baby.« Er hielt ihr sein Handy hin und Blake konnte tatsächlich spüren, wie ihr das Blut aus dem Gesicht lief.

»Was? Nein. Das kann nicht wahr sein.« Sie rappelte sich auf und riss ihm das Handy aus der Hand. Er hatte Facebook geöffnet und einen gespeicherten Link aufgerufen, der ein *»Kiss Me Beardy«*-Video zeigte. »Sie haben ihm einen Namen gegeben?«

»Natürlich haben sie das«, sagte Derek trocken. »Alles wird heutzutage ein Hit. Wie dieser Alligator von der Größe eines Lastwagens unten in Florida, der zur Titelmelodie von *Jurassic Park* auf einem Golfplatz herumspazierte. Das Viech war riesig. Und ja, du und Graham, wie ihr verschwitzt und hechelnd auf der Kuss-Kamera rummacht, wart eine große Sensation. Keine Sorge, da du keine sozialen Medien hast, wird es dich nicht stören, aber der Laden hat schon ein paar Hits auf Twitter, und ich wette, Grahams Firmenseite auch.«

Sie schüttelte den Kopf und ihre Hände zitterten. »Ich weiß, dass wir es nicht löschen lassen können, aber verdammt noch mal. Ich wollte nicht, dass das passiert. Diese verdammte Kuss-Kamera kann auf direktem Weg zur Hölle fahren.«

»Du sahst aus, als würde dir der Kuss gefallen, Blake«, sagte Brandon leise. »Oder etwa nicht? Muss ich Graham für dich in den Arsch treten? Er ist größer als ich, aber ich kann ihn wahrscheinlich überwältigen, wenn ich ihn an den Knien ausschalte.«

»Ich würde dir helfen, Kumpel«, fügte Derek hinzu.

»Ich auch«, sagte der Kunde vom Stuhl aus.

Sie sah ihn an und blinzelte, ihre Augen brannten. »Äh ... danke?«

»Ich heiße Brody«, sagte der Mann mit einem leichten Tonfall in der Stimme. »Und nicht der Rede wert.«

Sie schluckte schwer und versuchte, zu Atem zu kommen. Nur weil ein kleiner Kuss im Internet zu sehen war, bedeutete das nicht, dass es irgendwelche Probleme beeinflussen würde, die sie bereits hatte. Es war nur ein Kuss. Ein Kuss, der offenbar um die Welt gegangen war. Aber das war in Ordnung. Sie hatte nichts falsch gemacht.

Keiner konnte ihr Rowan wegnehmen, weil ein Mann sie geküsst hatte.

Das wiederholte sie sich immer wieder, bis ihr Herz endlich aufhörte zu rasen. Als sie aufblickte, trugen alle drei Männer einen besorgten Gesichtsausdruck und hatten die Hände ausgestreckt, als wollten sie sie berühren, hätten aber Angst, sie zu erschrecken.

Toll, sie hatte sich mal wieder wie eine Verrückte benommen, weil sie nicht alles kontrollieren konnte.

»Er hat mir nicht wehgetan oder so«, sagte Blake lahm. »Alle haben uns zugerufen, dass wir uns küssen sollen, also haben wir es getan. Es ist nichts weiter passiert. Und bald wird es eine neue Sensation geben und niemand wird sich mehr daran erinnern.«

Brandon musterte ihr Gesicht. »Also gut, wenn du das sagst. Und was Graham angeht, wenn du etwas brauchst, kommst du zu uns, okay? Wir sind für dich da.«

Sie nickte stumm und versuchte, zu Atem zu kommen. Als es über der Tür läutete, sprang sie auf und sah hinüber. »Ich werde mich um diese Kunden kümmern.«

»Klingt gut«, sagte Brandon ruhig. Sie war sich bewusst, dass alle drei Männer den Blick auf ihren Rücken gerichtet hatten, als sie auf die beiden jungen Frauen am Eingang des Ladens zuging. Sie hasste es, dass die drei so besorgt um sie waren, und sie machte sich unnütz Sorgen um dieses Video, aber sie wusste, dass sie nichts tun konnte.

Sie würde sich einfach von Graham fernhalten und alles würde gut werden. Bald würde sie das Gefühl seiner Lippen auf ihren vergessen haben, das Gefühl seiner Hand in ihrem Haar und seines Bartes auf ihrer Haut. Das verdammte Ding war erstaunlich weich gewesen.

Schluss jetzt damit.

»Wie kann ich Ihnen helfen, meine Damen?«, fragte sie, als sie den Eingang erreicht hatte. Sie würde sich um Tattoos und Piercings kümmern und um nichts anderes. Sie konnte das kontrollieren, konnte damit arbeiten. Und das würde reichen müssen.

Als ihre Schicht vorbei war, war sie ein Nervenbündel. Sie hatte Rowan über Facetime angerufen, als sie im Hinterzimmer eingeschlossen war, und sich von ihr verabschiedet, da ihre Tochter heute bei einer Freundin übernachten sollte. Sie hasste es, dass sie nicht unter demselben Dach wie ihr Baby schlafen würde, aber sie konnte nichts dagegen tun. Rowan wurde erwachsen und Übernachtungen woanders gehörten einfach dazu.

Aber sie vermisste ihre Tochter jetzt schon.

Blake seufzte und fuhr zum Lebensmittelladen, um etwas zu essen zu besorgen. Sie hatte zwar Nahrungsmittel im Haus, war aber zu gestresst, um etwas zuzubereiten. Ein verzehrfertiger Salat mit allem Drum und Dran sowie ein großes Stück Schokoladenkuchen würden sie aufmuntern. Zumindest würde das der Kuchen. Sie versuchte, nicht zu viel

Zucker zu sich zu nehmen, denn sie war keine zwanzig mehr und ihr Hintern wuchs mit jedem Monat, der verging, aber ihr Baby war zum ersten Mal über Nacht außer Haus und verdammt, Blake brauchte Kuchen.

Sie besorgte sich einen kleinen Einkaufswagen, da sie in dem Laden unweigerlich etwas anderes finden würde, das sie brauchte, und ging in die Abteilung für Fertiggerichte. Es war ein Freitagabend nach achtzehn Uhr und im Laden war es nicht besonders belebt. Die meisten vernünftigen Leute waren entweder zu Hause bei ihrer Familie oder aßen auswärts. Blake wollte sich ihren traurigen kleinen Salat und ihren Schokoladenkuchen holen und dann ein wenig Wäsche erledigen, die sich aufgestapelt hatte. Mrs. Gonzales wusch immer ihre Wäsche für sie, und Blake hasste das. Also hatte sie sich die Mühe gemacht, ihren Wäschekorb hinten im Schrank zu verstecken, damit die ältere Frau nicht so viel arbeiten musste.

Bis jetzt hatte der Plan funktioniert, aber da die andere Frau den Korb in seinem letzten Versteck gefunden hatte, war Blake nicht sicher, wie lange sie das noch durchhalten konnte. Es war nicht so, dass sie die Frau, die Blake und Rowan unter ihre Fittiche genommen hatte, nicht schätzte, es war eher so, dass sie nicht wollte, dass Mrs. Gonzales sich überanstrengte. Sie hatte sich endlich aus der Reinigungsfirma zurückgezogen, bei der sie über dreißig Jahre lang gearbeitet hatte, und hatte sich eine Auszeit verdient.

Natürlich war Blake nicht sicher, ob die andere Frau wusste, was das bedeutete.

Seufzend bog Blake um die Ecke zum Salatbereich und stieß prompt mit einem anderen Wagen zusammen.

»Oh Mist, es tut mir leid«, sagte sie, als sie aufblickte. »Du. Das kann doch nicht wahr sein. Verfolgst du mich jetzt etwa?«

Graham zwinkerte ihr zu und sie konnte nicht anders, als die Art zu mögen, wie seine breiten Schultern sein Hemd ausfüllten. Der verdammte Mann trug ein einfaches weißes T-Shirt mit verblichenen Jeans und Arbeitsstiefeln, und doch wollte sie ihren Körper um seinen schlingen, nur um ihn an sich zu spüren. Sie hasste den Mann.

Okay, nicht wirklich, aber sie *wollte* ihn wirklich hassen.

»Ich bin hungrig, Blake. Es ist mir eigentlich egal, wo du einkaufst, aber es scheint, dass wir die gleiche Idee hatten.« Er gestikulierte hinunter zu den Salaten. »Was für einen nimmst du?«, fragte er und Blake konnte nur den Kopf schütteln.

»Du verfolgst mich wirklich nicht?« Okay, das klang ein bisschen weit hergeholt, aber sie weigerte sich zu glauben, dass sie diesem Mann aus irgendeinem anderen Grund über den Weg lief. *Hartnäckig* war ihr zweiter Vorname.

Graham rollte nur mit den Augen. »Nein, tue ich nicht. Ich bin hungrig nach einem langen Tag, an dem ich mit Inspektionen zu tun hatte, und ich wollte nichts kochen. Und obwohl ein saftiger Burger im Moment fantastisch klingt, bin ich alt und brauche die Ballaststoffe.«

Hilflos ließ sie den Blick an seinem Körper hinaufwandern. »Alt?«

Er leckte sich über die Lippen und die Erinnerung an diese Lippen auf ihren ließ sie fast zusammenzucken. Fast. »Älter als du.«

»Um etwa eine Minute.«

»Wie ich sehe, isst du ebenfalls einen Salat«, sagte er nach einem Moment. »Oder hattest es zumindest vor.«

Sie zuckte mit den Schultern. »Mein Hintern wird zu groß.«

Er grinste sie an. »Warum drehst du dich nicht um und lässt mich nachsehen. Ich werde es dir sagen.«

Sie verengte die Augen. »Flirtest du etwa mit mir? Ich dachte, wir streiten miteinander.«

»Nun, heimlicher Avalanche-Fan …«, begann er und sie wurde rot.

»Das tut mir leid. Ich war genervt von dir. Und ich muss dir sagen, es hat mir mehr wehgetan als dir, Toronto anzufeuern.«

»Das hast du verdient. Und du hast Glück, dass die Avalanche einen Sieg errungen haben. Wie auch immer, ich schätze, ich flirte mit dir. Anscheinend kann ich mir nicht helfen.«

Sie biss sich auf die Lippe und musterte sein Gesicht. »Willst du dir denn selbst helfen? Ich meine … willst du *nicht* mit mir flirten?«

Er schloss die Augen und kniff sich in den Nasenrücken. »Ich habe irgendwie damit angefangen. Und ich weiß es nicht. Ich weiß nur, dass ich nicht aufhören kann, daran zu denken, dich wieder zu küssen. Selbst nachdem mich jeder einzelne Mensch, den ich kenne, wegen dieses ganzen Videos aufgezogen hat.«

Sie stöhnte. »Gott, ich hatte kurzzeitig vergessen, dass das Video überall zu sehen war. Ich hasse das Internet.«

»Du gefällst mir«, sagte er leise, bevor er sich räusperte. »Wie auch immer, ich weiß nicht, ob ich mit dir flirten *will*, aber ich tue es. Und weil ich es tue, warum holst du dir nicht zusammen mit mir einen Salat und wir setzen uns draußen auf die Bank und essen ihn dort. Es ist ein schöner Abend. Lass uns das Beste daraus machen.«

Sie erstarrte. »Willst du mit mir einen Salat aus dem Supermarkt auf einer Bank vor dem Parkplatz essen?« Nicht die romantischste Sache der Welt. Nicht dass sie Romantik wollte.

Er schüttelte den Kopf. »Ich meinte die Bank an der Seite des Gebäudes, die auf den Teich und den Park hinausgeht. Dort essen ständig Leute. Und anstatt ein Restaurant zu finden oder uns etwas anderes zu überlegen, bevor wir zu viel darüber nachdenken, sollten wir das einfach tun. Mal sehen, was passiert.«

»Was, wenn ich nicht sehen will, was passiert?«

Er musterte ihr Gesicht. »Ist das der Fall?«

Sie stieß einen kleinen Schrei aus und zuckte dann zusammen, als eine ältere Frau sie anglotzte. »Tut mir leid«, murmelte sie. »Ich weiß nicht, was ich will.«

»Ein mickriger Salat vor einem Lebensmittelladen kann doch nicht schaden.«

»Warum tust du das?«, fragte sie.

»Ich weiß es noch nicht.«

Wenigstens war sie nicht allein in der Fremde. »Gut. Aber ich bekomme auch ein Stück Schokoladenkuchen. Ich brauche es.« Sie erwähnte nicht warum, und das hatte einen Grund. Sie erwähnte Rowan nicht. Niemals. Es war zu gefährlich.

»Kann ich einen Bissen haben?«, fragte er, seine Stimme sanft und sexy.

Einen Bissen wovon?, wollte sie fragen, tat es aber nicht. Sie war noch nicht bereit für *diese* Art von Flirten. »Hol dir dein eigenes Stück, Gallagher.«

»Das kann ich machen, Blake. Wie es scheint, bin ich in der Stimmung für etwas Süßes.«

Sie rollte mit den Augen über diesen Satz und wählte ihren Salat aus, bevor sie sich ein Stück Kuchen holte. Sie würde heute Abend so viel Zucker brauchen, wie sie kriegen konnte.

Nachdem sie ihre Sachen in der Express-Schlange bezahlt und sich auf den Weg zu den Tischen draußen gemacht hatten, ging die Sonne gerade unter. Seit es auf den Sommer zuging, wurden die Tage länger, und sie liebte es, das Farbenspiel am Himmel zu beobachten. Sie seufzte, als sie die Schale mit ihrem Salat öffnete und Grahams Blick begegnete.

»Was machen wir hier?«, fragte sie leise.

»Ich weiß es nicht«, entgegnete er, während er mit der Gabel in seinen Salat stach. Er nahm einen Bissen und kaute, sein Ausdruck war ernst. Nachdem er heruntergeschluckt hatte, nahm er einen Schluck aus seiner Wasserflasche und hielt seinen Blick auf ihren gerichtet. »Warum scheinen wir uns zu hassen?«

»Ich hasse dich nicht«, sagte sie steif. »Ich kenne dich nicht und du kennst mich nicht. Aber du scheinst mich sehr wohl zu hassen.«

»Ich weiß nicht, ob das der Fall ist«, entgegnete er feierlich. »Ich denke, ich bin aus vielen Gründen ein Arschloch, und einer dieser Gründe ist, dass ich dich wie Scheiße behandelt habe, bevor du auch nur ein Wort gesagt hattest. Das tut mir leid.«

Ihre Augen weiteten sich. »Wirklich?«

»Wirklich.« Er seufzte. »Ich hasse dich nicht, Blake. Ich kenne dich nicht, wie du schon gesagt hast.

Und du kennst mich nicht. Aber ich würde dich gern kennenlernen.«

»Bist du dir da sicher? Denn du hörst dich nicht sicher an.« Zum Teufel, im Moment war sie sich bei gar nichts sicher.

»Ich bin mir nicht sicher, aber ich will sehen, ob diese … Spannung, die ich in deiner Nähe spüre, etwas ist, aus dem wir etwas machen können. Und ich weiß, dass mich das wahrscheinlich noch mehr zu einem Arschloch macht, aber ich kann nicht anders.« Er sah zu ihr auf. »Geh mit mir essen, Blake.«

»Wir essen doch gerade etwas zusammen.« Sie würde nicht zulassen, dass dieses kleine Ziehen in ihrem Bauch sie auf einen falschen Weg führte. Das hatte es schon einmal getan, und sie hatte deswegen fast alles verloren.

»Tu es noch einmal.« Er stand auf und ging auf sie zu. Als er an ihrer Hand zog, ließ sie sich von ihm hochziehen, sodass sie neben ihm stand. »Geh mit mir aus, Blake. Lass uns herausfinden, was *dies* ist.«

Es gab so viele Gründe, Nein zu sagen, so viele Gründe, umgehend wegzugehen. Also reagierte sie mit der einzigen Antwort, die sie hatte.

»Ja.«

»Gut.« Er senkte seinen Mund und küsste sie erneut, dieses Mal ohne das Gejohle eines Stadions voller Schaulustiger. Sie öffnete den Mund und seine Zunge stieß gegen ihre. Ihr Körper bebte und ihr Verstand ging in tausend verschiedene Richtungen, bevor er sich auf eine einzige Sache konzentrierte: Graham.

Er schmeckte nach seinem Salat und Graham, und sie wusste, dass sie gierig nach seinem Geschmack werden konnte. Sie wollte mehr, wollte das Gefühl von ihm, wollte ihre Arme um seinen Körper schlingen und ihn fester küssen.

Also tat sie es nicht und zog sich stattdessen zurück. »Also gut«, sagte sie leise.

Er packte ihr Kinn und zwang sie, ihm in die Augen zu schauen. »Ich werde das noch mal machen wollen, Blake. Und zwar verdammt oft.«

»Und vielleicht lasse ich dich.«

Als er grinste, wusste sie, dass sie das Richtige gesagt hatte, nur wusste sie nicht, ob es das Richtige für *sie* gewesen war. Sie betete, dass es nicht wieder in Schmerzen endete, dass sie nicht alles, was sie hatte, nur für einen Mann kaputt machte.

Das hatte sie schließlich schon einmal getan, und sie sollte verdammt sein, wenn sie es wieder täte.

Kapitel Fünf

GRAHAM SCHLUCKTE den letzten Rest seines Kaffees herunter und wünschte sich bereits, er hätte noch einen. Nach einer langen, schlaflosen Nacht waren sein Körper und sein Geist nicht ganz bei der Sache, wenn es um seinen Job ging. Der Gedanke an Blake in seinem Bett, in seinen Armen, hatte ihn bis fast zum Tagesanbruch wach gehalten.

Er konnte immer noch nicht glauben, dass er sie nicht nur noch einmal im Lebensmittelladen gesehen hatte, sondern sie auch noch zu einer seltsamen Verabredung vor dem Supermarkt eingeladen und sie dann in der Nähe eines Parkplatzes geküsst hatte. Was hatte er sich nur dabei gedacht? Er hatte sie um eine Verabredung gebeten, hatte sie gebeten, die Seine zu sein, wenn auch nur für den Moment. Die Tatsache, dass sie Ja gesagt hatte und in diesem Kuss versunken war, überraschte ihn zutiefst.

Und doch tat es das zur gleichen Zeit auch nicht. Sie kreisten schon umeinander, seit er sie zum ersten Mal im Haus auf dem Hügel gesehen hatte, und dann später, als sie den Schwanz seines Bruders in der Hand hielt.

Trotz des fehlenden Kaffees grinste er bei diesem Gedanken. Ja, er sollte wahrscheinlich verdammt eifersüchtig sein, aber wenn er ehrlich war, war das wirklich eine lustige Geschichte. Natürlich konnte er jetzt nicht anders, als ein wenig eifersüchtig zu werden, dass sie Murphys Schwanz angefasst hatte – und sei es auch auf professionelle Weise – und nicht seinen eigenen.

Und er musste *wirklich* aufhören, an den Schwanz seines Bruders zu denken.

Und auch seinen eigenen, denn mit einem Steifen auf der Baustelle zu arbeiten war ein Rezept für eine Katastrophe. Er verdrängte die Gedanken an Blake, ihre verdammt sexy Hände und ihren Hintern aus seinem Kopf und versuchte, sich auf die Wand vor ihm zu konzentrieren. Und weil er ein Gallagher und ein Mann war, machte allein die Vorstellung, diese Gedanken aus seinem Gehirn zu verdrängen, ihn noch härter.

Er hatte sich wirklich verguckt und er war sich nicht sicher, warum oder wie er sich dabei fühlte. Es war nicht der richtige Zeitpunkt für ihn, um an eine

Frau zu denken, und ehrlich gesagt hatte er gedacht, er sei zu alt, um etwas Neues zu versuchen. Er war verheiratet gewesen, hatte das Familien-Ding gemacht.

Er brauchte niemanden sonst.

Und die Tatsache, dass er sich diesbezüglich immer wieder selbst belog, sprach Bände.

Graham seufzte und warf einen Blick auf sein Telefon, um nach der Uhrzeit zu sehen. Er konnte sich ein paar Minuten Pause gönnen und versuchen, seine Gedanken zu sortieren, denn er musste bald ein paar Wände einreißen und er wollte sich nicht verletzen, weil er mit dem Kopf in den Wolken und mit den Gedanken bei einer Frau war, die ihn faszinierte wie keine andere. Er ging hinaus auf die Terrasse, da sie noch nicht mit der Arbeit an der großen ebenen Fläche hinter dem Haus begonnen hatten, und setzte sich auf die bröckelnde Außenmauer.

Was sollte er nur mit Blake machen?

Wollte er sie nur in seinem Bett? Oder etwas mehr? Aus irgendeinem Grund faszinierte sie ihn, brachte ihn dazu, in jeder Hinsicht an sie denken zu wollen, was Warnglocken in seinem Kopf ertönen ließ. Er sollte überhaupt nicht an sie denken, und schon gar nicht im Zusammenhang mit mehr als einer einzigen Nacht des Vergnügens. Er konnte es nicht riskieren. Er war sich auch nicht sicher, was es mit ihr auf sich hatte.

Ja, sie war verdammt sexy, aber das war es nicht. Oder zumindest nicht alles davon.

Da war etwas in ihren Augen, das ihn anzog. Etwas, das ihm sagte, dass sie mehr sah, als sie zugeben wollte, und dass sie eine oder zwei Schichten hatte, von denen sie nicht wollte, dass andere sie sahen. Sie hatte gelebt, das war sicher, und verdammt, er wollte wissen, was in ihrer Vergangenheit passiert war, das sie so zurückhaltend gemacht hatte, wenn es um das Haus auf dem Hügel ging. Warum hatte sie es verlassen? Warum war sie die Nachlassverwalterin und nicht die eigentliche Besitzerin? Und warum zum Teufel hatte jemand das Haus verfallen lassen?

Sicher, wenn derjenige es nicht getan hätte, wäre Graham arbeitslos und er hätte sie gar nicht erst kennengelernt.

Er schloss die Augen und hob sein Gesicht in die Sonne, damit sie ihn wärmte, obwohl ihm bei dem Gedanken an Blake und die Anstrengung der Arbeit auf der Baustelle schon ein bisschen zu heiß war. Andere schufteten um ihn herum, hämmerten, sägten und schlugen auf Dinge ein. Dies war der zweite Abrisstag und in Anbetracht der Größe der Baustelle hatten sie noch ein paar Tage vor sich. Und obwohl er der Chef war, sollte er wirklich nicht faulenzen und darüber nachdenken, was zur Hölle er mit einer Frau anfangen sollte, die aus dem Nichts aufgetaucht war und genau zur falschen Zeit in sein Leben getreten war.

»Was zum Teufel machst du hier draußen?«, fragte Owen deutlich verärgert. Sein jüngerer Bruder hatte mit dem Rest von ihnen die Ärmel hochgekrempelt, um zu schuften, auch wenn er Pausen machte, um auf sein Tablet zu schauen oder eines der unzähligen anderen Dinge zu tun, an denen er als Bauleiter arbeitete. »Wir reißen einen Teil des Gebäudes nieder und du machst eine Pause und genießt die Sonne? Normalerweise liebst du diese Demolierungen, und zur Hölle, normalerweise lässt du die Jungs nicht schuften, während du faul in der Sonne liegst. Was ist los?«

Graham grunzte und zeigte seinem Bruder den Mittelfinger. »Fick dich. Ich liege nicht faul in der Sonne.«

Owen hob die Brauen und starrte Graham an, bevor er sich demonstrativ auf dem leeren Terrassengeländer umsah. »Ich sehe dich nicht mit einem Vorschlaghammer in der Hand an den Außenwänden arbeiten und so. Und vergiss nicht, dass wir diesen Bereich erst in ein paar Wochen auf dem Plan haben. Du kannst nicht einfach vom Zeitplan abweichen, Graham.«

Graham kniff sich in den Nasenrücken und Verärgerung machte sich in ihm breit. »Scheiß auf den Zeitplan, Owen. Ich meine, im Ernst, wenn wir am Abrisstag etwas aus der Reihe tanzen, werden wir nicht alles versauen.«

»Scheiß auf den Zeitplan? Kennst du mich überhaupt? Und vor allem du weißt, dass es an Abriss-tagen eine festgelegte Reihenfolge gibt. Das Gebäude könnte in sich zusammenfallen, wenn man einfach irgendwo anfängt, alles abzureißen. Was ist dir denn über die Leber gelaufen?«

»Nichts«, stieß er hervor. »Und sieh dich mal um, Owen. Ich mache hier gar nichts kaputt. Also hör auf durchzudrehen. Ich mache nur eine Verschnaufpause, während ich nachdenke. Ich mache gleich weiter.« Er ergriff sein Hemd und zog die staubige, schweiß-durchtränkte Baumwolle von seiner Haut weg. »Ich reiße mir den Arsch auf, seit ich hier bin, und nun ist mein Kaffee alle. Lass mich einfach in Ruhe.«

Owen runzelte die Stirn und musterte Grahams Gesicht. »Was ist los?«

»Es ist alles in Ordnung.« Sein Bruder sah zu viel. Das taten sie alle.

»Machen wir jetzt Pause, wann immer wir Lust haben?«, fragte Murphy, als er mit den Bauplänen in der Hand auf sie zuging. Graham unterdrückte ein Stöhnen. Immer, wenn sein jüngster Bruder mit Bauplänen auftauchte, wurde es kompliziert. Von Murphy und seinen Entwürfen kam nie etwas Gutes mitten am Abrisstag.

»Ich kann euch beide gerade nicht ertragen«, stieß Graham hervor. »Gebt mir nur einen verdammten Moment Zeit zum Atmen, dann mache ich weiter. Warum zum Teufel geht ihr mir so auf den Sack?«

Murphy hob die Hände und die Spitze der

Baupläne traf ihn am Scheitel. »Mach mal langsam, Bruder. Ich gehe dir nicht auf den Sack. Owen vielleicht schon, weil er bei allen so ist, aber ich bin gerade erst hier eingetroffen.«

Owen zeigte beiden den Mittelfinger. »Ich gehe den Leuten nur auf den Sack, weil ohne mich keiner was auf die Reihe kriegen würde. Und fickt euch beide.« Er drehte sich ganz zu Graham um. »Also, was zum Teufel ist los mit dir? Warum bist du mitten am Tag hier draußen, *denkst nach*«, er machte mit den Fingern kleine Anführungszeichen in der Luft, »und arbeitest nicht?« Er hielt inne und lächelte. »Wir fragen nur, weil wir uns Sorgen machen.«

Graham rollte mit den Augen. »Sorgen, von wegen.«

»Hey, es ist Owen, der sich Sorgen um dich macht«, lallte Murphy. »Ich bin nur hier, weil ihr beide hier standet, und ich wollte mich nicht ausgeschlossen fühlen.«

Graham seufzte. Er wollte ihnen nicht von Blake erzählen, noch nicht. Sie würden ihn nur ausschimpfen, weil er so ein Arschloch zu ihr gewesen war, und aus irgendeinem Grund wollte er, dass das alles erst mal sein Geheimnis blieb. Sein Herz schmerzte plötzlich für einen Moment, und er schloss die Augen und stieß einen weiteren Seufzer aus.

Es gab einen Grund, warum er sich weder mit Blake noch mit einer anderen Frau hatte einlassen wollen. Einen großen Grund, warum er nicht darüber sprach, nicht darüber nachdachte – es sei denn, es war Mittwoch oder der Tag endete mit g und er konnte nicht anders. Seine Brüder hatten sich seinetwegen aus gutem Grund Sorgen um diesen Monat gemacht, und der Jahrestag des Tages, an dem sich sein Leben verändert hatte, der Tag, an dem seine Welt in Millionen Stücke zerbrochen war, von denen er erst jetzt glaubte, dass er sie eines Tages wieder zu dem Anschein des Mannes zusammensetzen könnte, der er einmal gewesen war, stand bevor.

»Ich brauchte nur einen Moment zum Durchatmen«, sagte Graham leise. »Es geht mir gut.«

Er begegnete den Blicken seiner Brüder und sie musterten ihn. Sie kannten ihn in- und auswendig, genau wie Jake, aber manchmal brauchte er eine Pause davon. Er wollte nicht, dass sie Dinge sahen, die er lieber verbarg.

Und das war ein Grund mehr, sich von Blake fernzuhalten. Weil er wusste, dass sie zu den Leuten gehören würde, die zu viel sahen. Er war der, der er war, wegen seiner Vergangenheit, aber das bedeutete nicht, dass er sie hervorholen und jedes Mal ansehen wollte, wenn er sich beschissen fühlte. Die Vergangenheit war begraben, und so sollte es auch bleiben.

»Wenn du sicher bist, dass es dir gut geht«, begann Owen, »dann mache ich mich wieder an die Arbeit.« Er zog sein Handy aus der Tasche. »Und mit Arbeit meine ich die nächsten vierzig Telefonate, die ich führen muss, denn ich komme langsam in Verzug, wenn ich hier draußen noch weiter herumtrödele.«

»Und Gott bewahre, dass du mit deiner Arbeit im Rückstand bist«, sagte Murphy mit einem Augenzwinkern.

Grahams Schultern entspannten sich, als seine Brüder begannen, sich gegenseitig zu ärgern. Er wusste, sie hatten gesehen, dass etwas mit ihm nicht stimmte, und dass sie wahrscheinlich bald zurückkommen würden, um zu versuchen, es herauszufinden, aber sie gönnten ihm wenigstens diesen Moment der Ruhe.

Owen nickte ihnen zu, bevor er eine Nummer wählte und wegging. Damit blieben Murphy und seine verdammten Baupläne vor Graham zurück.

»Ich schaue mir deine Pläne nicht an«, knurrte Graham. »Wir haben schon Pläne. Und an denen werden wir *gar nichts* ändern.«

Murphy holte tief Luft. »Heute ist Abrisstag, wir bauen noch nicht. Und es gibt ein paar Dinge, die wir noch verfeinern müssen. Es sind keine großen Veränderungen.«

Murphys »keine großen Veränderungen« waren für Graham immer eine verdammt große Sache. Denn während Murphy plante und *half* zu bauen, war es Graham, der die meiste schwere Arbeit leisten musste. Seine Brüder hatten verdammtes Glück, dass sie zur Familie gehörten, denn bei Murphys Plänen, Owens pingeliger Beharrlichkeit und Jakes künstlerischem Temperament brauchte Graham sehr viel Geduld, um die Arbeit am Haus zu erledigen.

»Nicht jetzt«, sagte Graham und hob seine Hand. »Morgen können wir es durchgehen, aber heute werde ich es nicht tun.«

»Morgen?«, fragte Murphy. »Ich werde es Owen sagen und er wird es in seinen kostbaren Terminkalender eintragen, damit du dich nicht davor drücken kannst.«

Graham stöhnte. »Dieser verdammte kostbare Zeitplan wird Owen eines Tages ein Magengeschwür bescheren, und mir hat er bereits unzählige Kopfschmerzen bereitet.«

»So arbeiten wir nun mal«, erklärte sein Bruder mit Nachdruck. »Ich plane. Jake verfeinert. Owen organisiert. Und du knurrst und grunzt.«

Graham zeigte ihm aus Prinzip noch mal den Mittelfinger. »Fick dich. Und jetzt werde ich ein oder zwei Wände einschlagen.« Er schaute zum x-ten Mal auf sein Telefon und sah, dass es zu spät war, um den nächsten Schritt früher zu beginnen. »Und morgen fangen wir mit dem Dach an.«

»Morgen gehen wir meine Pläne durch«, erinnerte Murphy ihn.

»Natürlich tun wir das«, sagte Graham trocken und legte seinem Bruder einen Arm um die Schultern. »Wir können beides tun.«

»Und wenn ich dich verärgere, wirfst du mich

dann vom Dach?«, fragte Murphy, wobei Sarkasmus in seinem Tonfall mitschwang.

»Allerdings.«

Sie schlenderten zurück ins Haus, Graham ein wenig erleichterter als zuvor. Egal, was mit Blake passierte, er hatte seine Brüder, daran musste er sich einfach erinnern. Sie waren da gewesen, als seine Welt das erste Mal zusammengebrochen war. Es machte nur Sinn, dass sie auch da sein würden, wenn er versuchte, alles wieder zusammenzusetzen.

Als es endlich Feierabend war, schmerzten seine Muskeln und er wollte nur noch ein Bier. Er fuhr nach Hause und zog sich aus, während er zum Kühlschrank ging. Er schnappte sich ein Bier, zog seine Hose aus, hinterließ eine Spur von Kleidung und stellte schließlich die Dusche an. Während diese aufheizte, leerte er sein Bier und betrachtete seinen nackten Körper im Spiegel.

Er mochte auf die vierzig zugehen, aber sein Körper sah nicht danach aus, zumindest nicht nach Ansicht der letzten Frau, mit der er geschlafen hatte. Obwohl man seiner Meinung nach nicht die Muskeln, die Narben, die Male auf der Haut und die Lebensweisheit bekam, ohne diese Jahre tatsächlich *gelebt* zu haben. Er mochte durch seinen Job noch die Kraft haben, die er hatte, als er jünger gewesen war, aber selbst unter den Tätowierungen, die seinen Körper bedeckten, war er gealtert. Und damit hatte er kein Problem.

Das bedeutete, dass er lebte.

Im Gegensatz zu …

Nein, darüber würde er nicht nachdenken. Nicht jetzt. Niemals.

Graham fuhr sich mit der Hand über das Gesicht und betrachtete sich noch einmal. Er war bedeckt mit Staub, Spinnweben und was auch immer zur Hölle sonst noch in und an den Wänden gewesen war, bevor sie sie abgerissen hatten. Sie hatten nicht alle Wände herausnehmen wollen, aber einige waren in den Achtzigern und Neunzigern angebaut worden und waren statisch nicht tragfähig gewesen. Mit Murphys Geschick – und ja, sein Bruder war ein verdammtes Genie, wenn es um Architektur ging – würden sie das Haus schließlich wieder in seinem alten Glanz erstrahlen lassen und den Vorschriften entsprechend renovieren, mit ein paar Modernisierungen, um es bewohnbar zu machen.

Aber der Weg dorthin war eine einzige schmutzige Angelegenheit.

Er stieg in die Dusche und ließ das heiße Wasser über seine Haut gleiten, wobei es den Schweiß und den Schmutz mitnahm. Als er die Augen schloss, stützte er sich mit einer Hand an der Wand vor ihm ab und senkte den Kopf, damit das Wasser seinen Rücken erreichen konnte. Sein Körper schmerzte heftig und weil er sich Blakes Gesicht vorstellte, sobald er die Augen schloss, schmerzte auch sein Schwanz.

Obwohl er wusste, dass er wahrscheinlich einen Fehler machte, griff er nach seinem Schwanz und drückte langsam zu, bevor er seine Hand auf und ab gleiten ließ, wobei er sein Handgelenk leicht drehte, um besser zufassen zu können. Er stöhnte auf und stellte sich Blakes talentierte Hände anstelle seiner eigenen vor. Und ihre Hände *waren* talentiert. Sie war Tätowiererin und Piercerin, ihre Hände waren ihre Arbeit, ihre Kunst, und er konnte es kaum erwarten, sie an seinem Schwanz zu spüren.

Er bewegte die Hüften und streichelte mit der Hand über seinen Schwanz, während er sich Blake auf den Knien vor ihm vorstellte, wie sie ihm einen blies, ihre Lippen um seinen Schwanz geschlossen und ihre Hände an seinen Hoden. Er spielte mit dem Piercing an der Spitze seines Schwanzes und zog leicht daran, sodass ihm ein leises Stöhnen entfuhr. Aber erst als er sich vorstellte, wie er ihre Muschi leckte, sich an ihren süßen Säften labte und sie an seinem Gesicht kommen ließ, spürte er, wie sich seine Hoden anspannten und ihm ein Schauer über den Rücken lief. Er kam heftig und spritzte sein Sperma gegen die Kacheln, bevor es von dem Duschstrahl weggewaschen wurde. Er stöhnte und seine Muskeln waren wieder angespannt, obwohl er gerade erst gekommen war.

Er hatte das nicht tun wollen, nicht wenn er ihr

später gegenüberstehen würde, und doch wusste er, dass er es wieder tun würde. Er konnte sich nicht helfen. Und daher wusste er, dass er das Arschloch war, als das er bei der ersten Begegnung mit ihr aufgetreten war.

Um bei dem Gedanken an sie nicht wieder hart zu werden, seifte er sich schnell ein und wusch sich den Schmutz des Tages ab, bevor er das Wasser abstellte und aus der Dusche stieg. Er trocknete sich ab und fuhr mit einer Hand durch seinen Bart. Er sollte ihn wahrscheinlich abrasieren, nur für den Fall, dass Blake es nicht mochte, dass er an der Innenseite ihrer Schenkel scheuerte.

Und bei diesem Gedanken fluchte er; sein Schwanz wurde wieder hart. Er hatte sich gerade einen runtergeholt, doch anscheinend konnte er schon wieder.

Er behielt den Bart, zog sich an und ging zurück durch das Haus, um das Chaos aufzuräumen, das er vor lauter Erschöpfung bei seinem Gang zur Dusche angerichtet hatte. Normalerweise war er nicht so unordentlich und eigentlich besaß er im Vergleich zu seinen Brüdern das ordentlichste Haus – abgesehen von Owen. Aber niemand konnte Owen und seinen verdammten Etikettendrucker übertreffen.

Wie zum Teufel dieser Mann eine Frau finden wollte, die ihn aufnimmt, wusste er nicht.

Er grinste bei dem Gedanken und warf seinen Kram in die Waschmaschine, zusammen mit dem, was sonst noch in seinem Wäschekorb war. Kaum hatte er den Deckel geschlossen, piepste sein Handy und teilte ihm mit, dass er eine neue SMS bekommen hatte.

Er brach in ein Grinsen aus, als er sah, von wem sie war.

Blake: *Also, was zum Teufel machen wir hier?*

Er antwortete mit einem Grunzen.

Graham: *Ich würde ja sagen, dass wir es miteinander treiben sollen, aber dann wärst du wahrscheinlich total sauer.*

Blake: *Du bist ein Idiot, aber wahrscheinlich habe ich deshalb zugesagt, mich mit dir zu treffen.*

Die Tatsache, dass sie ihm überhaupt eine SMS geschickt hatte, sagte ihm, dass sie an ihn gedacht hatte. Wenn man bedachte, dass sie ihm nicht aus dem Kopf ging und er sich gerade bei dem Gedanken an sie einen runtergeholt hatte, war er froh, dass er nicht allein war.

Graham: *Willst du rüberkommen und etwas essen?*

Er hielt inne. Warum hatte er das gerade aus heiterem Himmel gefragt? Hatte er überhaupt etwas im Haus, was er ihr anbieten konnte? Wenn man an den Vorfall im Lebensmittelladen und diesen Vorschlag dachte, war er sicher, dass er nicht auf allen Zylindern feuerte, wenn es um diese Frau ging.

Blake: *Hast du mich wirklich gerade gefragt, ob ich deine Briefmarkensammlung sehen will?*

Er schnaubte.

Graham: *Ich habe dich gefragt, ob du etwas essen willst.*

Hätte ich gewollt, dass du dir meine Briefmarkensammlung ansiehst, hätte ich gesagt: »Komm rüber und reite meinen Schwanz.«

Und warum zum *Teufel* hatte er das gerade geschrieben? Diese Frau brachte das Schlimmste ... und das Beste ... in ihm hervor.

Blake: *Nicht dass das Reiten auf deinem Schwanz kein verlockendes Angebot wäre, aber ich brauche erst mal was zu essen. Ich habe heute Abend frei, also kann ich kurz vorbeikommen, denn anscheinend bin ich verrückt. Und nein, ich werde heute Abend nicht deinen Schwanz reiten.*

Er lachte leise in sich hinein, schickte ihr schnell seine Adresse und steckte sein Telefon weg, während er überlegte, was zum Teufel er da tat. Er hatte sie aus einer Laune heraus eingeladen und er hatte nicht wirklich erwartet, dass sie Ja sagen würde. Oder vielleicht doch, da er sie nicht wirklich kannte. Aber er wollte sie kennenlernen.

Er sorgte dafür, dass Snacks und etwas anderes als Bier, Milch und Wasser bereitstanden. Zum Glück hatte Jake vor ein paar Abenden Limonade gemacht, und sie war immer noch gut. Für seine drei Brüder und Jakes Lebensgefährten hatte er normalerweise genug in seinem Kühlschrank, sodass er nicht verdursten musste.

Als er die Kühlschranktür schloss, klingelte es an der Tür, und er runzelte die Stirn. Er hatte nicht gedacht, dass Blake so nahe wohnte, aber vielleicht hatte er sich geirrt. Vorfreude breitete sich in ihm aus und er ging zur Tür und öffnete sie, ohne sich die Mühe zu machen, durch den Spion zu schauen.

Als er sie dort stehen sah, rutschte ihm der Boden unter den Füßen weg und seine Welt brach um ihn herum zusammen. Sein Körper wurde taub und seine Finger und seine Brust kribbelten, während er nach Atem rang.

»Candice.«

Seine Ex-Frau. Was zum Teufel hatte seine Ex-Frau auf seiner Veranda zu suchen? Er hatte sie seit zwei Jahren nicht mehr gesehen und er war verdammt froh darüber. Er hasste sie nicht, aber er wollte sie ganz sicher nicht sehen.

»Graham, du bist zu Hause.« Ihre Stimme hatte diesen weichen, atemlosen Klang, den er so sehr geliebt hatte. Sie war klein, weich und ein wenig gebrochen. So wie sie es fünf Jahre lang gewesen war. Sie folgte ihm mit ihrem Blick. Er hatte sein Bestes getan, um sie zu reparieren, obwohl er gewusst hatte, dass er nie genug sein würde.

Und warum zum Teufel war sie zurück? Warum sollte sie diese Wunden wieder aufreißen, wenn er gerade erst herausfand, wie er wieder er selbst sein konnte und nicht mehr nur der Schatten des Mannes, der er einmal gewesen war.

»Was machst du hier?«, fragte er und seine Stimme war rau, ein wenig kalt.

Sie spielte mit ihren Fingern vor sich, die Augen

niedergeschlagen. »Ich wollte dich sehen.« Eine Pause. »Ich *musste* dich sehen.«

Er klammerte sich an den Türrahmen, sodass seine Knöchel weiß wurden. »Ich weiß immer noch nicht, warum du hier bist, Candice. Ich dachte, wir hätten alles gesagt, was wir sagen mussten, als du gegangen bist.«

Und das war der Knackpunkt gewesen. Sie war diejenige gewesen, die ihn verlassen hatte. Er hatte sie nicht mehr geliebt, aber er hatte wenigstens versucht, die Dinge wieder in Ordnung zu bringen, als alles den Bach runtergegangen war. Und doch, als alles zerbrach, war er nicht genug gewesen, um die Scherben aufzusammeln. Stattdessen hatte er Schnittwunden und blaue Flecke von den zurückgelassenen Scherben davongetragen.

»Du hast recht«, sagte sie leise. »Aber es ist fünf Jahre her, Graham. Ich … ich will jetzt nicht allein sein.«

Er spürte, wie ihm die Farbe aus dem Gesicht wich, und sein Körper versteifte sich bei der Erinnerung an das, was sie vor fünf Jahren verloren hatten.

»Nicht doch, Candice.«

»Sie wäre diesen Monat zehn Jahre alt geworden, Graham. Zehn. Kannst du das glauben? Wir sollten eine Party mit Prinzessinnen oder Lichtschwertern schmeißen. Stattdessen ist sie nicht hier und ich stehe auf deiner Veranda und warte darauf, dass du mich reinlässt, während ich dir meine Seele offenbare.«

»Tu das nicht, Candice. Fang da gar nicht erst mit an. Du offenbarst überhaupt nichts. Du bist hier, weil du nicht gern allein bist, und das verstehe ich. Du warst schon immer diejenige, die nicht allein sein konnte. Aber du hast mich schon einmal verlassen und ich kann mich jetzt nicht mit dir befassen.«

»Du wolltest dich nie mit etwas befassen«, flüsterte sie.

Ein Wagen fuhr vor und Graham fluchte. Verdammt, er hatte Blake vergessen, sobald er Candice auf seiner Veranda gesehen hatte, und er hätte sich dafür selbst in den Arsch treten können.

Candice drehte sich bei dem Motorengeräusch um und beobachtete zusammen mit ihm, wie eine langbeinige Blake in ihrer ganzen tätowierten und gepiercten Pracht und mit einem Stirnrunzeln im Gesicht ausstieg.

»Hey«, sagte sie, als sie auf die beiden zuging, wobei das Zögern in ihrer Körpersprache deutlich zu bemerken war.

»Hey«, sagte Graham langsam. »Äh, du kannst schon mal reingehen, wenn du willst. Ich brauche nur eine Minute.«

Blake hob eine Augenbraue und sah Candice neugierig an. Sie streckte eine Hand aus. »Hi, ich bin Blake. Eine Freundin von Graham.«

Candice musterte die Hand der anderen Frau, schüttelte sie aber nicht. »Ich bin Candice Gallagher, Grahams Frau.«

Graham fluchte, als Blakes ganzer Körper sich versteifte und ihr Gesicht blass wurde.

»Ex-Frau. Sie ist meine Ex-Frau.«

Blake begegnete seinem Blick und schüttelte den Kopf. »Weißt du was, Graham, ich bin dann mal wieder weg. Ich wusste schon vorher, dass das ein Fehler war, und ich habe keine Zeit für diese Art von Drama.« Damit ging sie schnell weg und stieg in ihren Wagen, bevor er überhaupt eine Chance hatte, sich zu bewegen. Als er sich dann *doch* bewegte, stellte Candice sich ihm in den Weg. Blake verließ die Einfahrt und fuhr davon und ließ ihn mit der Frau zurück, die er nicht in seinem Leben haben wollte.

»Wer war das?«, fragte Candice mit einer leichten Schärfe in ihrem Ton.

Graham drehte sich zu ihr um und funkelte sie an. »Das geht dich nichts an. Dazu hast du kein Recht, nicht mehr. Du hast deinen Teil gesagt oder zumindest genügend rumgevögelt, um mir die Sache zu vermasseln. Also verschwinde. Ich bin fertig mit dir, Candice.«

»Das darfst du nicht sagen, Graham. Wir müssen reden.«

»Nein. Müssen wir nicht. Wir haben lange genug geredet.« Er musste Blake anrufen, sich überlegen, was er sagen sollte, damit sie zurückkam. Oder damit er zu ihr fahren konnte. Sie hatten gerade erst angefangen, aber jetzt war alles schon wieder vorbei, weil die Vergangenheit, die er begraben wollte, immer wieder zurückkehrte und ihn in den Hintern biss.

»Wir müssen über Cynthia reden«, fuhr Candice fort. »Unsere Tochter ist gestorben, Graham. Darüber müssen wir reden.«

Er starrte sie noch einmal an, bevor er davonstürmte und die Tür hinter sich zuschlug. Er ließ sie auf der Veranda zurück. Ihre Stimme verstummte, als sie realisierte, was er getan hatte, bevor sie mit ihren kleinen Fäusten gegen die Tür hämmerte.

Er wollte nicht an Candice denken. Wollte nicht an Cynthia denken.

Seine Tochter war gestorben und er hatte sie nicht retten können.

Seine Ehe war gestorben, weil es nichts mehr zu retten gegeben hatte.

Er hatte schon einmal alles verloren und jetzt war er sich nicht sicher, ob er noch etwas zu verlieren hatte.

Kapitel Sechs

BLAKE KONNTE NICHT GLAUBEN, dass sie so idiotisch gewesen war. Sie hatte an jemanden geglaubt, einen Teil von sich riskiert, den sie nicht bereit gewesen war zu riskieren, und hatte einen Sprung gewagt, nur um dann mit Wahrheiten und Lügen ins Gesicht geschlagen zu werden, von denen sie nicht gewusst hatte, dass sie überhaupt ein Thema waren.

Schon wieder.

Mit den Händen umklammerte sie das Lenkrad in einem strafenden Griff, als sie die Schnellstraße entlangfuhr. Sie wusste ehrlich gesagt nicht, warum sie überhaupt zugesagt hatte, zu Graham rüberzufahren. Sicher, Rowan übernachtete wieder einmal bei ihrer besten Freundin, aber es ergab keinen Sinn, dass Blake, ohne zu zögern, zugestimmt hatte, zu Graham zu kommen.

Bevor sie bei ihm aufgetaucht war, hatte sie jedoch diese Zweifel gehabt. Wiederholt sogar.

Und als sie aufgetaucht war, war jede kleine Hoffnung, die sie vielleicht auf eine normale – wagen wir es zu sagen – *Beziehung* gehabt hatte, futsch gewesen. Sie wusste, dass sie sich an ihre Vergangenheit hätte halten sollen, weil sie wusste, was Männer taten, wie sie einen kaputt machten, wenn man ihnen zu viel oder auch zu wenig vertraute. Sie hätte sich daran erinnern sollen, wie Graham ein Arschloch gewesen war, als sie ihn zum ersten Mal gesehen hatte, und wie er immer noch ein Arschloch gewesen war, als er sie um eine Verabredung gebeten hatte.

Er mochte küssen wie ein verdammter Sexgott und sie auf Touren bringen wie kein anderer, aber er war eindeutig nichts für sie.

Graham war *verheiratet* gewesen.

Sicher, er hatte gesagt, dass die Frau, die Blakes Händedruck so unhöflich ignorierte, seine Ex war, aber die Frau war offensichtlich anderer Meinung. Warum sonst hätte sie ihr Bestes getan, um Blake in die Schranken zu weisen mit diesem fehlenden Händedruck, dem kühlen Ton in ihrer Stimme und der Art, wie sie *Frau* gesagt hatte?

Blake hatte genug. Sie hatte weder die Zeit noch den Willen, sich mit dieser Art von Drama zu beschäftigen. Sie hatte haufenweise eigene Probleme, mit denen sie fertigwerden musste. Also was, wenn sie während der nächsten paar Jahre ihre Hand benutzen musste, um sich zu befriedigen? Es spielte keine Rolle, dass drei ihrer letzten vier Sexspielzeuge aufgrund von Abnutzung kaputt gegangen waren. Sie würde einfach für ein Neues sparen und sich selbst zum Höhepunkt streicheln, wie es jede Frau mit einem gesunden Sexualtrieb tun sollte.

Sie brauchte Graham Gallagher und seinen verführerischen Bart nicht.

Ihr Handy klingelte bei diesem Gedanken und sie betete, dass es nicht Graham war. Selbst so wütend und gedemütigt, wie sie in diesem Moment war, könnte das tiefe Knurren seiner Stimme sie einfach zum Orgasmus bringen, ohne dass er es überhaupt versuchte.

Und das war eine Sache, die sie nicht zulassen konnte. Nicht jetzt. Niemals.

Zum Glück war es Maya, die anrief, nicht Graham. Der Wagen mochte etwas alt sein, aber sie hatte ihn gebraucht gekauft und er hatte für den Preis eine anständige Freisprecheinrichtung. Das bedeutete, wenn ihr Kind anrief, während sie fuhr, konnte sie immer noch die Stimme ihres Babys hören und war sicher. Und wenn sie in ständigem Kontakt sein musste, weil die Welt *nicht* sicher war und es Dinge aus Blakes Vergangenheit gab, die nie ganz weggingen, war es das wert, ein wenig mehr für dieses gebrauchte Modell ausgegeben zu haben.

»Hey«, antwortete sie und behielt den Blick auf

die Straße gerichtet. »Was gibt's? Ich dachte, der Laden sei geschlossen.«

»Das ist er«, antwortete Maya, »und hallo auch an dich. Ich rufe an, weil du jetzt schon eine Weile für uns arbeitest und wir noch keine Zeit hatten, uns kennenzulernen. Ich weiß, es ist schon etwas spät, aber hast du Lust, auf einen Drink rüberzukommen? Oder auf ein Stück Kuchen?«

Blake lachte. Was war das nur mit heute Abend und den ganzen Einladungen aus heiterem Himmel? Wie lange war sie schon zurück in diesem Teil von Denver und noch niemand war auf eine Weise in ihr Leben getreten, die von Bedeutung war. Sie hatte ihre Nachbarin, die Blake mit Rowan half. Das war's. Jetzt hatte sie eine Gruppe potenzieller Freundinnen und Freunde bei Montgomery Ink … und Graham.

Nein, sie hatte nichts mit Graham. Sie hatte nichts mit Graham.

Graham hatte seine Ex-Frau und seine Dämonen.

Blake war kein Teil davon.

»Bist du noch dran?«, fragte Maya.

Blake nickte, dann fiel ihr ein, dass sie am Telefon war und Maya sie nicht sehen konnte. »Ja, tut mir leid, ich fahre.«

»Du benutzt aber eine Freisprecheinrichtung, oder?«, fragte Maya. »Weil ich dir nämlich in den Arsch trete, wenn du es nicht tust.«

»Mir geht's gut, Mom. Ich bin über Bluetooth verbunden.«

Maya lachte. »Mom, ist das nicht fantastisch? Ich werde tatsächlich bald eine Mutter sein.«

Blake konnte praktisch das Lächeln in der Stimme der anderen Frau hören. »Ja, das wirst du. Warum hast du mich dann auf einen Drink eingeladen?«

»Ich kann dir beim Trinken zusehen. Oder wir können Kuchen essen. Border hat mir Kuchen mitgebracht und ich bin gut genug gelaunt, um ihn zu teilen.«

»Warum kannst du ihn nicht mit ihnen teilen?« Sie fuhr von der Schnellstraße ab in Richtung ihres Zuhauses, aber sie könnte bald abbiegen und es bis zu Maya schaffen, wenn sie sich traute.

»Weil es ein Männerabend ist und … verdammt, komm, wenn du willst, komm nicht, wenn du nicht willst. Aber entscheide dich einfach, verdammt.«

»Willst du auf diese Weise mit deinem Kind reden?«

»Fick dich, Blake. Komm hierher. Du kennst die Adresse. Ich habe Kuchen.« Und damit legte ihr Boss – und anscheinend auch ihre neue Freundin – auf.

Blake seufzte, bog aber trotzdem ab und fuhr zu Maya. Sie hatte keine Lust, nach Hause zu fahren und den Boden zu putzen, wie sie es geplant hatte. Sie hatte Hausarbeit zu erledigen und Skizzen für ihre Kunden zu überarbeiten, und doch wollte sie an nichts davon denken. Sie wollte eine Freundin, wollte reden.

Und das könnte sogar noch beängstigender sein

als der Sprung ins Ungewisse. Oder vielleicht *war* es ein Sprung ins Ungewisse, als es darum ging, sich mit Maya zu unterhalten.

Blake biss sich auf die Lippe, als sie hinter Mayas Wagen anhielt. Da die andere Frau erwähnt hatte, dass es ein Männerabend war, wollte sie weder Borders noch Jakes Fahrzeug blockieren. Und da beide noch da waren, waren Mayas Männer offenbar noch nicht aufgebrochen. Es überraschte sie, dass sie nervös war, sie zu sehen. Vor allem bei Jake. Aber wenn man bedachte, was sie gerade bei Graham erlebt hatte, hätte sie vielleicht nicht so überrascht sein sollen. Jake sah vielleicht nicht genauso aus wie sein Bruder Graham, aber alle vier Gallaghers hatten genug ähnliche Züge, dass sie nicht anders konnte, als an den einen zu denken, wenn sie den anderen sah.

Sie stellte den Wagen ab, schloss die Augen, fragte sich einmal mehr, warum sie das tat, und holte tief Luft, bevor sie aus dem Fahrzeug stieg.

Vielleicht würde sie sich besser fühlen, wenn sie einfach nur über nichts oder ein wenig über etwas Wichtigeres reden würde. Es war ewig her, dass sie jemanden zum Reden gehabt hatte, und seit dem Tag, an dem sie zum ersten Mal bei Montgomery Ink aufgetaucht und mit Maya aneinandergeraten war, hatte sie das Gefühl, dass die andere Frau jemand sein würde, mit dem sie reden konnte.

So war einfach hin- und hergerissen, was das anging.

Bevor sie klopfen konnte, öffnete Border, einer von Mayas gut aussehenden Männern, die Tür. Er lächelte sie an und dieser Ausdruck milderte die Härte in seinem Gesicht. Er war größer als Jake und wahrscheinlich sogar Graham – alles Muskeln, harte Kanten und Sex-Appeal. Er hatte sein Haar sehr kurz geschnitten, aber sie hatte den Eindruck, dass er es vielleicht noch ein bisschen wachsen lassen wollte.

»Hey, du bist hier.« Er trat ein, sie folgte ihm, und dann umarmte er sie, was sie überraschte. »Ich freue mich. Jetzt wird Maya nicht mehr allein sein mit dem ganzen Kuchen.«

»Das habe ich gehört!«, schrie Maya von hinten. »Keine Blowjobs für dich!«

»Dafür ist Jake da«, rief Border zurück.

Blake wurde bei diesem Austausch zwar rot, aber sie lachte auch kräftig. Die drei waren eindeutig verliebt und verdammt sexy.

Border zwinkerte und schloss die Tür hinter sich. »Das tut mir leid.«

»Für einen Blowjob sollte man sich nie entschuldigen«, sagte Blake trocken.

»Worüber lacht ihr beide da?«, fragte Jake, als er in den Raum schlenderte. Der Mann schlich sich wirklich heran; so sexy war er. Maya war eine glückliche Frau.

»Blowjobs«, antwortete Border mit ernster Miene.

Jake legte sich eine Hand über sein Herz und trat einen Schritt zurück. »Wieso sind Blowjobs lustig?

Muss ich dir jetzt noch zeigen, wie *wenig* lustig sie sind?«

Blake hob die Hände. »So verdammt sexy das auch wäre, ich bin mir ziemlich sicher, dass eine schwangere Maya Montgomery mir immer noch in den Hintern treten kann, egal wie stark ich bin.«

»Verdammt richtig, das kann ich«, sagte Maya, als sie den Raum betrat. »Und vergiss das bloß nicht.« Sie schob sich zwischen ihre Männer und schlang ihre Arme um deren Taille. Sie war nicht allzu groß, sodass sie ihnen nur bis zu den Schultern reichte, und das war verdammt süß.

»Ich würde nie eine schwangere Frau schlagen«, sagte Blake. »Wie auch immer, du hast mir Kuchen versprochen. Was für ein Kuchen ist es?«

Border rollte mit den Augen. »Königin Maya hier hatte Lust auf einen Schokoladenkuchen, also habe ich den besorgt, aber ich habe auch einen Zucchini-kuchen mit Frischkäseglasur und Früchten darauf von der Bäckerei in der Innenstadt besorgt, den sie so liebt, da ihre Gelüste sich regelmäßig ändern.«

Maya verengte die Augen und Jake warf den Kopf zurück und lachte.

»Und rate mal, welchen Kuchen sie schon hatte!« Jake zwinkerte und Blake hielt ein Lachen zurück, obwohl sie lächelte. »Den fruchtigen.«

»Ich hasse euch. Euch beide.« Maya knurrte nach rechts und links, bevor sie sich auf die Zehenspitzen stellte, um den beiden einen Kuss auf den Kiefer zu geben. »Und jetzt geht und macht euer Männerding, damit Blake und ich unseren Mädelsabend haben können.«

Jake wackelte mit den Augenbrauen. »Was für eine Art von Mädelsabend? Ich glaube nicht, dass ich will, dass du das tust, was ich später mit Border vorhabe.«

Das sexuelle Knistern zwischen den dreien brachte Blake fast um. Verdammt. Damit musste sie sich auseinandersetzen, wenn sie nach Hause kam, denn sie hatte nicht vor, Graham um Hilfe in diesem Bereich zu bitten, niemals.

»Ihr drei seid echt ne Handvoll«, sagte Blake nach einem Moment. »Wollt ihr, dass ich den Raum verlasse, damit ihr rummachen könnt? Besser noch, ich setze mich hierher und schaue zu. Lasst euch von mir nicht stören.«

Maya grinste. »Ich wusste, dass ich dich mag. Keine Sorge, sie gehen schon.«

Sie gab jedem von ihnen einen Klaps auf den Hintern und sie gaben ihr einen Kuss, bevor sie zur Tür gingen. Blake unterdrückte bei diesem Anblick ein Seufzen. Sie war nicht eifersüchtig, nicht wirklich, aber verdammt, wenn sie so etwas nicht selbst in ihrem Leben haben wollte. Sie brauchte keine zwei Männer, aber einer, der keine Ex-Frau hatte, die gar nicht so ex war, oder ein Drogenproblem, das alle anderen um ihn herum zu zerstören drohte, wäre nett.

Bevor Jake hinausging, warf er Blake einen Blick zu und seufzte. »Wenn mein Bruder der Grund für deinen Gesichtsausdruck ist, sag mir Bescheid, und ich trete ihm in den Arsch.«

Blake versteifte sich. »Wie bitte?« Ihr Ton war eisig.

Jake hob die Hände. »Ich werde mich nicht einmischen, aber Graham hat ein paar Probleme wegen Dingen, über die er wirklich mit dir reden sollte. Wenn er dich also verletzt haben sollte, kümmere ich mich für dich darum.«

Obwohl seine Worte sie neugierig machten, fiel sie nicht auf den Köder herein. »Ich kann auf mich selbst aufpassen. Danke.«

Jake schnaubte. »Das *Danke* klang eher wie ein *Fick dich*, also werde ich jetzt gehen. Behalte es einfach im Hinterkopf.«

Bevor sie ihm sagen konnte, wo er sich seine Hilfe hinstecken konnte, schloss er die Tür hinter sich und ließ sie mit Maya und hoffentlich bald auch mit Kuchen im Zimmer zurück.

»Nun, das war interessant«, sagte Maya nach einem Moment. »Ich brauche Kuchen. Diesmal mit Schokolade. Welchen willst du?«

Dankbar für die Gnadenfrist, wandte Blake sich an Maya. »Schokolade natürlich. Wenn ich Obst wollte, würde ich keinen Kuchen essen.«

Maya schüttelte den Kopf, als sie den perfekten Schokoladenkuchen aus dem Kühlschrank zog. Er sah *göttlich* aus, hatte zwei Schichten, Schokoladenglasur und kleine Frischkäse-Verzierungen. Blake hätte in diesem Moment vielleicht einen Orgasmus bekommen, wenn Maya nicht da gewesen wäre. Verdammt, sobald sie einen Bissen von diesem Ding genommen hatte, wäre es ihr vielleicht sogar egal gewesen, ob Maya im Zimmer war.

»Du hast den Spring-Fling-Kuchen noch nie gegessen, wenn du glaubst, dass er nur aus Obst besteht. Das ist für den Moment in Ordnung, aber eines Tages werde ich welchen zur Arbeit mitbringen und du wirst dich vor mir verbeugen, weil dir endlich klar wird, dass du den einzig wahren Kuchen in all seiner Pracht gefunden hast.«

Blake starrte sie ausdruckslos an. »Du nimmst Kuchen ernst.«

»Ich bin eine Frau und ich bin eine Montgomery, bald Gallagher, da wir Jakes Namen annehmen. Natürlich nehme ich Kuchen ernst.«

Sie schnitt zwei große Stücke Schokoladen-Nirwana ab und legte sie auf die Teller, die bereits auf der Kücheninsel standen. »Willst du Milch, Alkohol oder etwas anderes zu deinem Stück trinken?«

»Da das wie ein Minikuchen aussieht und nicht wie ein einfaches Stück, denke ich, dass Milch gut klingt. Ich muss noch fahren, also kein Alkohol für mich.«

»Klingt nach einem Plan. Die Gläser stehen im

Schrank neben der Spüle, wenn es dir nichts ausmacht zu helfen.«

Blake schüttelte den Kopf und ging, um die Gläser zu holen, bevor sie die Milch im Kühlschrank fand. Alles, um ihre Hände zu beschäftigen und ihre Gedanken von der Tatsache abzulenken, dass sie Graham für einen Moment in ihrem Leben gehabt hatte. Aber dann war es schiefgegangen und jetzt war er weg. Sie konnte nicht anders, als ein wenig wütend darüber zu sein.

Sie nahmen ihr Dessert mit ins Wohnzimmer und ließen sich auf die großen Sofas fallen, die offensichtlich mit den Männern im Sinn gekauft worden waren.

»Also, was ist bei dir los, Blake?«, fragte Maya, bevor sie einen großen Bissen vom Kuchen aß. Die Augen der anderen Frau rollten zurück und sie stöhnte.

Blake zuckte mit den Schultern und nahm selbst einen Bissen. Sie hielt inne und ließ sich die Schokolade auf der Zunge zergehen, bevor sie schluckte. Ihr Mund wurde wässrig, ihre Gedanken wirbelten herum und sie stöhnte selbst auf.

»Oh mein Gott.«

»Ich weiß«, sagte Maya. »Ich bin irgendwie traurig, dass meine Jungs nicht dabei sind, aber weißt du was? Ich werde meinen Kuchen essen und die beiden später dann auch vernaschen.«

Blake konnte gerade noch verhindern, sich am Kuchen zu verschlucken, als sie den nächsten Bissen nahm. »Soll ich dich jetzt lieber mit deinem Kuchen allein lassen?«

Maya winkte mit ihrer Gabel und kniff die Augen zusammen. »Jetzt tu doch nicht so unschuldig. Ich habe gesehen, wie du bei diesem Bissen auf deinem Sitz gezittert und gestöhnt hast. Du bist genauso verliebt in diese schokoladige Köstlichkeit wie ich.«

»Du bist echt merkwürdig«, sagte Blake, als sie aufgehört hatte zu lachen.

»Nun ja. Ich weiß nicht, warum du das nicht schon vorher gemerkt hast. Wie auch immer, was zum Teufel geht gerade in deinem Kopf vor? Du hast dich am Telefon verplappert und in deinen Augen ist etwas zu erkennen, das mir sagt, dass du eine Geschichte zu erzählen hast.« Sie hob die Hand. »Du musst mir nicht von deinem Leben oder deiner Vergangenheit erzählen, denn ich weiß, dass du da sehr zurückhaltend bist, aber was ist heute Abend passiert, Blake? Du kannst mit mir reden. Ich weiß, meine Brüder scherzen immer darüber, dass ich so viel tratsche, aber das tue ich gar nicht. Nicht, wenn es wichtig ist.«

Blake setzte ihren Teller ab, sie war nicht mehr so hungrig. Und ehrlich gesagt wollte sie die stürmischen Gedanken in ihrem Kopf nicht mit der Herrlichkeit, die diese Art von Kuchen darstellte, in Verbindung bringen.

Konnte sie mit Maya reden? Könnte sie alles offenlegen? Nein, nicht alles. Es war nicht sicher, der anderen Frau alles zu sagen, aber sie konnte über

Graham reden. Sogar Rowan erwähnen. Denn es tat höllisch weh, ihr kleines Mädchen so lange versteckt zu halten, weg vom Rest der Welt.

Sie war in ihrem Leben unzählige Risiken eingegangen, hatte mehr Fehler gemacht, als ein Mensch machen sollte, aber vielleicht, nur vielleicht, konnte sie jemand anderen in die Welt einweihen, die Tag für Tag, Minute für Minute auf sie einprasselte.

»Ich war heute Abend bei Graham.«

Mayas Augen weiteten sich. »Ohne Scheiß? Hat er dir wehgetan? Geht es dir gut?«

Blake legte den Kopf schief und musterte die andere Frau, während Maya ihren Teller auf dem Tisch abstellte. »Nein, er hat mir nicht wehgetan. Gibt es einen Grund, warum du dachtest, er hätte es getan?«

»Nein, nein. Tut mir leid. Meine Schwestern wurden in der Vergangenheit von Männern verletzt, und jetzt ist es das, woran ich stets zuerst denke. Und das ist eigentlich ziemlich traurig. Was ist mit Graham passiert?«

Blake seufzte und erzählte Maya die ganze Geschichte, beginnend mit dem Treffen auf der Baustelle, obwohl sie dort nicht ins Detail ging. Mayas Augen funkelten daraufhin, sie war eindeutig interessiert, aber Blake fuhr fort mit dem Laden und Murphys Piercing, dem Avalanche-Spiel und dem Supermarkt.

»Das ist irgendwie süß, dass er dich so um eine Verabredung gebeten hat. Zumindest ungewöhnlich.«

Blake seufzte. »Ja, irgendwie schon. Ich meine, ich habe deswegen ja zugestimmt, wieder mit ihm auszugehen, also hat es funktioniert. Aber dann haben wir uns heute Abend SMS geschrieben und er hat mich zu sich eingeladen.«

»Für Sex?«

Blake schüttelte den Kopf und erinnerte sich an die Kommentare über das Reiten auf seinem Schwanz. »Nein, es wurde ausdrücklich gesagt, dass das nicht passieren würde. Und es war nicht einmal zum Essen. Er hat mich einfach zum Abhängen eingeladen, und ich konnte nicht anders. Ich bin vorbeigefahren.«

»Ich verstehe das. Ich werde seinen Bruder heiraten. Diese Gallaghers haben einfach etwas an sich.«

Blake schüttelte den Kopf über das böse Glitzern in Mayas Augen. »Als ich dort ankam, stand allerdings eine Frau auf der Veranda.«

Maya machte große Augen. »Wie bitte? Er war mit einer anderen zusammen, als er dich um eine Verabredung bat? Was zur Hölle? Das ist nicht der Graham, den ich kenne.«

»Das ist auch nicht der Graham, den ich dachte kennenzulernen. Es stellte sich heraus, dass es seine Ex-Frau Candice war. Als ich mich ihr vorstellte – da Graham es nicht tat –, machte sie sich nicht einmal die Mühe, mir die Hand zu schütteln, und nannte sich seine *Frau*, ohne *Ex*.«

Maya stand auf und schritt umher. »Diese Schlampe. Ich hasse es, Frauen Schlampen zu nennen, weil wir sie damit erniedrigen und so, aber diese verdammte Schlampe.«

Blake seufzte. »Ich wusste nicht einmal, dass er verheiratet war. Ich meine, ich nehme an, das könnte der Grund sein, warum er vorher so ein Arschloch zu mir war. Weil er an ihr zerbrochen ist oder so ein Scheiß, aber ich weiß es nicht.«

Maya schüttelte den Kopf. »Das könnte es sein, aber es könnte auch sein, dass er auf dich steht, und er war noch nie gut darin zu entscheiden, was er damit anfangen soll.« Sie seufzte erneut. »Ich kann dir seine Geheimnisse nicht verraten, Blake. Er ist der Bruder von meinem Mann und ein guter Freund. Aber ich kann dir sagen, dass er durch die Hölle und wieder zurück gegangen ist und einigermaßen heil herausgekommen ist. Oder zumindest so heil, wie man nach so etwas sein kann. Was Candice angeht, er ist nicht mit ihr zusammen. Das weiß ich. Sie ist seit ein paar Jahren weg, lebt in einem anderen Staat. Wenn sie zurück ist, dann wahrscheinlich wegen der —« Sie schüttelte den Kopf und Traurigkeit füllte ihre Augen. »Ich kann es nicht sagen. Das steht mir nicht zu, und auch wenn andere mich als Klatschtante bezeichnen, sollte er dir das erzählen.«

Besorgnis überkam Blake. Was könnte so schlimm

sein, so schwer, dass Maya es nicht wagen würde, darüber zu sprechen?

Blake sagte einen Moment lang nichts, während sie versuchte, ihre Gedanken zu ordnen.

»Was hast du getan, als du sie gesehen hast?«, fragte Maya leise. »Was hat Graham getan?«

»Er sagte mir, ich solle reingehen, während er sich von ihr verabschiedet, aber ich ging. Das brauche ich nicht, Maya. Ich habe schon genug Mist in meinem Leben. Mist, den ich dir nicht erzählen kann. Mist, den ich für mich behalten muss. Aber egal, wie gut Grahams Schwanz ist, er ist das Drama nicht wert.«

Maya biss sich auf die Lippe. »Manchmal geht es nicht um den Schwanz, Blake. Aber du bist alt genug und hast schon lange genug gelebt, um das zu wissen.«

Blake schaute auf ihren Kuchen und versuchte zu denken. Anstatt jedoch zu viel nachzudenken, platzte sie heraus: »Ich habe ein Kind, Maya. Rowan ist zehn Jahre alt und das Licht meines Lebens. Alles, was ich tue, tue ich für sie. Deshalb musste ich in deinem Laden arbeiten, weil ihr genau wisst, was ihr tut. Deshalb gehe ich nie aus dem Haus, wenn ich nicht weiß, dass sie in Sicherheit ist. Ich behalte sie in meiner Nähe und halte sie aus Gründen, die ich nicht näher erläutern kann, aus dem Leben anderer fern. Ich erzähle es dir jetzt nur, damit du mich verstehst. Ich kann sie nicht in Gefahr bringen, Maya. Ich kann mich ihretwegen nicht selbst in Gefahr bringen. Und das Drama um Graham ist zu viel. Ich brauche … ich weiß nicht, was ich brauche, aber ich weiß, dass mein kleines Mädchen alles Gute der Welt verdient, und ich will verdammt sein, wenn ich zulasse, dass irgendetwas anderes sie berührt.«

Maya schwieg während all dem und Blake war froh darüber. Wenn die andere Frau sie unterbrochen hätte, wäre sie zusammengebrochen oder hätte aufgehört zu sprechen. Eine Last hob sich von ihren Schultern und sie atmete tief ein.

»Ich würde gern über dein kleines Mädchen reden. Rowan eines Tages vielleicht sogar kennenlernen. Ich wusste nicht, dass du eine Mutter bist, und hätte es vielleicht nicht einmal vermutet, wenn du nicht vorhin meine Schwangerschaft angesprochen hättest.« Ihre Augen leuchteten auf und Blake zuckte zusammen. »Ich erinnere mich daran, dass du etwas über Heißhunger oder Neugeborene gesagt hast, und ich habe mich gefragt, woher du das zu wissen scheinst. Und was den Grund angeht, warum du sie geheim hältst? Wenn du sie beschützen oder die Dinge getrennt halten willst, verstehe ich das. Aber Blake? Wir Montgomerys kümmern uns um unsere Leute. Und zur Hölle, das tun die Gallaghers auch. Braucht ihr uns? *Irgendeinen* von uns? Wir sind da. Du bist jetzt nicht allein. Es sei denn, du willst es sein oder hast das Gefühl, dass du es sein musst.«

Emotionen überfluteten Blake und sie zwang sich

zu schlucken. »Vielleicht«, flüsterte sie. »Ich …
Rowan ist mein Ein und Alles.«

»Und wenn das der Fall ist, soll sie das auch sein.«
Maya hielt inne und Sorge trübte ihr Gesicht. »Wenn
du und Graham wieder miteinander redet und die
Dinge gut laufen –« Sie hob die Hand, als Blake den
Mund öffnete, um zu sagen, dass das nicht passieren
würde. »Das weißt du nicht, Blake. Du weißt nicht,
was genau vor sich geht, und die Dinge könnten sich
ändern. Aber wenn du ihm näherkommst, musst du
ihm von Rowan erzählen. Ich kann dir nicht sagen
warum, ich kann dir nicht sagen, wie du es tun sollst,
aber ich sage dir, dass er es wissen muss.«

Blake runzelte die Stirn. Da war so viel Geheim-
nisvolles zwischen ihnen. Um ihn herum. Und doch
wusste sie, dass sie ihm nicht näherkommen sollte.

Aber das Schicksal hatte sie schon jetzt immer
wieder in die Umlaufbahn des jeweils anderen
gebracht. Graham Gallagher würde nicht leicht zu
vergessen sein, aber am Ende wäre es vielleicht besser,
wenn sie es versuchte.

Kapitel Sieben

GRAHAM HÄTTE seinen Kopf am liebsten gegen eine Wand geschlagen, aber das würde in diesem Moment nicht passieren. Mit nur einem Klopfen an der Tür war alles den Bach runtergegangen und er war sich nicht sicher, was er jetzt tun sollte.

Candice war jetzt in seinem Wohnzimmer – er hatte nachgegeben und sie hereingelassen, nachdem er ihr zuvor die Tür vor der Nase zugeschlagen hatte – und Blake war aus seinem Leben verschwunden.

Was zum Teufel war gerade passiert?

»Wer war das?«, fragte Candice.

Er schloss die Augen und kniff sich in den Nasenrücken. Er hatte keine Zeit für so etwas und ehrlich gesagt hatte er auch Jahre zuvor keine Zeit gehabt, als Candice in seinem anderen Zuhause gestanden hatte. Dem Haus, das sie einst gemeinsam bewohnt hatten.

Sie hatten es nach der Trennung verkauft — die Erinnerungen waren zu tief, zu schmerzhaft, als dass einer von ihnen es hätte behalten können.

»Tu das nicht. Sei nicht die verrückte Ex-Frau. Das schmeichelt keinem von uns.«

»Ich bin nicht verrückt.«

»Die Tatsache, dass du dich gegen diese Behauptung verteidigen musst, beweist, dass ich recht habe.«

Candice seufzte. »Nein, tut es nicht. Und sich gegenseitig zu beschimpfen wird der Situation nicht helfen.«

Er wirbelte auf sie zu. »Und was ist das für eine Situation? Du tauchst wie aus dem Nichts hier auf, in einem Monat, in dem ich dein Gesicht wirklich nicht sehen will, und tust so, als hättest du ein Recht darauf, hier zu sein.«

»Wir waren ineinander verliebt. Wir waren *verheiratet*. Wir hatten eine *Tochter*.«

»Alles in der Vergangenheitsform, Candice.«

Ihre Augen weiteten sich und ihm drehte sich der Magen um. Er hatte das nicht sagen wollen, er hatte es nicht einmal denken wollen.

»Verdammt. Ich wollte nicht … Scheiße! Ich vermisse Cynthia jede Minute meines Lebens. Sie ist ein Teil von allem, was ich tue, Candice. Und die Tatsache, dass ich so fühle, und die Tatsache, dass *du* bis vor Kurzem beschlossen hattest zu versuchen, sie zu vergessen, bedeutet nicht, dass du ein Recht hast, hier zu sein. Sieh mich nicht so an; du hast ihr Zeug in einen Karton geworfen, weil es dich zum Weinen gebracht hat. Und was ist mit mir? Hä? Was, wenn ich ihr Gesicht sehen wollte auf diesem verdammten Bild, wenn ich morgens aufwachte? Ich hatte mein Kind nicht mehr, aber ich wollte auf jeden Fall ihr Gesicht sehen, egal wie. Wir haben unterschiedlich getrauert und es hat uns zerbrochen. Du bist gegangen, Candice. Warum konntest du nicht wegbleiben?«

Seine Brust hob sich, nachdem er geendet hatte, sein Herz raste, seine Lunge schmerzte. Sie starrte ihn nur an mit Tränen in den Augen, als hätte er sie geschlagen. Und das hatte er nicht, verdammt noch mal. Er hatte nie Hand an die Frau gelegt, die ihn noch mehr gebrochen hatte, als er vermutet hatte. Sie hatte ihn verlassen, genau wie er sie, weil nichts mehr zwischen ihnen gewesen war. Sie hatten sich nicht mehr geliebt und am Ende hatten sie sich nicht einmal mehr gemocht. Obwohl die Scheidung von beiden Seiten gewollt und nicht angefochten worden war, tat es immer noch weh, dass er diesen Teil seines Lebens zusammen mit Cynthia verloren hatte.

Er schloss die Augen bei dem Gedanken an den Namen seiner Tochter. Er hatte sein kleines Mädchen verloren und wusste immer noch nicht, wie er darüber sprechen sollte. Seine Brüder erwähnten sie nicht; auch nicht die Freunde, die damals bei ihm gewesen waren. Es schien dem Kind, das er verloren hatte, gegenüber nicht fair zu sein, dass er es nicht einmal am Rande erwähnte, aber er dachte an seine Tochter.

Täglich. Er dachte daran, wie alt sie jetzt sein würde, was sie in der Schule lernen würde, welche Sportart sie treiben würde, wenn sie Lust dazu hätte. Er hätte gewollt, dass sie ihre Teenagerjahre erreicht, damit er sich mit ihr streiten konnte wie alle anderen Eltern und Kinder, die er kannte. Er wollte sehen, wie sie aufwächst und ihre Unabhängigkeit findet, auch wenn das mit seinem Bedürfnis, ein Vater zu sein, kollidierte. Er wollte lange aufbleiben und auf die Uhr schauen, während er darauf wartete, dass seine Tochter nach Hause kam, nachdem sie mit ihren Freundinnen abgehangen hatte, oder selbst nach ihrer ersten Verabredung.

Er wollte sie zum Traualtar führen und sie an jemanden übergeben, der nie gut genug, aber trotzdem perfekt für sie sein würde.

Denn das ist es, was ein Vater tat.

Und diese Chance würde er nie bekommen. Er würde nie wieder die frische Luft einatmen neben der Tochter, die er von ganzem Herzen liebte. Durch eine Laune des Schicksals hatte er sein kleines Mädchen verloren, und mit ihr einen Teil seiner Seele.

Er und Candice waren nicht stark genug gewesen, um den Sturm gemeinsam zu überstehen, und er würde verdammt sein, wenn er den Jahrestag von Cynthias Tod damit verbrachte, sich mit der einen Frau zu beschäftigen, die er nie wiedersehen wollte.

»Du musst gehen, Candice«, sagte er nach ein paar Momenten des Schweigens. Sie hatte nichts mehr zu ihm gesagt, nachdem er sie angeschrien hatte, nachdem er ihr gesagt hatte, dass er nichts mit ihr zu tun haben wollte.

Denn sie hatte sich wirklich nicht verändert, seit sie weggegangen war. Sie mochte es nicht, sich mit den schweren Dingen auseinanderzusetzen, und versteckte sich stattdessen hinter Tränen und belastendem Schweigen, bis jemand sie tröstete. Er hatte ihr das nie wirklich übel genommen, weil er das offen gesagt manchmal auch gern getan hätte. Aber er hatte nicht mehr vor, sich mit ihr zu beschäftigen.

Dieses Kapitel ihres Lebens war vorbei, denn Gott hatte entschieden, dass Graham kein Kind mehr brauchte. Candice musste sich einfach damit abfinden.

»Ich denke, ich sollte bleiben«, sagte seine Ex-Frau nach einem Moment. »Ich denke, du solltest diesen Monat nicht allein sein.«

Er wirbelte auf sie zu, tat aber sein Bestes, um seine Wut im Zaum zu halten. »Ich bin nicht allein. Ich habe meine Brüder und verdammt, auch den gesamten Montgomery-Clan, wenn ich nur mit den Fingern schnippe. *Sie* sind für mich da, ohne Hintergedanken, ohne das Bedürfnis, *von mir* getröstet zu werden, wenn ich am liebsten die Wände hochgehen würde.« Er seufzte und bewegte sich auf sie zu.

Ihre Augen weiteten sich, feucht von ihren Tränen. Ihr Gesicht war blass geworden, außer an den Wangen, wo es vom Weinen gerötet war.

Als er direkt vor ihr stand, ohne sie zu berühren und ohne ihr wirklich näher zu kommen, sah er ihr in die Augen und schüttelte den Kopf.

»Du kannst hier nicht bleiben, Candice. Und, Liebes, das willst du auch nicht. Verstehst du das nicht? Hier zu sein hilft dir nicht bei deiner Trauer, hilft dir nicht, das zu tun, was du tun musst, um zu heilen. Es hat nicht funktioniert, als wir verheiratet waren und uns getrennt haben, und es wird auch jetzt nicht funktionieren. Geh zu deinen Freundinnen, zu deinen Eltern. Sei mit ihnen zusammen, denn mit mir zusammen zu sein hat für dich vorher nicht funktioniert und es wird auch jetzt nicht funktionieren.«

Sie schüttelte den Kopf. »Das weißt du doch gar nicht.«

Er tat, was er nicht hatte tun wollen, und umfasste ihr Gesicht. Ein Blick der Hoffnung sprang in ihre Augen, aber er wusste, dass es nicht seinetwegen war. Vielmehr ging es um die Tatsache, dass es einen anderen Menschen gab, der sie berührte, den sie berührte. Candice hatte sich in den Jahren seit der Highschool nicht verändert. Sie hasste es, allein zu sein, hasste es, keinen anderen Menschen in ihrer Nähe zu haben. Als die Welt ihr den Boden unter den Füßen wegzog, klammerte sie sich an den, der ihr am nächsten war. Sie klammerte sich an ihn und er ließ sie, weil er auch trauerte. Und als er nicht so trauerte, wie sie es wollte, wie sie dachte, dass sie es bräuchte,

ging sie zurück zu ihrer Familie und ihren Freundinnen, die nicht seine waren, um sich an sie zu
klammern.

Die Tatsache, dass sie jetzt hier war, sagte ihm,
dass sie mit ihrem Latein am Ende war. Wie er war sie
so verdammt verloren, als es darum ging, ihre Tochter
nicht mehr in ihrem Leben zu haben, dass sie zurück
war und versuchte, einen Fetzen von dem zu finden,
was sie gewesen waren, bevor die Welt um sie herum
zusammengebrochen war.

Nur war er nicht mehr dieser Mann. Er würde es
nie wieder sein.

»Du musst nach Hause fahren, Candice. Fahr zu
deinen Eltern. Finde dort Trost, denn hier wirst du ihn
nicht finden. Du hast ihn vorher nicht gefunden und ich
helfe dir jetzt auch nicht dabei. Ich kann kaum atmen,
ohne an Cynthia zu denken. Ich kann das nicht tun,
wenn du hier bist. Ich würde alles tun, was in meiner
Macht steht, um für dich zu sorgen, aber du würdest nie
wieder ganz heilen. Das werde ich auch nicht, und ich
glaube nicht, dass wir hundertprozentig heilen *sollten*.
Nicht mehr. Dazu haben wir nicht das Recht. Du musst
gehen. Du kannst hier nicht trauern, weil du mich nicht
so trauern lässt, wie ich es tun muss. Ja, das macht mich
zu einem Mistkerl, aber ausnahmsweise werde ich
versuchen, mich um mich selbst zu kümmern.«

Er hielt inne, als sie die Augen schloss.

»Und wenn ich davon überzeugt wäre, dass es

helfen würde, wenn wir am Jahrestag zusammen sind, würde ich meine Meinung vielleicht ändern. Aber du willst mich nicht, Candice. Schon seit Jahren nicht mehr. Du willst mich nicht an deiner Seite haben, weil wir nicht mehr die Menschen sind, die wir einmal waren, und es ist nicht gesund, es überhaupt zu versuchen. Also fahr nach Hause und bleib dort. Wir haben unser Baby verloren, unsere Tochter, und sie wird nie mehr zurückkommen. Aber dass du hier bist, hilft uns nicht und bringt Cynthia auch nicht zurück. Also geh bitte.«

Sie löste sich von ihm und wischte sich übers Gesicht. Als ihre Wangen sich dieses Mal wieder röteten, war es nicht aufgrund der Tränen, sondern wegen ihrer Verlegenheit. Und vielleicht auch ein bisschen Wut.

»Du bist immer noch so grausam wie damals, als sie starb«, fauchte sie. Ihre Worte trafen ins Schwarze und er ließ sie gewähren. Sie meinte sie nicht ernst, nicht wirklich. Oh, vielleicht meinte sie sie jetzt, aber im Großen und Ganzen war sie genauso verletzt wie er, und er war nur ein leichtes Ziel. Das war er immer für sie gewesen.

»Fahr nach Hause, Candice«, wiederholte er. »Hier gibt es nichts für dich.« Das hatte es schon lange nicht mehr gegeben.

Sie machte auf dem Absatz kehrt und ging zur Haustür. Als sie innehielt und ihre Hand auf den Türknauf legte, bereitete er sich noch einmal auf ihre

Worte vor. Er hasste seine Ex-Frau nicht, das hatte er nie, aber er wurde es langsam leid.

»Ich bereue nicht, dass ich gekommen bin«, sagte sie leise und drehte sich nicht um, um ihn anzuschauen. Er war froh darüber, denn er wollte wirklich nicht sehen, welche Emotionen in ihrem Blick stecken könnten. Er konnte nur ein bestimmtes Maß ertragen, ohne wieder zu zerbrechen, und offen gesagt war er sich nicht sicher, ob er stark genug war. Er war in Gefahr, wieder zu zerbrechen. »Es tut mir nicht leid, dass ich gekommen bin«, wiederholte sie nach einem Moment. »Aber es tut mir leid, sollte ich die andere Frau verletzt haben.«

Seine Augen weiteten sich, überrascht, dass sie Blake nach all dem erwähnte. Seine Gedanken mochten während der Unterhaltung bei Cynthia und Candice gewesen sein, aber Blake war ihm nie aus dem Kopf gegangen. Er würde herausfinden müssen, wie er die Dinge mit ihr in Ordnung bringen konnte, denn er hatte mit Sicherheit zugelassen, dass ihr Verhältnis durch nur wenige Sätze auf seiner Veranda versaut worden war. Er war sich nicht sicher, ob er Blake so einfach davonkommen lassen wollte, aber zuerst musste er Candice loswerden. Sie würde bald wieder verschwinden, dachte er, weil sie hier nichts mehr zu tun hatte. Er hätte erwartet, dass sie das schon lange vorher begriffen hätte, aber manchmal brachte der Kummer alles durcheinander.

»Auf Wiedersehen, Candice.« Er wollte nicht mit

ihr über Blake reden. Nicht jetzt, niemals. Was auch immer zwischen ihm und Blake vorgefallen war, ging Candice nichts an, und damit musste seine Ex-Frau einfach klarkommen.

Sie seufzte hörbar, ihre Schultern hingen einen Moment lang durch, bevor sie sie zurückrollte und die Tür öffnete. Als sie sie hinter sich schloss, entspannte Graham sich nicht, auch nicht, als er hörte, wie ihr Wagen ansprang und sie aus der Einfahrt fuhr.

Während er erleichtert war, dass sie weg war, hatte sie einen Sturm von Erinnerungen und Gefühlen mit sich gebracht, die er lieber mit ihr begraben hätte, und sie dann zurückgelassen. Natürlich wusste er, dass er nicht in der Lage gewesen wäre, sie zu verdrängen, da sie auf den Jahrestag zusteuerten, also konnte er ihr deswegen nicht *allzu* böse sein.

Er konnte jedoch auf die Situation im Allgemeinen sauer sein. Er hatte mit sich selbst argumentiert, ob er überhaupt mit Blake zusammen sein sollte, und jetzt würde er herausfinden müssen, wie er sie zurückbekommen könnte.

Er war nicht gut mit Worten, war es noch nie gewesen, aber er hatte das Gefühl, dass er ihr genau sagen musste, was mit Candice passiert war. Und das bedeutete, alte Wunden aufzureißen, die eigentlich kaum verkrustet waren.

Aber er würde es tun. Nicht nur, weil er es musste, sondern auch, weil es Cynthia gegenüber nicht fair war, sie so lange im Dunkel seiner Erinnerungen zu lassen. Sie hatte mehr verdient. Vielleicht war das eine andere Form der Heilung oder vielleicht wollte er einfach nur weiterleben. So oder so war er Blake eine Erklärung schuldig und er hoffte nur, dass er ihr die Zeit geben konnte, das alles zu begreifen.

Obwohl er wusste, dass er sie sofort anrufen sollte, schob er es noch ein wenig auf. Er räumte das Chaos auf, das er angerichtet hatte, bevor Candice aufgetaucht war, und machte dann die Wäsche fertig. Sein Körper schmerzte noch immer von seinem Arbeitstag, und obwohl er wahrscheinlich bald ins Bett gehen sollte, wusste er, dass er das nicht konnte, bevor er Blakes Stimme gehört hatte. Selbst wenn es nur die Mailbox war – sollte sie seinen Anruf ignorieren.

Nach etwas mehr als einer Stunde wusste er, dass er lange genug gewartet hatte. Er rieb sich mit einer Hand über das Gesicht und nahm sein Telefon in die Hand. Auf lange Sicht wäre es vielleicht einfacher, Blake *nicht* anzurufen und alles, was passiert war, zu ignorieren und den Dingen ihren Lauf zu lassen. Aber etwas sagte ihm, dass es niemals so einfach sein würde. Er arbeitete an dem Haus, in dem sie aufgewachsen war – und das war etwas, über das er mehr herausfinden musste, da es dort Geheimnisse gab; Dinge, die zwischen ihnen lagen. Außerdem arbeitete sie bei Montgomery Ink, also würde er ihr nicht wirklich aus dem Weg gehen können. Ganz zu schweigen davon, dass sie sich mit seiner zukünftigen Schwägerin angefreundet hatte.

Und jedes Mal, wenn er in der Vergangenheit versucht hatte, sie aus seinen Gedanken zu verdrängen, war sie trotzdem wieder aufgetaucht. Wie bei dem Hockeyspiel, im Laden und sogar in dem verdammten Supermarkt. Er wusste, wenn er nicht anrief und versuchte, die Dinge wieder in Ordnung zu bringen, würde alles nur noch schlimmer werden, wenn er sie wiedersah.

Also wählte er ihre Nummer und holte tief Luft in der Hoffnung, dass er nicht noch einen Fehler machte.

Als sie abnahm, stieß er den Atem aus, von dem er nicht wusste, dass er ihn angehalten hatte. »Graham.« Ihre Stimme war emotionslos, und das machte ihm mehr Angst, als wenn sie seinen Namen verflucht hätte. Zum Teufel, er hätte lieber Wut oder Traurigkeit gehört, denn das waren Dinge, mit denen er möglicherweise umgehen konnte, sei es in Form von einer Entschuldigung oder Buße. Und doch sagte ihm diese Blake mit der kalten Stimme – oder vielleicht war sie auch lauwarm, er war sich einfach nicht sicher –, dass er mehr Mist gebaut hatte, als er dachte.

»Blake«, flüsterte er zurück, dann räusperte er sich. »Ich hatte schon Angst, du würdest nicht abnehmen.«

Eine Pause. »Ich hatte auch Angst, dass ich es nicht tun würde.« Noch eine Pause. »Ich war bei Maya. Sie rief mich gerade an, als ich von dir wegfuhr.«

Er setzte sich auf die Rückenlehne seiner Couch und verschränkte einen Arm über der Brust, während er zuhörte. »Alles in Ordnung mit ihr?«

Die Tatsache, dass seine baldige Schwägerin schwanger war, erschreckte Graham zu Tode, auch wenn er über die Aussicht auf eine Nichte oder einen Neffen so überglücklich war, dass er es nicht ganz in Worte fassen konnte. Dieses Baby würde der zweite Gallagher seiner Generation sein, allerdings auch der älteste, denn Cynthia lebte nicht mehr. Er war sich nicht sicher, wie er sich bei all dem fühlte, außer dass er es nicht erwarten konnte, Jake als Vater zu sehen. Es gab wichtigere Dinge als seine eigene Trauer, das wusste Graham, obwohl der Schmerz in seinem Herzen immer da sein würde, auch wenn die Zeit um ihn herum verging.

Und das war der Grund, warum er Blake alles erzählen musste, um zu erklären, wer er war, auch wenn er es nicht wirklich verstand. Nicht mehr.

»Ihr geht es gut«, sagte Blake und ihre Stimme wurde etwas wärmer. »Ich glaube, sie war nur ein bisschen einsam, weil die Jungs heute Abend zu ihrer Verabredung ausgegangen sind. Und ich glaube, sie wollte mich in ihr Netz von Freundinnen einspinnen oder so.«

Obwohl sein Herz schmerzte von dem, was er ihm während der letzten paar Stunden zugemutet hatte, lachte er leise bei dem Gedanken. »Das klingt nach Maya.« Er seufzte. »Kommst du noch mal her? Damit ich es erklären kann?«

Sie schwieg lange genug, sodass er schon befürchtete, noch einen Fehler gemacht zu haben. »Das kann ich machen«, sagte sie leise. »Ich sitze gerade vor Mayas Haus im Wagen und telefoniere, denn ich wollte gerade gehen, als du angerufen hast. Ich bin sicher, dass sie da drinnen auf und ab tigert, während sie durch die Jalousien späht, um mich zu beobachten.«

Trotz der Spannung in der Luft lachte er wieder. »Sehen wir uns bald?«, fragte er.

»Ja. Aber Graham? Ich mag kein Drama. Ich brauche es nicht. Also lass uns versuchen, das auf ein Minimum zu beschränken.«

Er antwortete nicht darauf, als er sie auflegen ließ und sich leise verabschiedete. Sie wollte vielleicht kein Drama, aber er war sich nicht sicher, ob er es vermeiden konnte, nicht mit dem, was er ihr zu sagen hatte. Er fuhr sich mit der Hand durch die Haare und warf sein Handy auf die Couch. Er war sich nicht sicher, warum er das Bedürfnis verspürte, mit Blake zusammen zu sein, aber die Tatsache, dass es dieses Bedürfnis gab, sagte ihm, dass er besser versuchen sollte, es zum Funktionieren zu bringen. Seit Candice hatte er dieses Bedürfnis für niemanden mehr empfunden, und selbst damals ... war es anders gewesen.

Als Lichter vor seinem Fenster aufleuchteten und

das Geräusch eines Wagens, der in seine Einfahrt fuhr, ihn erreichte, ging er zur Tür und öffnete sie in der Hoffnung, dass es tatsächlich Blake war und nicht wieder Candice. Er war sich nicht sicher, ob er mit seiner Ex-Frau zweimal an einem Abend fertigwerden konnte. Zum Teufel, er konnte nicht einmal alle zwei Jahre mit ihr fertigwerden.

Blake stieg aus ihrem Wagen aus und bewegte sich auf ihn zu, ein zaghaftes Stirnrunzeln auf ihrem Gesicht. »Hey«, sagte sie.

»Hey.« Er steckte die Hände in die Taschen und wippte auf seinen Absätzen. »Möchtest du reinkommen?«

Sie lächelte verschmitzt. »Ja, ich denke, das wäre gut. Ich hatte beim ersten Mal nicht wirklich die Gelegenheit dazu.«

Er nickte und drehte sich zur Seite, damit sie an ihm vorbeigehen und als Erste hineingehen konnte. Er hatte die Tür offen gelassen, sodass sie direkt eintreten konnte, wenn sie wollte. Als er die Tür hinter ihnen schloss, steckte er noch einmal die Hände in die Taschen und musterte sie. Sie hatte eine leichte Jacke angezogen und trug eine alte Jeans, sodass er ihre Tätowierungen nicht sehen konnte, aber er wusste, dass sie da waren. Sie füllte ihre Kleidung gut aus, alles Kurven mit einigen Muskeln, die ihm sagten, dass sie jemanden in einem Kampf zu Fall bringen könnte, wenn sie es müsste.

Oder vielleicht war das nur sein Eindruck, da er

es an diesem Tag schon einmal mit ihr versaut hatte.

»Es tut mir leid«, sagte er, nachdem sie sich viel zu lange angestarrt hatten. »Es tut mir leid, dass du das sehen musstest, und verdammt, es tut mir leid, wenn du dich meinetwegen beschissen gefühlt hast, als meine Ex-Frau so unverhofft aufgetaucht ist.«

Sie legte den Kopf schief und musterte sein Gesicht. »Ich glaube nicht, dass du derjenige bist, der dafür gesorgt hat, dass ich mich mies fühle. Ich glaube eigentlich, dass es nur sie war. Du hast kein einziges Mal so ausgesehen, als wärst du glücklich, sie zu sehen. Du hast mich gebeten reinzugehen, damit du sie zum Gehen bewegen kannst. Ich glaube auch nicht, dass du sie vor mir versteckt hast. Wir sind noch dabei, uns kennenzulernen. Aber ich muss sagen, es war trotzdem ein Schock. Und da ich keine Dramen mag …«, sie zuckte mit den Schultern, »… bin ich gegangen.«

Er schluckte schwer. »Ich verstehe das. Das tue ich. Und ich würde gern sagen, ich weiß nicht, warum sie hergekommen ist, aber das wäre eine Lüge. Ich habe allerdings tatsächlich nicht *erwartet*, dass sie hierherkommt.«

Sie verengte die Augen. »Sie will wieder mit dir zusammen sein?«

Er schüttelte den Kopf. »Nein, nicht im Geringsten.« Er seufzte. »Candice ist der Typ Mensch, der nicht allein sein kann. Sie kann es einfach nicht. Ich werfe ihr das nicht vor. Auch wenn es nervt – sowohl während unserer Ehe als auch jetzt. Aber so ist sie nun mal und das ist es, was sie braucht. Da ich nicht dieser Mensch bin und nicht dieser Mensch sein will, den sie an ihrer Seite braucht, habe ich sie weggestoßen.«

»Ich schätze, das macht Sinn.«

Er lachte, aber es enthielt keinen Humor. »Nicht wirklich, aber das passiert, wenn zwei Menschen sich nicht mehr mögen und sich nicht mehr lieben. Wir hassen uns nicht, aber es ist nicht genügend Gefühl da, um uns auch nur ein bisschen zu mögen.«

»Darf ich fragen, warum ihr euch getrennt habt?« Sie schüttelte den Kopf. »Aber wenn mich das nichts angeht, verstehe ich das natürlich. Es ist nur so, sie hat erwähnt, dass sie deine *Frau* ist und den Teil mit der *Ex* bequemerweise ausgelassen.«

Er kniff sich in den Nasenrücken, bevor er ihren Blick erwiderte. »Sie hat das aus Reflex getan, glaube ich. Ich weiß ehrlich gesagt nicht warum, aber ich habe es mit ihr geklärt und jetzt möchte ich es mit dir klären. Und warum wir uns getrennt haben ...« Er atmete tief durch und ließ dann die Wahrheit aus sich heraussprudeln. »Wir haben uns getrennt, weil wir nicht mehr so weitermachen konnten wie bisher. Wir hatten eine Tochter, weißt du. Cynthia. Und sie ist gestorben. Es war plötzlich und doch wiederum nicht so plötzlich, alles zur gleichen Zeit. Und als sie starb, konnte ich die Frau, die ich geheiratet hatte, nicht mehr lieben, und sie mich auch nicht. Es heißt,

Menschen verhalten sich so, also Paare. Es heißt, sie trennen sich und fallen auseinander, wenn sie ein Kind verlieren. Ich weiß nicht, wie es anderen geht, aber ich weiß, dass ich nach Cynthias Tod nicht mehr mit Candice zusammen sein konnte. Wir haben nicht auf dieselbe Weise getrauert und wir haben ganz sicher nicht auf dieselbe Weise gelebt.« Seine Stimme brach. »Und das war das Problem, denke ich. Die Tatsache, dass ich gelebt habe und mein Baby nicht.« Tränen stachen ihm in die Augen und er blinzelte sie weg. Er würde weinen, er würde weinen, wenn es nötig war, aber zuerst musste er das alles loswerden.

Blake ging schnell auf ihn zu und bedeckte seine bärtigen Wangen mit ihren Händen. »Mein Gott, Graham. Es tut mir so leid. So verdammt leid.« Tränen füllten ihre Augen und er war zutiefst über-rascht. Er hatte nicht damit gerechnet, dass sie um ihn weinen würde, und er war sich nicht sicher, wie er sich dabei fühlte. »Ich wüsste nicht, was ich tun würde …« Sie schüttelte den Kopf. »Ein Kind zu verlieren, es zu überleben, muss eines der schwersten Dinge sein, die man durchmachen kann. Es tut mir so leid, Graham.«

Er schnaubte, aber nicht bei ihren Worten. »Ich schätze, das fällt nicht in die Kategorie ›kein Drama‹, in die du uns beide einordnen möchtest.«

»Ich bin ein Miststück, weil ich überhaupt denke, dass es kein Drama in einer Beziehung geben kann. Wenn Menschen involviert sind, gibt es Drama. Aber das hier? Das ist kein Drama, Graham. Es ist Herz-schmerz. Eine Tragödie. Etwas, das du *nie* hättest durchmachen sollen. Und das tut mir leid. Es tut mir so verdammt leid.« Sie sah ihm in die Augen. »Wirst du mir von ihr erzählen?«

Er stieß einen zittrigen Atem aus. »Cynthia war alles. So fröhlich, hell und einfach … alles. Sie hat mich und meine Brüder zu Teepartys gezwungen. Und die haben uns verdammt viel Spaß gemacht, auch wenn wir es nie zugegeben hätten.«

Blake blinzelte ihre Tränen weg und er lehnte sich an sie. »Ich kann mir fast vorstellen, wie ihr vier, bärtig und tätowiert, zierliche Teetassen in den Händen haltet.«

Er lächelte. »Ja, wir haben es getan. Und es war eine verdammt tolle Sache.« Er atmete noch einmal aus. »Als sie fünf war, fiel sie im Garten hin. Etwas, was alle Kinder tun, und ich dachte mir nicht viel dabei. Ich klebte ein Prinzessinnenpflaster auf die Wunde und küsste sie, damit es besser wurde. Aber es wurde nicht besser. Der Bluterguss wurde größer und verheilte nicht.«

»Oh, Graham«, flüsterte Blake.

»Sie hatte Leukämie. Ich werde nicht ins Detail gehen, obwohl ich den Typ mit den sieben Wörtern benennen kann, den sie hatte. Es war die seltene Form, die Art, die sogar die Ärzte überraschte, weil sie fast nie damit zu tun hatten. Wir begannen sofort mit der Chemo. Ich sah zu, wie sie Gift in die

Venen meines Babys spritzten, weil sie mir sagten, es sei der einzige Weg, sie bei uns zu behalten.« Diesmal ließ er die Tränen frei fließen. »Und als sie zu verblassen begann, war sie diejenige, die weiter lächelte, als ich es nicht konnte. Und als Candice anfing zu zerbrechen, weil sie dachte, sie sei nicht stark genug, war es unsere *Tochter*, die sagte, es sei okay zu weinen.«

Blake küsste sein Kinn und er sprach durch die Tränen hindurch weiter. »Sie hielt nur vier Monate Chemo durch, bevor es zu viel wurde. Wir hatten keine Zeit, Blake. Es war nicht genug Zeit.« Er wischte sich über das Gesicht und schob sie dazu von sich weg. Sie legte ihre Hände auf seine Brust, ihr Blick war immer noch auf seinen gerichtet, auch wenn er nicht wirklich sah, nicht in dem Moment. »Sie starb in meinen Armen, während Candice auf dem Stuhl neben dem Krankenhausbett weinte. Wir hatten unsere Tochter abwechselnd gehalten, weil Cynthia ohne unsere Berührung nicht schlafen konnte. Die Schmerzen waren zu schlimm. Aber sie starb in meinen Armen, mit einem Lächeln im Gesicht, während ich ihr eine Geschichte über eine Prinzessin und einen Drachen erzählte.«

Er schloss die Augen, die Erinnerungen trafen ihn hart, wie eine Gewehrkugel in die Brust. »Candice und ich haben sie begraben und kurz darauf auch unsere Ehe. Du siehst also, ich bringe Drama mit mir, Blake, so viel ist klar, aber ich bin nicht mehr der

Mann, der ich mit meiner Ex-Frau war, und ich werde es auch nie wieder werden. Wenn du mit dem Mann, der ich jetzt bin, umgehen kannst, auch wenn ich nicht weiß, wer das ist, dann bin ich hier. Wenn nicht, dann verstehe ich das.«

Sie sprach eine Weile nicht, aber die Tränen liefen ihr in Strömen über die Wangen. Als sie sich auf die Zehenspitzen stellte und ihre Lippen an seine presste, seufzte er.

»Ich bin hier, Graham. Egal, wie lange wir die sind, die wir sind. Und es tut mir so verdammt leid.« Sie leckte sich über die Lippen. »So verdammt leid.«

Er hielt sie dicht bei sich, ihr Ohr an seiner Brust, und sein Herzschlag verlangsamte sich allmählich wieder. Er wusste nicht, was noch kommen würde, aber er wusste, dass er das Schlimmste in seinem Leben bereits hinter sich hatte. Er würde vielleicht nie wieder das Glück finden, das er einst gehabt hatte, aber vielleicht, nur vielleicht, würde er einen Frieden finden, mit dem er leben konnte.

Kapitel Acht

HEUTE WÜRDE ein langer Tag werden. Blake presste die Hände gegen ihr Kreuz und lehnte sich nach hinten, um sich zu strecken. Sie hatte bei der Arbeit heute nicht so lange gesessen, aber sie war die meiste Zeit der Nacht wach gewesen und hatte über das nachgedacht, was mit Graham passiert war.

Und was *nicht* mit Graham passiert war.

Ihr Herz schmerzte für ihn, es tat einfach weh. Sie konnte sich nicht vorstellen, was er jetzt fühlen musste oder wie er sich seit dem Tod seiner Tochter fühlte. Der Gedanke, Rowan in diesem Alter zu verlieren – in *irgendeinem* Alter –, drehte ihr den Magen um. Sie wusste nicht, wie Graham es überlebt hatte, zu wissen, dass er seine Tochter nie wiedersehen würde, sie nie wieder in den Armen halten und ihr sagen könnte, dass er sie liebte.

Er hatte kurz darauf seine Frau verloren, aber das schien ihn nicht so sehr zu stören. Immerhin atmete Candace noch, bewegte sich noch, *lebte* noch. Und Cynthia war zu krank gewesen, als dass die Medizin ihrem Körper bei dem Versuch zu heilen hätte helfen können.

Da Blake alleine im Piercingraum war, ließ sie ihren Tränen noch einmal freien Lauf und ihre Schultern bebten. Jetzt wusste sie ansatzweise, warum Graham so war, wie er war, warum er knurrte und brummte und immer ein bisschen mürrisch, ein bisschen verschlossen wirkte. Er hatte so werden müssen, als er sein Licht verloren hatte. Sie fragte sich, was für ein Mensch er vor der Tragödie gewesen war, was für ein Vater er gewesen war. Natürlich wusste sie, dass es zu viel wäre, wenn sie es wagen würde, das zu denken. Er war durch die Hölle gegangen und hatte es auf die andere Seite geschafft, aber was für ein Mann war aus der Asche auferstanden?

Sie war jetzt mit ihm zusammen, auch wenn sie nicht genau wusste, wie sie es bezeichnen sollte. Sie erinnerte sich an seinen Geschmack und wusste, dass sie schon bald mehr von ihm kennenlernen würde, jeden Zentimeter von ihm würde erkunden können. Doch sie hatte Angst vor dem, was passieren würde, wenn sie zu weit gingen. Sie war nicht in der Lage, sich einem Mann auf irgendeine andere Weise als körperlich hinzugeben. Sie musste ihre Tochter beschützen, und das konnte sie nicht, wenn ihr Geist in den Wolken schwebte und ihr Leben in zwei Teile gespalten war.

Und sie war sich sowieso nicht sicher, ob Graham mehr als nur eine schnelle Nummer wollte. Vielleicht wäre das für sie in Ordnung gewesen, vielleicht hätte sie sich das sogar gewünscht, aber jetzt war das alles ein bisschen schwammig. Sie wusste zu viel über ihn und seine Vergangenheit, und doch schien es nicht genug zu sein. Das machte ihr mehr Angst, als sie erwartet hätte. Was sie betraf? Er wusste nicht wirklich etwas über sie, und das war etwas, woran sie hart gearbeitet hatte. Es war ihr inzwischen zur zweiten Natur geworden, ihre Vergangenheit zu verbergen, die Tatsache, dass sie ein Kind hatte. Aber wie Maya ihr nahegelegt hatte, musste sie es Graham sagen, bevor es zu spät war.

Blake musste nur davon überzeugt sein, dass es sicher sein würde und dass es sich lohnen würde, ihre Geheimnisse zu enthüllen. Die Gefahr, die von dem ausging, was passieren würde, wenn die falschen Leute wüssten, wo sie war, wo ihre Tochter war, würde niemals verblassen.

Aber sie hatte Graham trotz Mayas Rat am Abend zuvor nichts von ihrer Tochter erzählt. Sie hatte ehrlich gesagt nicht das Gefühl gehabt, dass es der richtige Zeitpunkt war, obwohl sie jetzt wusste, warum Maya so unnachgiebig gewesen war. Wie hätte sie dem Mann, der seine Tochter verloren hatte, sagen können, dass sie eine Tochter in Cynthias Alter hatte?

Was hätte das in diesem Moment mit ihm gemacht? Ja, es hätte so oder so wehgetan, hätte gebrannt, egal was passiert wäre, aber es ihm zu sagen, als er am verletzlichsten war, war nicht der richtige Zeitpunkt gewesen.

Doch sie war sich nicht sicher, ob es jemals einen richtigen Zeitpunkt geben würde.

Und das war der Grund, warum sie so eine verdammte Idiotin war.

Blake wischte sich die Tränen weg und wusch sich die Hände. Danach spritzte sie sich kaltes Wasser ins Gesicht, um zu versuchen, die Tatsache zu verbergen, dass sie geweint hatte. Maya hatte an diesem Morgen einen Blick auf sie geworfen und gefragt, was passiert war, nachdem Blake Mayas Haus verlassen hatte, aber Blake hatte nicht geantwortet. Ihre Augen mochten geschwollen sein, ihre Wangen noch ein wenig rosa, aber sie würde den Rest des Tages überstehen und sich überlegen, wie sie Graham von Rowan erzählen konnte.

Wann war ihr Leben so kompliziert geworden?

Es machte keinen Sinn. In der einen Minute war sie in ihre Highschool-Liebe verliebt, brach die Regeln und versuchte, ihr ohnehin nicht so perfektes Leben weiter zu ruinieren; in der nächsten war sie schwanger und mit einem Mann zusammen, der sie hasste. Noch einen Moment später unterstützte sie einen Drogensüchtigen, weil sie nicht wusste, was sie sonst tun sollte, weil sie nicht wusste, wie sie ihm helfen konnte, obwohl sie es versucht hatte.

Und als ihre Tochter geboren wurde, war sie zu der Frau geworden, die sie von Anfang an hätte sein sollen. Und der Mann, den sie zu lieben geglaubt hatte, war gestorben, weil er nicht in der Lage gewesen war durchzuhalten.

Jetzt musste sie ihre Tochter vor denen verstecken, die ihr diesen Tod anhängen wollten, und sie verliebte sich in einen anderen Mann, der einen Schmerz in seiner Seele trug, von dem sie wusste, dass sie nie in der Lage sein würde, ihn zu lindern.

Blake atmete aus und rollte die Schultern zurück. Es war Zeit, diese Gedanken aus ihrem Kopf zu verdrängen, wenn auch nur für den Tag, und wieder an die Arbeit zu gehen. Sie konnte ihrer Tochter kein Dach über dem Kopf bieten, wenn sie den ganzen Tag weinend im Hinterzimmer verbrachte.

Als sie aus ihrem kleinen Piercingraum herauskam, warf Derek ihr einen langen Blick zu, bevor er sich wieder der Arbeit am Arm seines Kunden widmete. Das Problem, wenn man neue Freunde fand, bestand darin, dass sie anfingen, das Gefühl zu haben, sie würden einen kennen und die Emotionen verstehen, die man mit sich trägt. Sie konnte ihnen aber nicht von ihrer Vergangenheit erzählen, das wäre für Rowan nicht sicher gewesen. Und sie konnte auch nicht über Grahams Worte sprechen, weil sie nicht ihr gehörten. Und obwohl Maya die

Fakten kennen mochte, hatte Blake das Gefühl, dass Graham ihr gegenüber offener gewesen war als gegenüber anderen, was das Gefühl anging, seine Tochter nicht mehr in seinem Leben zu haben.

Anstatt *ihre* Gefühle mitzuteilen, versteckte sie sie hinter dem Eis, das ihr Schutzschild war, und versuchte, wieder an die Arbeit zu gehen. Sie hatte zwei Piercing-Kunden, die in Kürze eintreffen würden, und natürlich würde sie alle Laufkundschaft mit kleineren Wünschen übernehmen, wenn jemand vorbeischaute. Da es Wochenende war und Rowan den Tag bei Mrs. Gonzales verbrachte, bevor sie zu einer Geburtstagsparty mit Übernachtung ging, musste Blake sich den Arsch aufreißen, um sich von den Dingen abzulenken, die wehtun konnten.

Als sie es bis zum Eingang geschafft hatte, um den Zeitplan zu überprüfen, klingelte die Glocke über der Tür und sie sah auf.

Ihr Herz schlug schneller und sie leckte sich über die plötzlich trockenen Lippen.

»Hey«, sagte Graham, als er hinter Maya hereinschlenderte. »Ich dachte mir, dass du heute arbeitest, aber ich war mir nicht sicher.«

Sie lächelte trotz der Gefühle und Gedanken, die in ihr tobten. »Ich wusste nicht, dass du heute vorbeikommen würdest, sonst hätte ich es erwähnt.« Nicht sicher, was sie mit ihren Händen tun sollte, hielt sie sich an der Kante des Empfangstresens fest und blieb auf der anderen Seite stehen. Sie hatte nichts mit Beziehungen am Hut und war sich nicht sicher, was genau zwischen ihr und Graham vor sich ging. Und Gefühle wie dieses, das für sie so unglaublich ungewohnt war, waren nur einer der vielen Gründe dafür.

Er grinste sie eindringlich an, bevor er sich über den Tresen lehnte und mit dem Daumen über ihren Kiefer strich. Es kostete sie sehr viel Kraft, sich dieser Berührung nicht hinzugeben. Als er den Kopf senkte und mit seinen Lippen über ihre strich, gab sie einen kleinen Laut von sich, der Graham zum Knurren brachte.

»Später«, flüsterte er, als er sich zurückzog.

»Später?«, fragte sie mit störenderweise sehr verführerischer Stimme.

»Wie kommt es, dass du mich nicht auf diese Weise begrüßt?«, fragte Derek mit einem breiten Grinsen im Gesicht von seinem Stuhl aus.

»Weil ich dich kastrieren würde«, knurrte Graham, obwohl Blake nicht sicher war, ob er einen Scherz machte oder nicht.

Um die Sache klarzustellen, schlenderte Blake um den Tresen herum und ging auf Derek zu. »Liebster, du könntest nicht mit mir umgehen, wenn ich dich so begrüßen würde.« Sie strich sich die Haare über die Schulter und drehte sich wieder zu Graham um, aber nicht bevor sie sah, wie Derek beide Hände über sein Herz legte und diese Cartoon-Bewegung machte, bei der es aussah, als würde es schlagen.

Graham grinste sie an, bevor er ihr das Haar hinters Ohr schob. »Schön.«

»Ich bemühe mich«, entgegnete sie langgezogen. »Aber egal, was machst du hier?«

»Er ist meinetwegen hier«, sagte Maya von hinten. Blake drehte sich zu der anderen Frau um, die eine Hand in die Hüfte gestemmt hatte und einen neugierigen Gesichtsausdruck aufsetzte. »Und während du dich hier hinten vielleicht am liebsten mit deinem Freund austoben möchtest, haben wir aus gutem Grund Gesundheitsvorschriften.«

»Da ist ein Büro«, bemerkte Derek. »Das sollte funktionieren.«

Graham griff nach Blakes Hüfte und sie zwang sich, lediglich mit den Augen zu rollen und ihn nicht wie einen verdammten Baum zu besteigen.

»Ich bin überrascht, dass du ›austoben‹ gesagt hast«, sagte Blake stattdessen. »Kein Fluchen?«

Maya errötete und legte ihre Hand auf ihren immer noch flachen Bauch. »Die Jungs und ich wollen versuchen, nicht wie verrückt zu fluchen, wegen dem Baby und so.«

Jede einzelne Person im Raum begann zu lachen – einschließlich der Kunden, von denen Blake ziemlich sicher war, dass sie Maya noch nicht allzu lange kannten.

»Ich hasse euch alle«, knurrte Maya. »Und jetzt, Gallagher, setz dich auf den verd- … Stuhl, damit ich deine Schulter bearbeiten kann.«

»Schön, dass du nicht fluchst«, stichelte Derek.

»Du bist gefeuert«, fauchte Maya.

»Nein, bin ich nicht«, flötete Derek, bevor er sich wieder an die Arbeit machte.

Blake seufzte, bevor sie sich aufrichtete. Sie hatte nicht bemerkt, dass sie sich gegen Grahams sehr harten Oberkörper und seinen noch härteren Schwanz gelehnt hatte, während sie Maya zugehört hatte. Was hatte sie doch für einen verdammten verräterischen Körper!

»Du lässt dir deine Tattoos auffrischen?«, fragte Blake, als sie sich wieder Graham zuwandte.

»Ja«, sagte Graham leise, den Blick auf ihren gerichtet. »Ich habe heute Morgen auf der Baustelle gearbeitet, aber da Murphy sich über ein paar Dinge beschweren muss, habe ich Maya gebeten, mich einzuplanen, wenn möglich. Willst du etwas essen gehen, wenn du fertig bist?«

Obwohl allein die Erwähnung der Baustelle, an der er arbeitete, ihr einen kalten Schauer über den Rücken jagte, spürte sie, wie ihr Kopf wie von selbst zur Antwort nickte. »Okay«, sagte sie, da sie bereits genickt hatte. »Ich könnte etwas zu essen vertragen.«

»Gut.« Er küsste sie wieder und Blake tat ihr Bestes, um ihre Arme nicht um ihn zu schlingen.

Das war der Grund, warum sie immer so verwirrt war. Ihr Körper wollte eine Sache tun, während ihr Verstand etwas anderes tun musste. Dazu kam noch ihr Herz, und sie hatte keine Ahnung mehr, was sie da tat.

»Es reicht, ihr zwei«, sagte Maya lachend. »Setz dich auf den verdammten Stuhl, Gallagher. Mal sehen, was du mit meiner kostbaren Arbeit angestellt hast, da du nie genügend Sonnencreme aufträgst, wenn du dich ganz männlich verhältst und ohne Hemd arbeitest.«

Blake schnaubte und zog sich zurück, als ihr nächster Kunde hereinkam. »Viel Spaß, ihr zwei. Ich habe ein Piercing zu machen.«

Graham nickte ihr zu und einen Moment lang bemerkte sie den Schmerz, den sie am Abend zuvor gesehen hatte, als er von Cynthia gesprochen hatte. Dann blinzelte er ihn weg. Er war gut darin, das zu verbergen, aber jetzt, da sie ein wenig mehr über ihn wusste, hatte sie das Gefühl, dass sie diesen Ausdruck in seinen Augen öfter sehen würde.

Und was sie damit machen würde … sie wusste es nicht.

»Es ist dir also wirklich egal, dass ich Murphys Schwanz gepierct habe?«, fragte sie, während sie ein weiteres Stück Pizza in die Hand nahm.

Nachdem er sein Tattoo nachgebessert und Blake die beiden Knorpelpiercings, die auf ihrem Plan standen, fertiggestellt hatte, sagte Maya, sie solle sich auf den Weg machen. Um die schwangere Frau nicht zu verärgern, hatte Blake den Laden mit Graham verlassen. Statt essen zu gehen, waren sie bei ihm mit einer Pizza und einem Salat gelandet, zusammen mit ein paar Bieren. Sie würde später auf jeden Fall nach Hause fahren müssen, für den Fall, dass Rowan früher von der Party nach Hause kommen musste, aber sie konnte noch eine Weile bleiben. Die Tatsache, dass sie genauso gut von Grahams Haus aufbrechen könnte, um Rowan abzuholen, war ihr nicht entgangen, aber sie wollte nicht von zu Hause weg sein, wenn ihr Baby aus dem Haus war. Und da sie nicht von zu Hause weg sein wollte, wenn ihr Baby *im* Haus war, sorgte das für knifflige Situationen, wenn es um Beziehungen ging.

Graham hatte gerade einen Schluck von seinem Bier genommen, als sie ihn nach dem Schwanz seines Bruders in ihrer Hand fragte, also war sie nicht überrascht, als er fast daran erstickte. Sie reichte ihm eine Serviette und er wischte sich mit zusammengekniffenen Augen den Bart ab.

»Das hast du mit Absicht gemacht«, knurrte er.

Blake hob beide Hände. »Nein, das war nur ein glücklicher Zufall.«

»Weibsstück.«

»Protzkerl.«

Er zwinkerte. »Was dein Piercing für Murphy angeht? Ja, es hat mich ein bisschen eifersüchtig gemacht, dass du seinen Schwanz gesehen hast, bevor du meinen gesehen hast, aber da du jetzt hier bei mir bist und ich vorhabe, dich gleich über den Stuhl gebeugt zu ficken, nenne ich es einen Gleichstand.«

Dieses Mal verschluckte sie sich an ihrem Bier. Sie starrte ihn an, als er ihr mit einem unschuldigen Ausdruck im Gesicht eine Serviette reichte. »Das hast du mit Absicht gemacht«, sagte sie und wiederholte seine Worte.

»Habe ich das?« Er blinzelte. »Aber im Ernst, es ist dein Job, Blake. Wenn ich ein Problem damit hätte, dann wäre es *mein* Problem. Die Tatsache, dass du ihn mit einer sehr großen Nadel durchstochen hast, gleich nachdem er seine Hose runtergelassen hatte, macht es mir um einiges leichter. Ich weiß noch, was für Schmerzen ich hatte, als ich mein Piercing bekam. Es tat höllisch weh, aber am Ende war es das wert.«

Blake richtete sich auf. »Dein Schwanz ist gepierct?« Wie hatte sie es nicht spüren können, als sie sich an ihm gerieben hatte? Und jetzt konnte sie nur noch an seinen Schwanz denken und daran, wie er mit dem Piercing aussah ... und wie verdammt toll er sich in ihr anfühlen würde.

»Ja, die meisten der Gallaghers sind das. Und jetzt höre ich auf, über das Gehänge meiner Brüder zu reden. Hast du selbst irgendwelche Piercings?«

Blake schüttelte den Kopf, während sie an ihrem Ohrläppchen zog, wo sie einen einfachen Stecker hatte. »Im Moment nicht. Ich hatte im Laufe der Jahre eine Menge Piercings – Nippel, Klitorisvorhaut,

Nase, Zunge, Stirn, all das, aber ich habe sie inzwischen entfernt.« Sie zuckte mit den Schultern. »Ich weiß, dass es eine gute Werbung ist, sie zu haben, als eine Art Lebenslauf für meine Kunden, aber mal trage ich sie und mal nicht. Für den Moment habe ich sie rausgenommen.«

Er starrte sie eindringlich an. »Ich hätte sie gern gesehen.«

Sie leckte sich über die Lippen. »Vielleicht eines Tages.« Sie musste sich wirklich beruhigen, bevor sie sich auf ihn stürzte. Also gingen ihre Gedanken natürlich in die andere Richtung. »Welche anderen Piercings hast du noch?«

»Nur das eine«, antwortete er. »Ich denke darüber nach, mir die Brustwarzen piercen zu lassen, aber ich werde nicht jünger.«

Blake rollte mit den Augen. »Du bist nicht neunzig, und selbst dann wäre es egal. Du bist immer noch kräftig und gut gebaut, Graham. Und du bist keine Frau, die sich vor der Schwerkraft fürchten muss. Natürlich würde ich auch dann sagen: ›Scheiß drauf‹, und diese Dinger durchstechen, selbst wenn sie auf den Boden zeigen. Es sind deine Nippel, weißt du. Aber wenn du deine piercen lassen willst, komm einfach im Laden vorbei.« Sie zeigte mit dem Finger auf ihn. »Keiner piercet dich außer mir. Ich erhebe Besitzansprüche.«

»Du und Maya, ihr beide.« Er lehnte sich über den Tisch zwischen ihnen und küsste sie, nicht zu hart, nicht zu weich. »Ich habe es verstanden, Blake. Meine Brustwarzen gehören dir.« Er zog sich zurück und ließ den Blick auf ihren Brüsten verweilen. »Und jetzt zu deinen Brustwarzen …«

Sie konnte nicht anders, sie lachte. »Ist das ein Anmachspruch?«

Graham lächelte breit. »Gefällt er dir?«

Ihre Brustwarzen, die nun wieder seine Aufmerksamkeit erhielten, kribbelten unter ihrem sehr dünnen BH. Kleine Verräter.

»Ich habe schon Besseres gehört«, hauchte sie. Okay, sie musste langsam mal den Tatsachen ins Auge sehen. Sie würde heute Abend Sex mit Graham haben, so viel war klar. Aber normalerweise überließ sie dem Kerl nicht die volle Kontrolle. Das konnte sie nicht zulassen, egal wie sehr sie loslassen und jemanden haben wollte, der sich ein bisschen um sie kümmerte.

Sie konnte es sich nicht leisten, diese Art von Frieden zu haben.

Nicht mehr.

Dann stand Graham auf und ging um den Tisch herum, sodass er direkt vor ihr stand. Er fasste sie am Kinn, packte mit der anderen Hand ihre Finger und zwang sie aufzustehen. Sie hätte protestieren können, aber sie konnte nicht, nicht mit Graham, nicht in diesem Moment.

»Ich mag Kontrolle im Bett, Blake«, knurrte Graham. »Ich brauche sie. Ich rede nicht von dominant und unterwürfig, aber ich muss derjenige sein, der dir zeigt, wo ich dich brauche, damit ich dich fühlen lassen kann, dich kommen lassen kann, dich vergessen lassen kann. Denkst du, du kannst das? Denkst du, du kannst mir die Zügel überlassen, wenn auch nur für eine Nacht? Und vielleicht für weitere Nächte danach? Ich werde dir nie sagen, was du außerhalb des Bettes tun sollst. Aber im Bett? Im Bett möchte ich, dass du dich mir hingibst.«

Sie stieß einen zittrigen Atem aus. »Das bin nicht ich, Graham.« Sie begegnete seinem Blick, sah die Hitze in seinen Augen. »Du wirst dafür arbeiten müssen. Ich werde … dich reinlassen, aber du musst wissen, dass ich nicht einfach bin.«

»Gut«, knurrte er. »Davon bin ich auch nicht ausgegangen, als ich dich das erste Mal gesehen habe, und es gefällt mir, aber ich freue mich darauf, das mit dir zu erleben.« Er umfasste ihr Gesicht und lehnte sich näher heran. »Ich will dich, Blake. Kann ich dich haben?«

»Wenn du fragen musst, wer hat dann die Kontrolle?«

Dann küsste er sie, und zwar hart. »Egal, wie sehr ich dich will, ohne deine Zustimmung hat es nichts mit Kontrolle zu tun.« Er schloss die Augen und lehnte seine Stirn gegen ihre. Ihr Herz schlug schnell und sie keuchte schwer, allein durch seine Anwesenheit. Natürlich gab es nichts »Bloßes« an ihm. »Ich werde dich ficken, Blake. Und du fickst mich besser genauso hart zurück.«

»Du hast es erfasst, Gallagher«, sagte sie lachend, dann keuchte sie, als er seine Hand hinter den Bund ihrer Leggings und unter ihr Höschen schob.

»So verdammt feucht«, knurrte er. »Ich werde dich mit meinen Fingern in meiner Küche ficken und dich dann in mein Bett bringen, damit ich dich auslecken kann. Ich will jeden Zentimeter von dir lecken, während du mein Gesicht reitest. Dann will ich dich von hinten ficken, wobei ich die Hände in deine Hüften graben werde, während ich so tief eindringe, dass keiner von uns beiden mehr atmen kann. Und wenn ich komme, will ich, dass du auch kommst, deine Muschi meinen Schwanz umklammert, bis ich erschöpft bin und du nur noch ein Häuflein auf dem Bett bist. Was sagst du dazu, Blake? Kannst du für mich kommen?« Er knurrte die letzten Worte erneut, während er sie fingerte und den Daumen fest gegen ihre Klitoris drückte.

Sie kam für ihn, augenblicklich, und ihr Körper zitterte. Sie wäre allein von seinen Worten gekommen, dem Gefühl seines Knurrens auf ihrer Haut. Als dann noch seine Finger, seine Berührung dazukamen, war sie hin und weg. Sie grub ihre Fingernägel in seinen Bizeps und warf den Kopf zurück, als sie versuchte, Luft zu holen. Graham krallte sich an ihrem Hals fest, leckte, saugte, biss.

»Du bist verdammt schön, wenn du kommst«,

sagte er leise, bevor er seine Hand aus ihrer Hose zog. Mit der freien Hand umfasste er ihren Nacken und blickte ihr in die Augen. »Öffne diese hübschen Lippen für mich.« Als sie den Mund öffnete, ließ er seinen feuchten Finger über ihre Lippen gleiten, bevor er ihn wieder zurückzog, um ihre Säfte von jedem Finger zu saugen. Während der ganzen Zeit betrachtete er sie aufmerksam mit verheißungsvollem Blick.

Verdammt noch mal. Dass Graham Gallagher sich selbst sauber leckte, nachdem er sie gefingert hatte, war das Schärfste, was sie je in ihrem Leben gesehen hatte.

Und sie waren beide noch bekleidet.

»Verdammt süß.« Er presste seinen Mund auf ihren, bevor er mit seinen großen Händen ihren Hintern packte und sie vom Boden hob. Sie schlang sich um ihn und krallte sich mit der Hand in sein Haar, während sie seinen Kuss erwiderte.

»Ich brauche dich«, keuchte sie. Sie mochte gerade gekommen sein, aber sie brauchte mehr als eine leichte Berührung. Sie brauchte seinen Körper, seinen Mund, seinen Schwanz. Sie brauchte das alles.

Er trug sie ins Schlafzimmer und stellte sie auf ihre Füße, bevor er begann, sie schnell auszuziehen. Sie streifte sich die Schuhe von den Füßen, sobald er sie abgesetzt hatte, und half ihm dann mit ihren Leggings, doch er hatte in Windeseile ihren BH geöffnet und ihr das Höschen ausgezogen.

Die Tatsache, dass sie nackt vor ihm stand, mit ihren Dehnungsstreifen von der Geburt ihrer Tochter, während er vollständig bekleidet war, hätte sie nicht anmachen sollen, aber das tat es. Sie verdrängte die Gedanken an das, was sie ihm nicht enthüllte, aus ihrem Kopf und versuchte, im Moment zu leben.

Sie würde sich später mit den Konsequenzen auseinandersetzen.

»Zieh dich aus«, hauchte sie. »Ich brauche dich nackt.«

Er lachte leise, als er die Hand ausstreckte und ihre Brust mit einer großen, schwieligen Hand umfasste. Sie keuchte, als er seinen Daumen über ihre Brustwarze gleiten ließ. »Wir können das tun. Ja, das können wir tun. Und Baby? Ich denke, es wäre verdammt heiß, wenn diese hier gepierct wären. Obwohl, sie sind auch jetzt verdammt heiß.«

Sie knabberte an seinem Kiefer, wollte mehr. »Ich danke dir. Jetzt zieh deine verdammten Klamotten aus.«

»Ja, Ma'am.«

»Wer hat jetzt das Sagen?«, neckte sie ihn.

Er griff um sie herum und schlug ihr auf den Hintern. Fest. »Wenn ich schneller in deine Muschi komme, wenn ich mich ausziehe, dann verdammt, dann mache ich, was du willst.«

Sie rollte mit den Augen und stöhnte dann, als er seine Hand zwischen ihre Pobacken schob und in sie eintauchte, um sie zu erforschen. Sie leckte sich über die Lippen. »Nicht diese Art von Spiel bei der ersten Verabredung, Gallagher.«

Seine Augen leuchteten auf. »Heißt das, ich bekomme eines Tages deinen Arsch?«

»Lass mich zuerst deinen Schwanz sehen.« Sie lachte, als er sich so schnell entkleidete, dass sie Angst hatte, er würde sich etwas brechen. Im Ernst, wenn eine Frau einem Mann gegenüber andeutet, dass sie vielleicht irgendwann mal für Analverkehr offen ist, ist er plötzlich blitzschnell bei der Sache.

Sie sah ihn an, ganz feste Muskeln und Sehnen – und doch wusste sie, dass er weich sein konnte. Er war gebräunt, als hätte er draußen gearbeitet, aber er hatte schwache Bräunungsstreifen wie jemand, der regelmäßig an der frischen Luft arbeitete, sich aber nicht darum scherte, ob er gleichmäßig Farbe bekam. Seine Arme waren dick, ebenso wie seine Oberschenkel. Sie wollte jeden Zentimeter von ihm lecken.

Jeden. Zentimeter.

Und das sind so einige Zentimeter, dachte sie, als sie seinen Schwanz betrachtete.

»Ähm, nun, ich glaube nicht, dass der in meinen Arsch passen wird, Graham.« Er war breit und lang, dick und ach so hart. Das Piercing am Ende glitzerte in dem Licht und sie konnte es kaum erwarten, es in sich zu spüren. Sie wusste, er würde sie an der richtigen Stelle treffen und sie würde Sterne sehen. Der Mann vollbrachte Wunder mit seinen Händen und sie hatte das Gefühl, dass er mit seinem Schwanz noch besser sein würde.

Dann küsste Graham sie. »Nur die Spitze?«, fragte er lachend.

Sie lachte mit ihm, aber als sie die Hand ausstreckte und ihn packte, stöhnte er auf. »Lass mich mal sehen«, sagte sie leise, bevor sie auf die Knie ging.

»Heiliger Strohsack, du auf den Knien vor mir ist ein toller Anblick.«

»Warte nur, bis du meinen Hinterkopf siehst.«

Graham warf den Kopf zurück und lachte, bevor er sich fast daran verschluckte. Er griff an ihren Hinterkopf und zischte. »Scheiße!«

Sie hatte die Spitze seines Schwanzes um das Piercing herum geleckt, bevor sie ihn vorsichtig in den Mund nahm. Sie musste mit ihren Zähnen vorsichtig sein, aber als Piercerin waren ihr Blowjobs bei gepiercten Schwänzen nicht fremd. Als sie mit einer Hand seine Hoden umfasste und mit der anderen den Rest seines Schwanzes umschloss, stöhnte er wieder auf.

»Baby, ich werde kommen, wenn du nicht aufpasst.«

Sie sah zu ihm auf und summte, bevor sie auf und ab wippte und um die Spitze herum leckte, während er stöhnte und seine Hüften vor- und zurückstieß. Als sie seine Hoden losließ, um an seiner Pofalte entlangzustreifen, erstarrte er.

»Blake?«

Sie zog sich zurück und küsste die Seite seines Schwanzes. »Arsch berühren ist erlaubt, Gallagher.«

Als er sie hochzog, war sie nicht überrascht, aber seine Worte überraschten sie doch. »Du kannst mit meiner Prostata spielen und mich später sogar in den Arsch ficken, wenn du willst, aber ich will nicht in deinem Mund kommen. Ich brauche dich jetzt. Hast du mich verstanden?«

Sie lachte und schüttelte den Kopf. »Ich hätte nicht gedacht, dass das dein Ding ist, Graham. Was ist mit der ganzen Kontrollsache?«

»Ich mag Kontrolle, wenn ich dich ficke, Blake. Aber ich bin kein junger Kerl, der gerade lernt, wie man eine Frau zum Kommen bringt. Ich weiß, wo ich deine Klitoris und deinen G-Punkt finde. Ich werde dich auch verdammt hart kommen lassen. Aber für mich? Ich mag so ziemlich alles. Ich stehe vielleicht nicht so auf Kerle wie Jake, aber es macht mir nichts aus, wenn du mit meiner Prostata spielst, wenn es uns beide anmacht.«

Du meine Güte, Graham Gallagher redete nicht nur schmutzig, er *war* auch schmutzig.

Glückliches, glückliches Mädchen.

»Küss mich«, keuchte sie. »Und dann fick mich. Ich brauche dich in mir. Ich weiß, du wolltest mich eigentlich lecken, aber ich brauche zuerst deinen Schwanz.«

Graham lächelte und seine Augen wurden dunkel,

bevor er sie küsste. »Lass mich ein Kondom holen. Leg dich auf die Bettkante und spreiz die Beine. Halte deine Oberschenkel fest und ziehe deine Knie in Richtung deiner Schultern. Denkst du, du kannst das tun?«

»Gott sei Dank gibt es Pilates«, scherzte sie.

Er küsste sie fest. »Du kannst mir all diese Bewegungen später zeigen. Es gefällt mir, dass du biegsam bist.«

Ihr Körper zitterte voller Erwartung, als sie tat, was er verlangte. Sie kam sich komisch vor, seltsam nackt und offen für ihn, als sie dort lag. Aber er war schnell mit dem Kondom und aus irgendeinem Grund fühlte sie sich bei ihm sicher. Es war wahrscheinlich ein Fehler, aber es war ihr egal. Zumindest in diesem Moment.

»Du bist so verdammt sexy«, knurrte er. Er beugte sich über sie und leckte ihre Muschi mit einem langen Strich, bevor er sich an ihrem Bauch und dem Tal zwischen ihren Brüsten hochküsste und in jede Brustwarze biss. Sie zitterte noch mehr, als er ihren Hals hinaufleckte und ihr einen festen Kuss auf die Lippen drückte. Sie konnte sich selbst auf ihm schmecken und sie wäre fast noch einmal gekommen.

»Bist du bereit für mich?«, fragte er mit seiner tiefen Stimme. Sie begegnete seinem Blick und nickte. Sie wusste nicht, was sie dort sah, aber es hätte sie erschrecken müssen. Die Tatsache, dass es das nicht tat, erschreckte sie noch mehr.

»Graham!«, rief sie und wölbte den Rücken, als er bis zum Anschlag in sie stieß. Obwohl sie feucht und bereit war, war er so verdammt dick. Wie sie gehofft hatte, traf sein Piercing sie an der richtigen Stelle, und Tränen rannen ihr über die Wangen. Nicht aus Traurigkeit oder gar aus purer Freude, sondern einfach so.

»Das war's«, keuchte Graham. »Komm mir entgegen, Blake. Bewege deine Hüften mit mir. Lass mich tief eindringen. Spürst du mich? Gefällt dir mein Schwanz?«

»Gott, ja. Und wenn du nicht schneller wirst, spiele ich mit meiner Klitoris und bringe mich selbst zum Höhepunkt.«

»Du hättest mich nicht warnen sollen, Baby.« Er griff mit einer Hand an ihre Hüfte und hielt mit der anderen ihre Handgelenke über ihrem Kopf fest. Die Tatsache, dass er so stark und flink genug war, um das zu tun, brachte sie nur noch näher an den Abgrund.

Als er wieder zustieß, dieses Mal so verdammt fest, dass sie Sterne sah, kam sie an seinem Schwanz, wie er es gewollt hatte. Sie begegnete seinem Blick, ihr Mund öffnete sich, ihr Atem entwich ihr. Seine Augen verdunkelten sich und die Adern an der Seite seines Halses traten hervor, als er mit ihr kam. Obwohl das Kondom sie voneinander trennte, konnte sie die Hitze von ihm spüren.

»Heilige Scheiße«, keuchte Graham und beugte sich über sie. »Ich glaube, mir ist ein Blutgefäß geplatzt.«

Träge fuhr sie mit den Fingern über seinen glatten Rücken. »Mir ist in der Tat etwas geplatzt.« Sie seufzte, wollte ihn in ihrer Nähe haben, wusste aber, dass sie einen Fehler machen würde, wenn sie jetzt nicht flüchtete.

Wie zum Beispiel, sich in einen Gallagher zu verlieben.

Sie legte den Kopf schief, sah auf die Uhr und stieß einen kleinen Fluch aus. »Ich muss gehen«, flüsterte sie. »Ich habe zu Hause noch etwas zu erledigen.« Keine Lüge, aber auch nicht ganz die Wahrheit.

Graham sah sie stirnrunzelnd an. »Was?«

»Ich sollte gehen.« Sie stieß ihn weg und er glitt aus ihr heraus. Die Tatsache, dass er immer noch halbhart war, ließ sie zusammenzucken. Morgen früh würde sie mit Sicherheit wund sein. »Danke.« Sie umfasste sein Gesicht und küsste ihn sanft. »Das war ein schöner Orgasmus.«

Immer noch stirnrunzelnd ergriff er ihr Handgelenk. »Du gehst? Einfach so?«

»Ich muss«, flüsterte sie und hatte Angst davor, was sie sagen würde, wenn sie bliebe. »Ich … wir sehen uns morgen. Ich verspreche es.«

Und damit schnappte sie sich ihre Kleidung und lief davon. Scham überkam sie, selbst als sie in seinem Wohnzimmer ihre Kleidung anzog. Sie musste ihm von Rowan erzählen, musste ihm sogar noch mehr erzählen. Denn was sie gerade getan hatten, war kein

Sex, war kein Ficken. Auch wenn es heiß und hart gewesen war, war es mehr als das gewesen.

Und das machte ihr vor allem Angst.

Also lief sie weg.

Schon wieder.

Kapitel Neun

»VERDAMMTE SCHEISSE«, rief Graham, als er seinen Daumen von der Wand wegzog. Er war *wieder einmal* abgelenkt gewesen und hatte das verdammte Ding mit seinem Hammer getroffen. Zum Glück hatte er nicht mit voller Wucht zugeschlagen, sodass er nicht glaubte, dass er ihn gebrochen hatte, aber er würde auf den Fingernagel aufpassen müssen, damit er ihn nicht verlor. Es war die Hölle.

Er hatte verdammt schlecht geschlafen und keinen Kaffee bei sich zu Hause getrunken, weil er spät dran gewesen war. Und natürlich war ausgerechnet an diesem Tag Owen noch nicht auf der Baustelle, also konnte er seinem stets organisierten Bruder nicht einmal einen Kaffee entlocken. Owen würde erst später eintreffen, wenn er seine Arbeit im Büro und auf der anderen Baustelle beendet hatte, aber im Moment waren nur Graham, Murphy, Jake und der Rest der Mannschaft da.

Graham brauchte Kaffee.

Und Eis für seine verdammte Hand.

»Hast du Probleme?«, fragte Murphy, als er in den Raum schlenderte, in dem Graham gerade arbeitete. Murphy trug einen Werkzeuggürtel um die Hüften und hatte an diesem Tag hart gearbeitet, aber es war das verdammte Tablet in seiner Hand, das Graham fast zum Fluchen gebracht hätte.

»Ich ändere einen Scheißdreck«, stieß Graham hervor. »Wir mussten schon hundertmal was ändern wegen der historischen Gesellschaft und diesem verdammten denkmalgeschützten Haus. Ich bin am Ende, Murph. Was auch immer du an meinem Job ändern willst, kann warten. Ich will es nicht hören.«

Murphy hob die Brauen. »Du willst nicht viel hören, oder? Nun, lieber Bruder, du wirst dich damit abfinden müssen. Denn es ist mein Job, die Pläne zu machen, und dein Job, sie umzusetzen. Also tu es, verdammt noch mal.«

Graham drehte sich zu ihm um. »Wie bitte? Du kleiner Scheißer. Denkst du, das ist okay? Denkst du, du kannst einfach über mich herrschen? Denn das glaube ich verflucht noch mal nicht.«

»Hey, ihr zwei, hört auf damit«, sagte Jake, als er den Raum betrat. »Ihr habt beide Glück, dass die Mannschaft gerade Mittagspause hat, sonst würden nämlich die Leute, die für uns arbeiten, sehen, wie ihr euch wie kleine Scheißer benehmt.«

Murphy und Graham wirbelten zu Jake herum, der heute den ganzen Tag auf der Baustelle verbrachte. Ihr vierter Bruder arbeitete nicht viel vor Ort und erledigte seine Aufgaben für das Unternehmen eher zu Hause in seiner Werkstatt, aber er tauchte immer mal auf, wenn er eine Pause oder sie seine Hilfe brauchten.

»Was?«, brüllte Graham und seine Brust hob sich. Er benahm sich schon wieder wie ein verrückter Arsch, aber er konnte anscheinend nicht anders. Bei dem bevorstehenden Jahrestag und dem, was am Abend zuvor mit Blake passiert war, konnte er nicht mehr klar denken.

Murphy seufzte und beugte sich zur Kühlbox hinunter, um drei Flaschen Wasser herauszuholen. »Trink das. Du bist verschwitzt, heiß und vollkommen aufgebracht.«

Graham verengte die Augen in Richtung seines kleinen Bruders, nahm aber trotzdem die Flasche und verschlang die Hälfte des Inhalts. Es mochte zwar kein Koffein sein, aber ihm war heiß und er war anscheinend wirklich reizbar.

»Jesus«, flüsterte er und fuhr sich mit der Hand über sein schmutziges Gesicht. »Es tut mir leid. Ich habe mir den Finger zertrümmert und musste es wohl an dir auslassen.«

»Ist das alles?«, fragte Jake. »Ich weiß, dass der Jahrestag bevorsteht, Bruder.«

Graham schloss die Augen und atmete aus. »Ja, das ist alles. Aber ich muss aufhören, mich wie ein verdammter Bär zu benehmen, der aufgewacht ist, bevor der Winterschlaf vorbei war.«

Er öffnete die Augen, als seine Brüder ihn anlächelten. Murphy lachte und sagte: »Das kann ich sehen. Du bist so haarig wie ein Bär.«

Graham fuhr sich mit der Hand über seinen langen Bart. »Ich denke darüber nach, ihn einfach abzurasieren. Im Sommer ist er verdammt lästig. Und Murph? Du hast auch einen Bart.«

Murphy lächelte und fuhr sich mit der Hand über seinen. Sein Bruder war immer sehr froh über dieses verdammte Ding gewesen, denn es hatte sehr lange gedauert, bis er so lang und dicht geworden war. Endlose Chemo- und Bestrahlungstherapien hatten dem Körper seines Bruders übel mitgespielt, sodass das Wachsen eines Bartes keine Selbstverständlichkeit war. Nicht dass sie jemals darüber gesprochen hätten.

»Nicht abrasieren«, sagte Jake. »Ich habe gehört, Blake steht auf Bärte.«

Graham versteifte sich. »Woher weißt du das?«

»Maya hat es mir gesagt und ich schätze, Blake hat es ihr gesagt, oder meine Frau hat es aufgeschnappt. So oder so, nimm ihn nicht ab.«

Er wollte nicht erwähnen, dass es so oder so irrelevant sein könnte, wenn man bedachte, dass Blake am

Abend zuvor den Schwanz eingezogen hatte und weggelaufen war. Es gab einige Dinge, die Brüder nicht miteinander teilten, und dies war eines davon.

Graham seufzte. »Wie auch immer, tut mir leid, dass ich in die Luft gegangen bin.«

Murphy zuckte mit den Schultern. »Keine große Sache. Aber ich habe ein paar Dinge, die geändert werden müssen. Nichts, was abgerissen oder überarbeitet werden muss, aber Dinge für später. Ich dachte, ich sage es dir am besten jetzt schon.«

»Was willst du ihm jetzt schon sagen?«, fragte Owen, als er hereinkam. Er trug Anzug und Krawatte, sodass Graham wusste, dass sein Bruder den größten Teil des Tages damit verbracht hatte, im Büro zu arbeiten. Es wäre wirklich eine Schande, wenn er sich schmutzig machen würde. Deshalb würde Graham dafür sorgen, dass Owen ihm später am Tag mit der Heizungsanlage half. Sich mit Heizung, Klimaanlage und Belüftung zu befassen, während er sich innerhalb einer Wand und auf dem Dachboden aufhielt, würde Owen daran erinnern, seine schönen Klamotten nicht auf der Baustelle zu tragen. Und da das Haus auf dem Hügel verdammt groß war, würde die Anlage ein paar Tage und eine Menge Schweiß in Anspruch nehmen.

Ausgezeichnet.

Graham hätte am liebsten auf etwas eingeschlagen, aber das hier würde reichen müssen.

»Ich habe ein paar Änderungen«, sagte Murphy.

»Die, die du gestern Abend erwähnt hast?«, fragte Owen, als er sich auf den Weg zu der Gruppe machte. Graham liebte es, wenn alle vier Brüder gleichzeitig auf der Baustelle anwesend waren. Seine Geschwister mochten ihn zwar auf die Palme bringen, wie es alle jüngeren Brüder zu tun pflegten, aber er würde ihre Anwesenheit nie als selbstverständlich ansehen.

»Warte«, sagte Graham, als er Owens Worte in sich aufnahm. »Du wusstest bereits davon?«

Owen zog die Augenbrauen hoch. Er hatte sein Piercing nicht drin, nur den Barbell, also hatte es nicht denselben Effekt. »Ja, Murphy war bei mir, um Call of Duty zu spielen. Hast du ein Problem damit?«

Graham schüttelte den Kopf. In Anbetracht der Tatsache, dass er Blake den Abend über in seinem Bett gehabt hatte, konnte er sich nicht wirklich beschweren.

»Erzähl mir von den Veränderungen«, brummte er.

»Da ist er ja, unser großer Bruder, das Weichei«, sagte Jake, bevor er Grahams Schlag auswich. »Zu langsam. Verdammt!« Er fluchte wieder, während er sich die Schulter rieb, wo Graham ihn getroffen hatte, nicht zu hart, aber hart genug.

»Von wegen zu langsam.«

Er grinste, als seine Brüder aufeinander einschlugen, machte mit, wenn ihm danach war, und machte sich dann wieder an die Arbeit. Sie hatten einen Job zu erledigen und wenn ein Gallagher an die Arbeit ging, wurde der Mist erledigt.

Obwohl er an diesem Abend lieber mit Blake zu Abend gegessen hätte – etwas, das ihn beunruhigte, da er sich nicht auf eine Beziehung einlassen wollte, weder jetzt noch jemals –, aß er schließlich mit seinen Brüdern zu Hause. Da er am Abend zuvor Pizza gegessen hatte, stimmte er dafür, dass Owen eine Mahlzeit für sie zubereitete.

Alle Brüder konnten einigermaßen gut kochen, da ihre Mutter keine Dummköpfe großgezogen hatte, aber Owen war der Einzige, der wirklich gut darin war. Heute Abend gab es Geschnetzeltes mit Reis und Kartoffelstäbchen. Die Tatsache, dass Owen die verdammte Vorspeise selbst gemacht hatte, überraschte Graham nicht im Geringsten.

Jake hatte den Lebensmitteleinkauf erledigt, da Graham die benötigten Zutaten nicht im Haus hatte. Murphy hatte das Bier mitgebracht und den Film ausgesucht, den sie sich danach ansehen wollten, sollten sie Lust dazu haben. Daher musste Graham nur noch dafür sorgen, dass das Haus sauber war. Wenn man bedachte, dass er während der letzten Woche jeden Tag ein bisschen geputzt hatte, bevor die Sache mit Blake begonnen hatte, dauerte es nicht lange.

Als sie in seinem Wohnzimmer saßen und sich an Owens Kreation labten, fühlte sich Graham schon mehr wie er selbst. Er war immer noch ein bisschen neben der Spur wegen dem, was er Blake offenbart hatte und wie sie sich dem Jahrestag näherten, plus der Tatsache, dass Blake am Abend zuvor gegangen war, aber er würde es schaffen. Das tat er immer. Er hatte seine Brüder, und das war alles, was zählte.

»Wie auch immer, Border und Maya sind an der Reihe mit einer Verabredung. Und obwohl es mir heute Abend im Gästezimmer gut gefallen hätte, während die beiden sich miteinander vergnügen, dachte ich mir, ich könnte genauso gut sehen, was ihr so treibt. Ich verbringe nicht mehr genügend Zeit mit euch.«

Graham lenkte die Aufmerksamkeit von seinen Gedanken auf Jake und dessen Worte. Obwohl Graham im College ein paarmal an einem Dreier teilgenommen hatte, war er noch nie in einer echten Dreierbeziehung wie Jake gewesen. Er verstand nicht ganz, wie sein Bruder es mit zwei anderen Menschen aushalten konnte. Er wusste, dass es viel mehr Kommunikation brauchte als nur bei zwei Leuten. Aber wenn man bedachte, dass Graham nicht einmal mit einer einzigen Frau zurechtkam, konnte er sich nicht vorstellen, zusätzlich noch mit einer anderen Frau oder einem anderen Mann zusammen zu sein. Aber mit seinem Bruder, Maya und Border schien es zu klappen, also viel Glück den dreien.

»Erde an Graham«, sagte Murphy, während er ein Karottenstück nach ihm warf.

Graham biss die Zähne zusammen, hob die Karotte vom Boden auf und legte sie vor sich auf den Couchtisch. »Du sollst nicht mit Essen werfen, Blödmann. Wie alt bist du jetzt?«

»Nicht so alt wie du«, antwortete Murphy mit einem Grinsen, bevor er sich den Mund mit einem weiteren Bissen vollstopfte.

»Himmel, Murph«, stöhnte Owen. »Wer hat dir Manieren beigebracht?«

»Mom hat es getan, aber sie sind nicht haften geblieben.« Murphy lächelte, obwohl bei dieser Bemerkung Traurigkeit in seinen Augen zu erkennen war.

Nachdem sie so viele Jahre damit verbracht hatte, ihren jüngsten Sohn am Leben zu erhalten, war ihre Mutter kurz nach Murphys Genesung an einem Gehirn-Aneurysma gestorben. Ihr Vater war kurz darauf an den Komplikationen einer Grippe dahingeschieden. Graham hatte immer geglaubt, sie hätten sich einfach nur verausgabt, nachdem sie sich so lange um Murphy gekümmert hatten. Cynthia war gleich danach gestorben und Graham hatte sich in seiner Arbeit und seiner Trauer verloren. Er war sich nicht sicher, was er getan hätte, wenn er seine Brüder nicht bei sich gehabt hätte.

»Nimm eine Serviette«, sagte Graham, während

er ihm ein paar zuwarf. »Ich werde nicht für dich aufräumen.«

»Das wirst du, aber nur, weil du mich liebst.« Murphy wischte sich den Mund ab und nahm einen weiteren großen Bissen. »Erzähl uns, warum du so mürrisch bist.«

Graham presste die Kiefer aufeinander. »Mir geht's gut.«

»Du lügst«, sagte Owen, während er selbst einen Bissen nahm. Sein Bruder kaute und schluckte, bevor er wieder sprach, anders als der gute alte Murphy. »Ist es Blake? Denn ich glaube, es ist Blake. Wenn es das andere wäre, wärst du in deiner Höhle verschwunden, wie du es normalerweise tust. Stattdessen bist du böse. Also muss es Blake sein.«

»Ich stimme Owen in diesem Punkt zu«, sagte Jake.

»Ja«, fügte Murphy hinzu.

Graham seufzte. Jetzt erinnerte er sich daran, warum er seine Brüder nicht mehr so oft zu Besuch hatte. Sie sahen einfach zu viel. »Lasst es einfach gut sein.«

»Es gibt also etwas, das man gut sein lassen kann«, sagte Murphy.

»Natürlich gibt es das«, fügte Owen hinzu. »Er hat mit ihr geschlafen, so viel kann ich sagen. Aber warum er sich aufführt wie ein Bär mit einem Dorn in der Pfote, weiß ich nicht.«

»Würdest du endlich aufhören, mich mit einem Bären zu vergleichen?«

»Was, du magst Goldlöckchen nicht in deinem Bett?«, fragte Jake mit einem Lachen.

»Blake ist nicht blond und ihr drei könnt mich mal am Arsch lecken.«

»Nein danke. Dafür habe ich ja Border und Maya«, neckte Jake.

»Wie auch immer, wenn du über Blake reden willst, wir sind da«, sagte Owen leise.

»Wenn nicht, mach den verdammten Film an, damit wir nicht darüber reden«, fügte Murphy hinzu. »So funktionieren diese Dinge, weißt du.«

Graham stöhnte und schaltete den Film ein. »Gut. Nur keine Fragen mehr, okay?« Eine Pause. »Lasst mich erst mal herausfinden, was ich tue.«

»Wenn du wüsstest, was du tust, würdest du uns nicht brauchen«, flüsterte Owen.

Graham schloss die Augen. »Ich werde mich daran erinnern, dass du das gesagt hast, wenn du eine Frau findest.«

Owen war so lange still, dass Graham befürchtete, er wäre ins Fettnäpfchen getreten. Nur wusste er nicht, wie das hätte geschehen können, da Owen keine Frau hatte. Jedenfalls keine, von der er wusste. Anstatt darüber zu reden, wie er es sollte, wurde Graham still, als der Titel auf dem Bildschirm erschien. Sie würden sich auf das hier konzentrieren und nicht auf das, was wichtig war. Denn er und

Blake waren *zu* wichtig, um jetzt schon darüber zu reden.

Er würde es herausfinden … bald.

Zumindest hoffte er das.

Und wenn er es nicht tat, nun, die Gallagher-Brüder würden für ihn da sein, wenn er es vermasselte.

Schon wieder.

———

Als es an der Tür läutete, fluchte Graham. Er hatte sich für diesen Morgen nicht den Wecker gestellt, weil er ausschlafen konnte. Es war das verdammte Wochenende und er hatte frei. Aber verflucht, es sah so aus, als würde es keinen Schlaf für ihn geben. Wer auch immer ihn geweckt hatte, würde einfach den Preis für seine allgemeine Miesepetrigkeit aufgrund von Koffeinmangel zahlen müssen.

»Was?«, knurrte er, als er die Tür öffnete.

»Guten Morgen«, sagte Blake und reichte ihm einen Kaffee in einem Pappbecher zum Mitnehmen. »Tut mir leid, dass ich dich geweckt habe. Ich habe vergessen, dass die meisten Leute am Wochenende nicht so viel arbeiten wie ich.« Sie fluchte. »Verdammt, ich muss bald in den Laden, weil Austin sonst allein ist, aber ich wollte guten Morgen sagen, und es tut mir leid, dass ich einfach so verschwunden bin. Ich war dumm und überwältigt und habe versucht, nicht daran zu denken, wie gut es war. Und am Ende habe ich mich wie eine Närrin verhalten und dich dabei verletzt.«

»Blake.«

»Und«, fuhr sie fort, als hätte er nichts gesagt, »jetzt denke ich, dass ich dich vielleicht gar nicht verletzt habe, weil, hallo, egozentrisch, dass ich das überhaupt denke. Verdammt. Also gut. Nun, es gibt Kaffee und ich muss in den Laden fahren. Aber bevor ich das tue …« Sie schloss die Augen und holte tief Luft. »Es gibt etwas, das ich dir sagen muss.«

Ihr Blick war so durchdringend, dass er wusste, dass es ihr wichtig sein musste, aber in diesem Moment konnte er nur die Erleichterung spüren, dass sie überhaupt hier war. Sie mag weggelaufen sein, aber sie war zurückkommen. Er würde sich später Gedanken darüber machen, was das bedeutete. Ohne ein Wort zu sagen, nahm er sie am Handgelenk und zog sie ins Haus und von der Veranda.

»Graham … es ist wichtig.«

»Okay. Du kannst es mir danach sagen.«

»Wonach?«, fragte sie mit großen Augen.

»Nach dem hier.« Er presste seine Lippen auf ihre, er brauchte einfach ihren Geschmack. Als er sich atemlos zurückzog, nahm er beide Kaffeebecher und stellte sie auf den Tisch neben sich.

»Was machst du da?«

»Das«, sagte er wieder und ging auf die Knie. »Danke, dass du ein Kleid für mich trägst. Das macht die Sache einfacher.« Er schob seine Hände ihre Oberschenkel hinauf und griff an den Rand ihres Höschens, bevor er es nach unten zog, bis es direkt unter ihrem Hintern saß.

Sie keuchte und legte eine Hand auf seinen Kopf, die andere auf seine Schulter. »Graham, es wird heute heiß, deshalb habe ich ein Kleid angezogen. Was tust du da?«

»Wonach sieht es denn aus? Ich frühstücke.« Und damit zog er ihr den Slip bis zu den Knöcheln und stupste ihre Beine an. Als sie sich bewegte, schob er ihre Unterwäsche zur Seite und klappte den Saum ihres Kleides hoch.

»Graham …«

»Pst … lass mich kosten.« Er spreizte sie und liebte die Art, wie ihre Klitoris anschwoll. Er beugte sich vor und leckte darüber. Als sie stöhnte, schob er eines ihrer Beine über seine Schulter und saugte an ihrer Klit, während er mit der freien Hand ihren Oberschenkel massierte. Sie schmeckte süß und salzig zugleich, die perfekte Kombination. Ihre Muschi war rosa, feucht und *gehörte ihm*.

Er liebte es, Muschis zu lecken. Es gab nichts Besseres, als einer Frau dabei zuzusehen, wie sie hart an seinem Gesicht kam, während er jeden Tropfen von ihr schmeckte. Natürlich wusste er, dass Frauen es mochten, wenn sein Bart an der Innenseite ihrer Schenkel kratzte, während er dabei war, sie zu befriedigen, und nach Blakes Schreien zu urteilen, war sie war keine Ausnahme.

Er leckte über ihre Klitoris, dann über ihre Schamlippen, bevor er seinen Kopf von einer Seite zur anderen bewegte.

»Du meine Güte«, keuchte sie. »Dein Bart an meiner Knospe. Ich wusste nicht, dass das ein Ding ist, und verdammt, das ist ein Ding!«

Er lächelte, bevor er ihr wirklich alles von sich gab. Er saugte, leckte, biss zu. Er drang mit seinen Fingern in sie ein, fuhr mit dem Daumen über ihre Klitoris und bearbeitete sie, bis sie keuchte. Und als er seine Hand wegzog und ihr kleines Nervenbündel mit seinem Mund bedeckte, mit seiner Zunge immer wieder darüberstrich, kam sie zum Höhepunkt und ihr Keuchen verwandelte sich in Schreie und ihr Körper zitterte.

Er leckte sie noch ein wenig weiter; sein Schwanz war steinhart, aber er hatte nicht vor, sie heute gegen die Tür zu ficken.

Er würde sie warten lassen.

Er ließ sich selbst warten.

Als ihr Körper aufhörte zu zittern, stand er vorsichtig auf, vergewisserte sich, dass ihre Füße auch in ihren sehr sexy Absatzschuhen fest auf dem Boden standen, und küsste sie.

»Guten Morgen.«

Sie murmelte etwas, das er nicht ganz verstehen konnte.

»Hm?« Er lächelte sogar, als er es sagte.

»Guten Morgen. Arbeit. Ich muss arbeiten.«

Er lachte. »Kannst du fahren, Baby?«

Sie nickte, schloss die Augen, atmete tief ein und öffnete sie wieder. »Ja. Mir geht's gut. Ich trinke nur schnell den Kaffee. Ich glaube, ich bin jetzt spät dran.«

Er küsste sie auf die Nasenspitze. »Das tut mir leid.«

»Das glaube ich dir nicht. Und weil ich eh schon zu spät zur Arbeit komme, kann ich dir nicht mit dem dicken Bleirohr in deinen Boxershorts helfen.«

Er grinste und drückte besagtes Rohr gegen ihre Hüfte. »Kein Problem, Baby. Sehen wir uns heute Abend?«

Sie hielt einen Moment inne. »Ja, wir sehen uns heute Abend.«

Er gab ihr einen Abschiedskuss und sah zu, wie sie zu ihrem Wagen ging und davonfuhr, bevor er wieder im Haus verschwand. Sie hatte recht; es würde heute heiß werden, aber nicht so heiß wie eben noch.

Als er zurück in sein Badezimmer ging, um zu duschen und sich abzutrocknen, runzelte er die Stirn. Sie hatte gesagt, sie hätte ihm etwas Wichtiges zu sagen, und er hatte sie abgelenkt. Na ja, er würde es später am Abend hören, wenn es so wichtig war. Er hatte seine Hände nicht von ihr lassen können, und ehrlich gesagt wusste er auch nicht, warum er das sollte.

Die Tatsache, dass er guter Dinge war, weil er sie gesehen und geschmeckt hatte, verriet ihm, dass er andere Probleme hatte, über die er sich Sorgen machen musste, als seinen Zeitplan für diesen Tag. Er begann, sich in Bezug auf seine Stimmung auf sie zu verlassen, und das war etwas, von dem er sich geschworen hatte, es nie zu tun.

Dennoch war er sich nicht sicher, ob er es aufhalten konnte.

Und mit diesen verwirrenden Gedanken stieg er unter die Dusche und dachte an Blake. Denn mit einem harten Schwanz und einem wirbelnden Verstand konnte er an nichts anderes denken. Er würde sich später mit allem befassen.

Viel später.

Kapitel Zehn

GRAHAM WOLLTE SIE WIRKLICH, *wirklich*, über den Billardtisch beugen und ficken. Aber da sie in der Öffentlichkeit waren, war das wahrscheinlich nicht die beste Idee. Die Tatsache, dass sie in einer örtlichen Kneipe eine ruhige, angenehme Verabredung hatten, hätte ihn daran erinnern sollen, sich in ihrer Nähe nicht wie ein verrückter, lüsterner Mann zu benehmen. Wenn es um Blake ging, wusste Graham offenbar nicht, wie er sich verhalten oder seine Gefühle zügeln sollte.

Er war anfänglich jede Art von Arschloch für sie gewesen und dann jede Art von Mann, der sie ins Bett bekommen wollte. Doch darüber hinaus wollte er sie *kennenlernen*. Das hätte ihn eigentlich erschrecken müssen, da er diese ganze Sache mit einer ernsten

Beziehung schon einmal durchgemacht hatte, aber sein Verstand ließ sich nicht aufhalten.

Nicht für Blake.

Nicht jetzt.

Blake drehte sich von ihrem Platz neben dem Billardtisch um und hob eine Augenbraue. »Du bist dran, aber wenn du die ganze Zeit auf meinen Hintern statt auf die Kugeln starrst, dann gewinne ich diese Runde vielleicht.«

Graham verzog den Mund zu einem kleinen Lächeln. »Ach ja? Denkst du, du kannst mich beim Billard schlagen? Ich weiß nicht, ich bin ziemlich gut.«

Blake stemmte die Hände in die Hüften, hielt aber Abstand zwischen ihnen. »Das behauptest du. Ich weiß, dass du einen Air-Hockey-Tisch bei dir zu Hause hast, aber einen Billardtisch scheinst du nicht zu haben.«

Graham wusste, er sollte ihr nicht zu nahe kommen, nicht zu ernst werden, aber er konnte nicht anders, als er ihr das Haar hinter das Ohr strich. Er musste ihr Gesicht sehen und er wollte sie berühren, selbst wenn es nur eine kurze Berührung von Haut auf Haut war.

»Kein Billardtisch. Wir kommen nur hierher, wenn wir spielen wollen. Owen wollte nie einen in seinem Haus haben, weil es nicht zum Stil des Hauses passt oder so. Murphy würde lieber zu einem von uns kommen, als zu Hause zu bleiben.« Er sagte nicht warum, aber er wusste, wenn es mit Blake eine Zukunft geben sollte, müsste er es irgendwann erklären. »Jake hat keinen Platz mehr, seit er in seinem Haus seine Werkstatt eingerichtet hat. Ich mag Air-Hockey und habe den Tisch für einen guten Preis bekommen, also … ist es das, was wir haben.«

Blake neigte den Kopf zur Seite, während sie ihn musterte. »Mir gefällt, dass es um euch vier geht, nicht nur um dich. Ich habe gefragt, warum *du* keinen Billardtisch hast, und doch hast du jeden deiner Brüder erwähnt, nicht nur dich.«

»Ist das ein Problem?« Seine Brüder waren ein Teil von fast jedem Aspekt seines Lebens. Sie hatten fantastische Eltern gehabt, die sich um sie kümmerten, sie liebten und ihnen halfen zu wachsen. Aber egal, was passierte, es waren die vier Gallaghers gegen den Rest der Welt. Jeder von ihnen hatte andere Freunde und Menschen in seinem Leben, aber egal wie sehr die Montgomerys versuchten, Jake zu adoptieren, er würde immer ein Gallagher sein.

Sie lächelte einfach zu ihm hoch und fuhr mit den Händen durch seinen Bart. Verdammt, er liebte es, wenn sie das tat. »Ich denke, das ist wirklich, wirklich cool, Graham.« Sie ging auf die Zehenspitzen und lehnte sich mit ihrem Körper an seinen, sodass ihre Brüste seinen Oberkörper berührten. »Und jetzt ist es an der Zeit herauszufinden, ob du mit diesen … runden Dingern … umgehen kannst.«

Er schnaubte und gab ihr einen schnellen Kuss.

»Nur mit meinen eigenen, Süße, aber mal sehen, was wir da machen können.« Er wandte sich von ihr ab und betrachtete aufmerksam den Tisch. Er hatte durchaus eine gute Chance, ein oder zwei Kugeln zu versenken. Er war nicht der beste Billardspieler in der Familie – dieser Titel ging aus irgendeinem Grund an Jake –, aber er war auch nicht schlecht.

Er schaffte drei Kugeln, bevor er die vierte verfehlte, denn Blake hatte sich mit ihrem tief ausge-schnittenen Trägerhemd über die andere Seite gebeugt, sodass er einen Blick auf Spitze und süße, cremefarbene Haut erhaschen konnte, sowie auf die Tätowierungen an ihrer Seite, die er so liebte, wenn sie sich streckte. Die verdammte Frau wusste, was sie tat. Aber da sie ein Lächeln im Gesicht hatte, weil sie ihn neckte, machte es ihm nichts aus. Er konnte seine Frau ansehen und einen schönen Abend verleben.

Die Tatsache, dass er sie nach so kurzer Zeit als *seine* Frau ansah, hätte ihn eigentlich beunruhigen müssen, aber für den Moment ließ er es auf sich beruhen.

Sie schlich sich an ihn heran und steckte ihre Hand in die Gesäßtasche seiner Jeans. »Gut gemacht.«

Er knurrte, obwohl er es nicht so meinte. »Ich hätte es besser machen können, wenn du dich nicht so gerekelt hättest.«

»Du magst es, wenn ich mich rekele.«

Er neigte den Kopf, sodass er ihr ins Ohr flüstern

konnte. »Ich *liebe* es verdammt noch mal. Ich würde dich am liebsten über diesen Tisch beugen und dich ficken, damit ich deine Titten in dem Spiegel auf der anderen Seite wackeln sehen kann. Ich will spüren, wie mich deine Muschi umklammert, wenn du kommst, und ich will, dass du meinen Namen schreist, damit jeder Kerl, der dich gerade ansieht, weiß, dass du *mir* gehörst.«

Sie zitterte neben ihm und nahm ihm den Queue aus der Hand. »Lass uns etwas zu trinken holen«, schlug sie mit atemloser Stimme vor. »Und vielleicht ein paar Nachos oder so. Ich glaube, ich kann mich im Moment nicht konzentrieren.« Sie hatte ihre Hand von seinem Hintern auf seinen Unterarm gelegt und er sehnte sich nach mehr von ihrer Berührung.

Gefährliches Denken, Gallagher.

»Da meine Hände zittern, ja, hören wir erst mal auf.« In ihren Augen tanzte der Schalk und sie küsste seinen Bart auf seinem Kinn. »Geh und such dir einen Tisch. Ich räume hier auf.« Er wickelte ihr Haar um seine Faust, neigte ihren Kopf zurück und küsste sie. Fest. Sie stöhnte in ihn hinein und er zog sich zurück.

»Sehr besitzergreifend?«, fragte sie lachend.

»Ich sorge nur dafür, dass diese Rabauken wissen, dass du mir gehörst.«

Ihre Augenbraue hob sich. »Wirklich? Dir? Apropos Höhlenmensch.«

»Ich bin ein Gallagher, Baby, ich bin ein Höhlen-mensch, wie er im Buche steht.«

Sie schüttelte nur den Kopf, hatte ein Lächeln auf dem Gesicht und schlenderte in Richtung der Tische. Er konnte den Blick nicht von ihrem Hintern nehmen, bevor er sich zwang, wegzuschauen und zurück zum Billardtisch zu gehen.

»Er gehört euch«, knurrte er den beiden Jungs im College-Alter zu, die ebenfalls auf Blakes Hintern starrten.

Die beiden sahen ihn mit großen Augen an.

»Der Tisch«, korrigierte er. »Die Frau? Sie gehört mir.«

Sie nickten langsam und er ging Blake hinterher. Obwohl er wusste, dass sie hier sicher sein würde und immer noch in seinem Sichtfeld war, gefiel ihm der Gedanke nicht, dass sie zu lange allein war. Das mochte an ihm liegen, aber immerhin war es eine Kneipe.

Blake schnaubte ihn an, als er sich an den Hoch-tisch setzte, den sie für sie gefunden hatte. »Wirklich? Du scheuchst kleine Jungs von mir weg?«

Er zuckte mit den Schultern und warf einen Blick auf die Getränkekarte auf dem Tisch. »Sie waren alt genug.«

»Ich bin zweiunddreißig, Graham. Ich bin nicht auf der Suche nach einem College-Jüngling, der nicht weiß, wie er seine Hüften bewegen soll.«

Graham starrte sie an und schüttelte den Kopf.

»Die Worte, die aus deinem Mund kommen ...« Er schüttelte wieder den Kopf, aber ein Lächeln huschte über sein Gesicht.

»Ich dachte, du magst meinen Mund.«

Er griff unter den Tisch und ließ seine Hand über ihren Oberschenkel gleiten. Er kam nicht zu nahe an den Saum ihrer Jeans, da es keine Tischdecke gab, um sie zu verbergen, aber sie bekam einen Vorgeschmack.

»Ich mag deinen Mund«, stimmte er zu. »Und zwar sehr. Und ich mag die Worte, die aus deinem Mund kommen. Und während du vielleicht keinen Zwanzigjährigen haben willst, sehen die Jungs einfach eine sehr sexy Frau hier am Tisch sitzen. Also ja, ich bin ein bisschen zum Höhlenmenschen geworden.«

»Ich schätze, es hätte schlimmer sein können, aber trotzdem, ich kann meine eigenen Schlachten schlagen. Wenn, du weißt schon, es tatsächlich eine Schlacht zu kämpfen gibt.«

Er drückte einmal ihren Oberschenkel. »Ich weiß, aber das heißt nicht, dass ich nicht helfen werde.«

Sie rollte nur mit den Augen. Als die Kellnerin kam, bestellten sie beide ein Bier, während sie Nachos und er Hähnchenflügel bestellte. Er hoffte, sie würden sich beide Gerichte teilen, da er irgendwie auf beides Appetit hatte. Nicht die gesündeste Mahlzeit für sie, aber zur Hölle, er hatte die Woche über gut gegessen, und wenn er sich ab und zu etwas gönnen wollte, dann tat er das. Er und seine Brüder achteten zu Hause auf ihre Ernährung. Daher das Geschnetzelte ein paar Abende zuvor anstatt einer weiteren Portion Pizza. Er zuckte zusammen. Ja, er hatte die Pizza mit Blake vergessen, die er bereits Anfang der Woche gegessen hatte.

»Was war das für ein Zucken?«

»Ich denke nur, dass unsere nächste Verabredung an einem Ort stattfinden muss, an dem ich kein Fett esse.«

Sie nickte. »Ja, ich verstehe dich. Ich esse normalerweise nicht so viel Mist, aber ich hatte Lust auf Nachos.« Sie legte den Kopf schief. »Und beim nächsten Mal? Du möchtest also so weitermachen?« Etwas huschte über ihr Gesicht, aber er konnte nicht genau erkennen, was es war.

»Ja, du nicht?«, fragte er so beiläufig, wie er konnte.

Sie spielte mit der Papierserviette vor ihr und zeigte ihm ein leichtes Nicken.

Er würde das so hinnehmen müssen, denn er war sich nicht sicher, was er sonst tun konnte, wenn sie in der Öffentlichkeit waren. Die Kellnerin brachte ihnen die Getränke und die Teller für das Essen, während er und Blake eine Weile über nichts Wichtiges sprachen, was aber trotzdem wichtig genug war, um darüber zu reden. Sie drangen nicht tief in ihre Vergangenheit vor oder in das, was sie fühlten, aber das war für ihn in Ordnung, da sie sich in einer Kneipe aufhielten. Ihm gefiel, dass er darüber sprechen konnte, wie sein Tag verlaufen war, und Blake schien wirklich interessiert zu sein. Und als Blake von dem kleinen Tattoo erzählte, das sie an diesem Tag gemacht hatte, und dem Nasenring, den sie einer Frau anlässlich ihres fünfzigsten Geburtstags gepierct hatte, konnte er nicht anders, als hingerissen zu sein. Es lag jedoch eine Spannung in der Luft, die er nicht einordnen konnte, und egal, wie sehr er versuchte, das Gespräch zu lenken, er hatte immer das Gefühl, etwas zu verpassen.

Nachdem er mit Käse, Fleisch und Fett vollgestopft war, seufzte er und trank sein Glas Wasser aus. Sie hatten beide nur ein Bier getrunken, da er sie zu seinem Haus fahren musste, wo sie ihr Fahrzeug abgestellt hatte. Er fand es seltsam, dass sie nicht gewollt hatte, dass er sie zu Hause abholte, aber er dachte sich, dass das nur Blake war. Sie war geheimnisvoll, was ihre Vergangenheit anging und wer sie hinter den Schilden war, die sie errichtet hatte, aber er hoffte, dass er sie eines Tages durchschauen würde.

Er hatte ihr von Cynthia und Candice erzählt und von allem, was mit ihnen passiert war. Er hatte vielleicht nicht seine Eltern oder Murphy erwähnt, aber er hatte das Gefühl, sich mehr zu öffnen, als er es jemals zuvor bei einem anderen Menschen getan hatte.

Sie waren sich das erste Mal wegen des Hauses ihrer Familie begegnet, doch er wusste nicht, warum sie es so gelassen hatte, wie es war, oder warum sie das Gebäude, das seine Firma wiederaufbaute, so sehr hasste. Vielleicht war es das, worüber sie hatte reden wollen, als sie aufgetaucht war und er sein sehr leckeres Frühstück an der Haustür eingenommen hatte. Er würde sie jetzt nicht fragen, da sie in der Öffentlichkeit waren, aber wenn sie wieder in seinem Haus waren, würde er es tun. Ehrlich gesagt hatte er es über den ganzen Trubel total vergessen. Aber er würde sie heute Abend fragen.

»Bist du bereit, zu mir nach Hause zu gehen?«, fragte er, nachdem auch sie ihr Wasser ausgetrunken hatte.

Sie sah mit großen Augen zu ihm auf und nickte. »Ja«, sagte sie leise. »Ich denke schon.«

Er sah sie stirnrunzelnd an. »Was ist los?«

Sie schüttelte den Kopf. »Nichts. Lass uns gehen, okay?«

»Irgendetwas stimmt nicht. Du musst es mir sagen.«

Trotzig begegnete sie seinem Blick, das Kinn erhoben. »Lass uns einfach zu dir fahren.«

Er seufzte nicht, aber er wollte es, als er ihr aus der Kneipe und zu seinem Wagen folgte. Die Fahrt war nicht sehr lang, aber sie war voller Spannung. Er stellte ihr keine Fragen, sprach nicht mit ihr, aber andererseits gab sie auch keine Informationen preis. Er hatte das Gefühl, dass gleich das dicke Ende käme, und der Gedanke daran gefiel ihm ganz sicher nicht. Er hatte sich gerade an die Vorstellung von Blake gewöhnt und jetzt war er sicher, dass irgendetwas alles kaputt machen würde.

Schon wieder.

Als er neben ihrem Wagen in seine Einfahrt fuhr, stellte er den Motor ab und löste seinen Sicherheitsgurt, damit er sich umdrehen und sie ansehen konnte. Sie hatte die Hände im Schoß und die Finger ineinander verschränkt, und das beunruhigte ihn, da sie nicht wie sie selbst aussah. Als sie sich mit den Zähnen auf die Lippe biss und ihre Schultern vor Nervosität zu zittern begannen, griff er nach ihr.

»Sag mir, Blake, was ist los?«

Sie sah ihn an und zog sich von seiner Berührung zurück. Er versuchte, sich davon nicht verletzen zu lassen. »Ich … ich werde es dir drinnen erzählen.«

»Du kannst es mir hier sagen«, sagte er langsam.

»Bitte?«

Er nickte und stieg zusammen mit ihr aus dem Wagen. Er sprach nicht, als er die Vordertür öffnete und sie beide hineinließ. Was er in diesem Moment wirklich wollte, war ein Bier, aber er hatte das Gefühl, dass er im Moment nicht einmal darüber nachdenken sollte.

Graham verschränkte die Arme vor der Brust. »Was ist los, Blake?«

Sie rollte die Schultern zurück. »Ich werde dir jetzt etwas sagen und es wird dich überraschen. Aber ich möchte, dass du weißt, dass es Gründe gibt, sehr,

sehr wichtige Gründe, warum ich getan habe, was ich getan habe.«

Unbehagen erfüllte ihn. »Was hast du getan?«

Blake begegnete seinem Blick. »Ich habe eine Tochter. Ihr Name ist Rowan und sie ist zehn Jahre alt.«

Ein Schock durchfuhr ihn und zwang ihn einen Schritt zurück. Sein Mund wurde trocken und er versuchte, darüber nachzudenken, was sie gesagt hatte, versuchte zu begreifen.

Die Worte drehten sich in seinem Gehirn, eine Kaskade von Dunkelheit und Wahrheiten, die das Fundament, auf dem er stand, bedrohten.

Tochter.

Rowan.

Zehn Jahre alt.

»Was zum Teufel?«, keuchte er. »Du hast es mir nicht gesagt? Hast mir nicht gesagt, dass du eine verdammte *Tochter* hast? Wir sind jetzt schon seit Wochen zusammen. Wir haben gefickt, und du hast es mir nicht gesagt?«

Sie schüttelte den Kopf, ihr Blick war klar, aber verängstigt. »Ich konnte es dir nicht sagen. Es tut mir sehr, sehr leid. Ich erzähle den Leuten nicht von ihr und ich habe gute Gründe, warum ich es nicht tue. Gründe, warum sie ein Geheimnis ist. Aber mit dir … hat es sich verschlimmert. Ich habe schon mal versucht, es dir zu sagen, und dann geriet alles außer Kontrolle. Ja, ich hätte es dir vorher sagen sollen, und das ist meine Schuld. Aber, Graham, es gibt *Gründe*.«

»Glaubst du, ich schere mich einen Dreck um deine Gründe? Ich höre nur heraus, dass du nichts von mir hältst, nichts von deinem *Kind*. Sie ist nicht gut genug für dich, um von ihr zu erzählen? Was zum Teufel ist los mit dir?«

Diesmal war es Wut, die ihr in die Augen sprang. »Nein, das ist überhaupt nicht wahr. Sie ist mein Ein und Alles. Ich wollte es dir sagen, das wollte ich wirklich. Aber zu Beginn war es zu früh. Es ist nicht sicher, wenn ich einfach so mit ihr herausplatze. Und dann, als ich dachte, es wäre an der Zeit, hast du mir von Cynthia erzählt.« Diesmal blinzelte sie die Tränen weg. »Und ich wollte Rowan nicht so früh erwähnen. Ich wusste nicht, wann der richtige Zeitpunkt ist, Graham.«

Beim Klang von Cynthias Namen spürte er, wie ihm das Blut aus dem Gesicht wich. Sein Herz schmerzte bei dem Gedanken an seine Tochter, und doch gab es da draußen dieses andere kleine Mädchen im gleichen verdammten Alter wie Cynthia jetzt gewesen wäre, und doch hatte Blake sie versteckt wie ein schmutziges Geheimnis. Es war, als würde er die Frau vor ihm gar nicht kennen, und verdammt sei er, wenn er ihr noch zuhören wollte.

»Raus«, flüsterte er leise, gefährlich.

»Ich kam an diesem Morgen hierher, um es dir zu sagen … aber die Dinge gerieten außer Kontrolle.«

Er erinnerte sich, dass sie etwas darüber gesagt hatte, aber wenn ihre Tochter ihr tatsächlich so wichtig war, hätte sie sich mehr Mühe geben sollen. Wenn *er* ihr so wichtig war, hätte sie sich mehr Mühe geben sollen.

»Also ist es meine Schuld?«, brüllte er. »Was zum Teufel? Du hast es mir nicht gesagt. Du hast *gelogen*. Deine Tochter ist so alt, wie meine Tochter gewesen wäre. Verstehst du das nicht? Verstehst du nicht, dass allein der Gedanke an Rowan wehtut? Das sollte er nicht. Ich sollte den Gedanken nicht hassen, dass du ein Kind hast, wenn ich keins habe. Aber genau das hast du mit mir gemacht. Ich weiß nicht mal, was ich jetzt sagen soll.«

»Natürlich ist mir das Alter bewusst«, flüsterte sie. »Deshalb bin ich auch ausgeflippt und habe einen Fehler nach dem anderen gemacht.« Sie begegnete seinem Blick. »Aber Rowan ist kein Fehler.«

»Raus hier.« Er nahm einen tiefen Atemzug. »Ich kann dich gerade nicht ertragen. Ich kann dich nicht mal *ansehen*. Geh einfach.«

»Graham, wir können darüber reden.«

»Nein, das können wir nicht. Du wolltest kein Drama? Na schön. Verpiss dich. Mit uns ist es vorbei.«

Sie sah ihn wieder an, nickte aber nach einem langen Moment. Ohne ein weiteres Wort ließ sie ihn in seinem Wohnzimmer stehen, allein und aufs Neue zerbrechend. Sie hatte ein Kind. Ein verdammtes

Kind, das mit seinem kleinen Mädchen hätte befreundet sein können.

Blake hatte die Möglichkeit, ihre Tochter aufwachsen zu sehen, die Welt mit ihr wachsen zu sehen, und Graham hatte das nicht. Während Blake ihre Tochter versteckt hatte, hatte Graham versucht, mehr über Cynthia zu sprechen.

Die Tatsache, dass er Blake nur von Cynthia erzählt hatte, weil Candice aufgetaucht war, ging ihm durch den Kopf, aber er verdrängte sie. Er wusste nicht, was er getan hätte, wenn die Dinge anders gelaufen wären, aber so oder so, er hätte die Erinnerung an sein Kind niemals absichtlich geheim gehalten.

Sein Herz fühlte sich an, als hätte jemand es zusammengedrückt, bis die Blutgefäße platzten und nichts weiter übrig war als ein Schmerz und die Erinnerung an das, was nie sein konnte.

Graham ging zu seiner Haustür und schloss sie ab, da er wusste, dass Blake nicht zurückkommen würde. Sie besaß zu viel Stolz. Er war sich sowieso nicht sicher, ob er sie sehen wollte. Er mochte am Haus ihrer Familie arbeiten – einem Haus, dessen Geschichte er immer noch nicht kannte – und er mochte durch die Familie mit dem Laden verbunden sein, in dem sie arbeitete, aber das bedeutete nicht, dass er sie wiedersehen musste.

Sie hatte etwas in ihm zerbrochen und er wollte keine Möglichkeit finden, es zu reparieren.

Er hasste die Tatsache, dass ihre Lügen ihn gezwungen hatten, einem kleinen Mädchen zu verübeln, dass es einfach nur existierte. Und das … das würde er Blake vielleicht nie verzeihen.

Oder sich selbst.

Kapitel Elf

BLAKE WUSSTE, dass sie es vermasselt hatte, aber auch wenn Traurigkeit sie erfüllte, tat sie nichts, um die Wut zu unterdrücken.

Vier Tage.

Es waren vier Tage vergangen.

Vier Tage waren vergangen, seit sie Graham die Wahrheit gesagt und damit jede Chance auf eine Beziehung mit ihm ruiniert hatte. Doch sie wusste, dass sie, egal wie es ausgegangen wäre, wahrscheinlich das Gleiche getan hätte wie am Anfang. Rowan war ihr viel zu wichtig, als dass sie einfach irgendjemanden über sie hätte informieren können. Und dieser verdrehte Sinn für Logik war der Grund, warum Blake versuchte, Dramen von vornherein zu vermeiden.

Die Traurigkeit kam von dem Wissen, dass sie

eine Beziehung hatte, die vorbei war, bevor sie überhaupt begonnen hatte. Sie trauerte um Grahams
Verlust und seine Unfähigkeit, mit seinem Leben
weiterzumachen, aber sie konnte ihm Letzteres nicht
vorwerfen. Sie wusste nicht, was sie tun würde, sollte
sie Rowan verlieren. Der Umstand, dass sie die Exis-
tenz ihrer Tochter für sich behalten hatte, und zwar
wegen derjenigen, die ihr und Rowan nicht nur
wehtun, sondern ihr ihre Tochter auch noch
wegnehmen würden, sagte nur einen kleinen Teil
dessen aus, was Blake tun würde.

Aber Blake konnte nicht anders, als auch wütend
zu sein. Graham hatte sie nicht erklären lassen, hatte
ihr nicht erlaubt, sich zu öffnen und ihm mehr zu
erzählen, als sie je einer anderen Seele in ihrem
Leben erzählt hatte. Sie hatte ihm erklären wollen,
warum sie ihre Eltern vor all den Jahren verlassen
hatte und warum es ihr wehtat, einen Fuß in das
Haus zu setzen, das er gerade renovierte. Danach
hätte sie ihm von Rowans Vater erzählt und warum
Blake ihr Bestes getan hatte, um ihre Tochter im
Verborgenen zu halten, ohne ihre angeborene Hellig-
keit zu dämpfen.

Die Achterbahnfahrt der letzten zehn Jahre
zermürbte Blake und die Tatsache, dass sie geglaubt
hatte, sie könne es Graham anvertrauen, zeigte ihr,
wie nahe sie dem Zusammenbruch gewesen war.
Graham hatte nicht zuhören wollen, hatte nichts
anderes gewollt, als dass Blake verschwand. Ja, sie

hatte gelogen – oder die Wahrheit verschwiegen –, aber aus guten Gründen. Zumindest aus ihrer Sicht. Bei dem Versuch, ihre Familie zu beschützen, hatte sie Graham verletzt. Und deshalb hatte sie ihn verloren.

Also, ja, sie war traurig, aber sie war auch wütend. Nicht nur auf ihn, sondern auf die Situation und auf diejenigen, die sie überhaupt erst in diese Lage gebracht hatten.

Eine Person, auf die sie niemals wütend sein würde, weil sie einfach nur *existierte*, war ihre Tochter. Alles, was Blake tat, jede Lüge, die sie erzählte, jeder Mensch, den sie wegstoßen musste, war für Rowan. Und das würde sich nie ändern.

»Mom?«

Rowans Stimme holte Blake aus ihren Gedanken und sie drehte sich zu ihrer Tochter um. Rowan lächelte, als sie ins Wohnzimmer hüpfte, den Rucksack in der Hand und die Haare wieder aus dem Pferdeschwanz gelöst.

Blake schnaubte und streckte eine Hand aus. »Komm her, Kleines. Habe ich dir nicht gerade mit deinen Haaren geholfen?«

Rowan zuckte mit den Schultern und hüpfte wieder auf und ab. Blakes Tochter hüpfte ständig, oder redete, oder hüpfte und redete. Es kostete Blake am Ende eines langen Tages alle Energie, um mit ihr Schritt zu halten, und doch würde sie es um nichts in der Welt ändern wollen.

»Es war nicht gleichmäßig«, sagte Rowan. »Ich mag es, wenn Dinge gleichmäßig sind.«

Für immer die Tochter ihrer Mutter. »Ja, aber das war der Zopf doch auch, nachdem ich damit fertig war.« Sie kniff die Augen zusammen. »Hast du zufällig kopfüber über deinem Bett gehangen, anstatt deine Buchstabierübungen zu machen?«

Rowan schaute in die Ecke der Decke und versuchte zu pfeifen. Es kam als ein gehauchtes Brummen heraus, da sie nicht wirklich pfeifen konnte, und Blake tat ihr Bestes, um dabei nicht durchzudrehen. Ernsthaft, dieses Kind.

»Komm her, du kleine Spinnerin«, sagte sie mit einem Lachen, da sie es nicht länger als zwei Sekunden zurückhalten konnte.

Rowan kam herüber, drehte sich um und hielt ein Haargummi in der Hand. »Danke, Mom. Ich habe die Übungen kopfüber gemacht. Das hilft, sie im Kopf zu behalten, weißt du.«

Da Rowan mit dem Rücken zu ihr stand, rollte Blake mit den Augen. »Bist du sicher, dass sie nicht einfach herausfallen?« Sie beendete das Hochstecken von Rowans Haar, bevor sie ihre Tochter an der Seite kitzelte. Rowan versuchte, sich aus ihrem Griff zu winden, und lachte sich schlapp, aber Blake war immer noch schneller.

Für den Moment.

Bald würde ihr Baby noch mehr heranwachsen und mehr und mehr ein eigenständiger Mensch werden. Obwohl Blake die Vorstellung davon liebte, wollte sie dennoch, dass ihr kostbares kleines Mädchen noch eine Weile ein Kind blieb.

»Stopp!« Rowan kicherte. »Ich mache mir gleich in die Hose.«

Blake lachte, ließ aber los. Der größte Teil der Wut und Traurigkeit, die sie zuvor erfüllt hatten, verschwand beim Klang von Rowans Lachen langsam. Ihre Tochter war *alles* für sie, und dieses Lachen zu hören bedeutete ihr die Welt.

»Bist du bereit für die Schule?«, fragte Blake, während sie Rowans Tasche überprüfte. Sie vergaßen ständig Dinge, obwohl sie versuchte, Listen zu führen. Aber da sie nur zu zweit waren und sie seltsame Arbeitszeiten hatte, klappte es manchmal nicht. Daher die dreifache Kontrolle der Schultasche am Morgen.

»Jup.« Rowan kuschelte sich an Blakes Seite. »Ich habe meine Hausaufgaben, keine Sorge.«

Blake nickte, während sie vorsichtshalber die Seitentaschen überprüfte. »Gut, denn diese Matheaufgaben waren schwer.«

Rowan lächelte. »Ja, aber mit etwas Übung wird es einfacher, oder?«

Blake nickte, obwohl sie kurz davor war zu lügen. Sie hatte sich in der Schule gut geschlagen, war aber nicht über die Highschool hinausgekommen. Sie war zu sehr damit beschäftigt gewesen, sich ihrem Ex gegenüber wie ein Miststück zu verhalten, um aufs College zu gehen und etwas aus ihrem Leben zu machen, wie ihre Eltern es formuliert hatten. Bald würde Rowan sie in Sachen Wissen überholen, da die Schule heutzutage so viel härter zu sein schien.

Vielleicht würden sie einen Nachhilfelehrer für Blake *und* Rowan besorgen, sollte es soweit kommen.

»Ich muss los«, sagte Rowan, während sie Blake auf die Wange küsste. »Ich will den Bus nicht verpassen.«

Blake umarmte ihre Tochter fest und küsste sie auf den Scheitel. »Okay, Baby.«

»Ich bin kein Baby, Mom.« Nach diesem epischen Augenrollen zu urteilen würden die Teenagerjahre eher früher als später kommen, dessen war Blake sich sicher, und sie würden ihr den letzten Nerv rauben.

Als sie Rowan zum Bus brachte und sich für die Arbeit fertig machte, taten ihr die Schultern weh und sie konnte Graham immer noch nicht aus dem Kopf bekommen. Sie hasste es, dass sie sich zu sehr auf ihn eingelassen hatte. Und jetzt musste sie mit Grahams zukünftiger Schwägerin arbeiten, weil Blake nicht klug gewesen war, als sie es hätte sein sollen.

Sie war damit aufgewachsen, eine schlechte Entscheidung nach der anderen zu treffen, und sie hatte gedacht, sie hätte das hinter sich gelassen, als sie Mutter wurde. Anscheinend hatte sie das nicht. Überhaupt nicht.

»Da bist du ja«, sagte Maya, sobald Blake zur Tür

hereinkam. »Wurde aber auch Zeit, dass du auftauchst.«

Blake hob eine Augenbraue, als sich die Tür hinter ihr schloss. »Äh, wie bitte? Ich bin etwa zwanzig Minuten zu früh. Welche Laus ist dir denn über die Leber gelaufen?«

Maya winkte ihre Frage ab und zeigte auf den Computer. »Autumn arbeitet heute mit Griffin und sie ist die Einzige, die den Computer des Verderbens bedienen kann.«

Blake schnaubte. Es war ein wohl bekannter Umstand im Laden, dass keiner der beiden Montgomerys längere Zeit mit diesem Computer arbeiten konnte. Die Tatsache, dass sowohl Austin als auch Maya verdammt brillant waren und praktisch *jeden* anderen Computer programmieren konnten, machte es nur noch lustiger. Blake war sich ziemlich sicher, dass das verdammte Ding besessen war und im Stil von *The Office* ausgeschaltet und verprügelt werden sollte, aber weder Maya noch Austin wollten die verdammte Maschine gewinnen lassen. Oder besser gesagt, *Maya* wollte nicht zulassen, dass das »Stück Scheißtechnologie, das zu groß für seine Bytes und Bits ist«, dachte, es könnte eine Montgomery schlagen. Die Tatsache, dass es unglücklicherweise ein Stück künstliche Intelligenz war und daher überhaupt nichts getan hatte, war ihnen nicht entgangen. Sie entschieden sich einfach, diesen Teil zu ignorieren.

Autumn, Griffins Verlobte, konnte das verdammte

Ding ohne Zwischenfälle bedienen und organisierte ihr Leben für sie. Da Autumn aber auch Griffin bei seinem Job als Romanautor assistierte, musste Maya natürlich ihren Teil übernehmen.

Und Maya hasste es zu teilen.

Es sei denn, es handelte sich um Jake und Border und sie teilten sich gegenseitig zu dritt, aber darüber wollte Blake nicht wirklich nachdenken.

»Ich weiß nicht, ob ich eine Hilfe sein werde«, sagte Blake langsam. »Bei mir klappt es nicht immer, und das weißt du. Du solltest dir einfach einen Computer besorgen, der funktioniert.«

Maya verengte die Augen. »Wir werden uns nicht vor der Technik verstecken.«

»Um Himmels willen, lass sie bloß nicht damit anfangen«, sagte Derek, als er das Gebäude durch die Seitentür betrat, die den Laden mit dem Taboo, dem Café nebenan, verband.

Maya wirbelte herum. »Warum? Hast du Angst vor dem, was ich sagen werde?«

Derek schüttelte nur den Kopf und reichte ihr einen Becher. »Dazu äußere ich mich nicht. Und bevor du mir wehtust, das ist koffeinfreier Kaffee, aber laut Hailey von nebenan ist er lecker.«

Maya nahm den Becher in beide Hände und inhalierte den Inhalt regelrecht, während Blake ihr Bestes tat, um nicht zu lachen. Die normale Maya war an einem guten Tag ein bisschen verrückt, die schwangere Maya jedoch war eine ganz andere Sache.

Es sollten ein paar lange Monate werden.

»Ich sehe mir den Computer mal an«, sagte Derek, während er Blake einen Becher für sich selbst reichte. »Pass nur auf, dass Maya niemanden umbringt.«

Blake lachte. »Das könnte ein schwierigerer Job sein, als den Computer des Verderbens zum Laufen zu bringen.«

»Das habe ich gehört!«, schrie Maya aus dem Büro.

Derek schnaubte, machte sich aber an die Arbeit, und Blake lächelte nur über ihrem Becher mit der Haselnuss- und Schlagsahne-Köstlichkeit. Obwohl sie sich Sorgen darüber gemacht hatte, ob sie sich mit den Leuten, mit denen sie arbeitete, anfreunden würde, konnte sie nicht anders, als die Verbindung zu spüren, die sie schon viel zu lange vermisst hatte. Sie konnte über alberne Dinge wie Computer und Kaffee lachen, ohne das Gefühl zu haben, nicht auf dem Laufenden zu sein. Ihr Leben war vielleicht immer noch ein bisschen verrückt und geheimnisvoll, aber Maya wusste von Rowan und war nicht ausgeflippt. Sie war ziemlich sicher, dass Maya Jake und Border von Rowan erzählt hatte, aber sie hatte nicht erwartet, dass Maya diese Art von Geheimnis vor ihren Männern bewahren würde.

Bald würden andere über ihre Tochter Bescheid

wissen und Blake würde sich einfach damit abfinden müssen.

Solange ihr engeres Umfeld Rowan in Sicherheit hielt, wäre alles in Ordnung.

Das bedeutete, dass Blake vielleicht noch ein paar Dinge erklären musste, zum Beispiel, *warum* sie so besorgt um Rowans Sicherheit war. Graham wollte sie vielleicht nicht ausreden lassen, aber die anderen würden es wissen müssen, damit sie verstanden, warum Blake die Dinge tat, die sie tat.

Vielleicht würde die andere Frau es weitersagen, wenn sie es einfach nur Maya erzählte. Offenbar war Maya gut in solchen Dingen, aber Blake wusste ehrlich gesagt nicht, wo sie anfangen sollte.

Mit einem Seufzer ging sie zurück zu ihrer Piercing-Station und schaute auf ihr Tablet, auf dem ihr Terminplan für den Tag stand. Zumindest sofern Derek den Computer zum Laufen gebracht hatte. Sie grinste und schüttelte den Kopf. Wenigstens waren einige Dinge konstant.

Während der nächsten Stunden arbeitete sie an einem Nasenring, einem Augenbrauenring und einem Satz Nippelringe, bevor sie sich dachte, dass sie wohl eine Mittagspause machen sollte. Sobald sie jedoch aus dem Raum trat, wusste sie, dass etwas nicht stimmte.

Ein Mann im Anzug stand am Vordereingang und starrte auf Maya herab, die ihn nicht vorbeilassen wollte. Derek stand neben Maya und tat sein Bestes, um die schwangere Frau davon abzuhalten, den anderen Mann zu schlagen, und Maya davor zu bewahren, verletzt zu werden.

Es saßen zwar ein paar Kunden auf den Stühlen, aber das waren Stammkunden, die auch aufgestanden waren. Sie war sich nicht sicher, was vor sich ging oder was alle taten, aber Blake wusste einfach, dass es um sie ging.

»Blake Brennen?«, fragte der Mann im Anzug, als er sich an Maya vorbeischob.

Maya knurrte und packte ihn am Arm. »Auf keinen Fall, Kumpel. Du bist hier nicht willkommen.«

Der Mann sah auf Mayas Arm hinunter, bevor er sich zurückzog. »Nehmen Sie Ihre Hand weg oder ich rufe die Polizei und erhebe Anklage gegen Sie und diesen *Laden*.« Die Art, wie er »Laden« gesagt hatte, klang, als stünde er in einer schmuddeligen Kneipe oder mitten auf einem Müllhaufen und nicht in Montgomery Ink.

»Was wollen Sie?«, fragte Blake mit kalter Stimme. Sie war verdammt überrascht, dass sie nicht zitterte, aber sie durfte keine Schwäche zeigen, nicht jetzt.

Niemals.

Sie war nach vorn gegangen, obwohl sie sich nicht daran erinnerte, es getan zu haben, und als er ihr einen Umschlag in die Hand drückte, erschrak sie.

»Die Vorladung wurde ordnungsgemäß zuge-stellt.« Damit ging der Scheißkerl im Anzug davon, den Kopf hoch erhoben und einen knurrenden Derek im Nacken.

»Was ist hier los?«, fragte Maya, als sie vor Blake stand. »Was ist das?«

Blakes Hände zitterten und der Umschlag, der auf ihren Handflächen lag, zitterte mit ihnen. Sie konnte nicht atmen, konnte nicht sprechen. Sie hatte gewusst, dass dieser Tag kommen würde, dass sie sich nicht für immer würde verstecken können.

Sie hatte gewusst, dass die Uhr schneller zu ticken begonnen hatte, als sie im Nachlass genannt worden war. Chris' Familie war mit ihrer Familie befreundet gewesen, bevor alles den Bach runtergegangen war. Geld regierte die Welt und Blake hatte keines mehr.

Die Familie von Chris hatte sie gefunden.

Sie hatten Rowan gefunden.

Und jetzt könnte Blake *alles* verlieren.

Ihre Sicht verschwamm und sie versuchte, nach Luft zu schnappen, doch sie bemerkte erst zu spät, dass sie gar nicht geatmet hatte. Als sie zurückzufallen begann, war Derek da und fing sie auf.

»Scheiße«, sagte er schnell. »Blake, Liebes, atme.«

»Scheiße, ruf Graham an, okay?«, bat Maya. Blake war sich nicht sicher, mit wem Maya sprach, aber sie nahm an, dass es einer der Kunden sein musste. Sie blinzelte, als Maya jemandem ihr Telefon zuwarf und sich vor sie kniete. »Liebes, sprich mit mir. Was ist in diesem Umschlag?«

Wann war sie auf dem Boden gelandet? Die

Dinge machten keinen Sinn. Oh Gott. Sie musste Rowan finden. Sie durfte nicht zerbrechen, durfte nicht auseinanderfallen. Sie konnte sich den Luxus nicht leisten, so zusammenzubrechen.

»Ich brauche …« Blake holte tief Luft. »Ich muss Rowan holen.« Sie begegnete Mayas Blick. »Ich muss sie von der Schule holen. Sie in Sicherheit bringen.«

Maya nahm ihr Gesicht in die Hände, während Derek ihr den Rücken massierte. »Verstanden. Aber du fährst im Moment nicht. Steht jemand auf der Liste in ihrer Schule, der sie abholen kann?«

Blake presste die Lippen aufeinander. »Ich weiß es nicht.« Sie schloss die Augen, sagte sich, sie solle aufhören auszuflippen und Rowan an erste Stelle setzen. »Meine Nachbarin, Mrs. Gonzales. Aber sie hat kein Auto.«

Maya steckte ihre Hand in Blakes Tasche und zog ihr Telefon heraus. »Okay, dann rufen wir Mrs. Gonzales an und sagen ihr, sie soll sich bereithalten, dass ein Montgomery oder ein Gallagher sie abholt, damit sie Rowan abholen können. Du bist nicht allein, Blake. Nicht mehr.«

Blakes Hände zitterten, als sie ihre PIN eingab und die Nummer wählte, denn sie wusste, dass Maya recht hatte, auch wenn es ihr wehtat, um Hilfe zu bitten. Niemand kannte die Wahrheit, wusste, wer Blake gewesen war, bevor sie hierhergekommen war. Und jetzt würde jeder sehen, wer sie war und dass sie den Dreck, der ihre Seele verunreinigte, nie wirklich beseitigt hatte.

Als sie damit fertig war, ihrer Nachbarin, die geschworen hatte, Rowan zu beschützen, die Situation zu erklären, war Blake bereit, aufzustehen und den Umschlag zu öffnen, der ihr in den Schoß gefallen war.

»Owen ist auf dem Weg, um sie zusammen mit Murphy abzuholen«, erklärte Maya. »Dann werden sie Rowan und Mrs. Gonzales zu Grahams Haus bringen, damit sie nicht zu Hause ist, falls sie deine Adresse haben.« Maya hielt inne. »Ich habe dich deine Geheimnisse bewahren lassen, weil ich dir vertraue, und das tue ich immer noch, aber du wirst mir reinen Wein einschenken müssen, weil ich diejenigen, die ich liebe, da mit hineinziehe.«

Mayas Worte drangen in ihre Gedanken ein, als sie den Kopf schüttelte. »Du hättest Graham nicht anrufen sollen«, flüsterte sie. Sie räusperte sich und diesmal waren ihre Worte deutlicher. »Wir sind nicht mehr zusammen und er will nichts mit mir und Rowan zu tun haben.«

Maya hielt Blakes Hände, als sie ihr aufhalf. Dann bückte sie sich, griff nach dem Umschlag und übergab ihn Blake. »Er ist auf dem Weg. Ich weiß nicht, was zwischen euch beiden vorgefallen ist, aber er kommt, weil du ihn brauchst. Ich wusste nicht, dass ihr euch gestritten habt, sonst hätte ich vielleicht jemand anderen angerufen. Aber weißt du was? Wir sind das, was du im Moment hast. Rowan wird in Sicherheit sein und dir wird es gut gehen. Und jetzt öffne den verdammten Umschlag.«

Mayas scharfe Worte erlösten Blake aus ihrem Schockzustand und sie öffnete mit zitternden Händen das Paket.

Die ersten Worte auf dem juristischen Dokument waren genau so, wie sie es erwartet hatte, aber sie waren trotzdem ein Schock für sie.

»Ein formeller Antrag auf das Sorgerecht?«, fragte Derek von hinten. Sie hatte fast vergessen, dass er da war. »Wer versucht, Rowan zu bekommen? Ihr Vater?«

Blake schüttelte den Kopf. »Chris ist tot. Das sind seine Eltern.« Ihre Stimme zitterte. »Sie wollen Rowan, weil sie mich immer für ungeeignet hielten.«

»Das werden wir nicht zulassen.«

Blake hob bei Grahams Stimme ruckartig den Kopf. Maya zog sich zurück und Graham rückte näher an Blake heran. Ihr Herz raste und ihr Körper wurde taub bei seinem Anblick.

»Du musst so ziemlich alle Verkehrsregeln gebrochen haben, um so schnell hierherzugelangen«, sagte Derek.

»Ich bin hier, das ist die Hauptsache.« Er drehte sich zu Maya um. »Kommst du heute ohne Blake klar? Ich bringe sie zu mir nach Hause, damit sie da ist, wenn Rowan aus der Schule kommt. Derek, ist es okay, wenn du später mit jemand anderem ihren Wagen zu mir fährst?«

»Klar, gib mir einfach den Schlüssel.«

Blake streckte ihre Arme aus. Wann war ihr alles aus den Händen geglitten und in die von anderen gefallen? Das war so untypisch für sie und sie hasste es.

»Hör auf«, sagte sie leise. »Hör auf zu versuchen, es zu reparieren. Du kannst das nicht in Ordnung bringen, Graham. Keiner kann das.« Sie hielt inne. »Ich bin euch dankbar für alles, was ihr tut, aber ich muss das selbst erledigen.«

Graham griff nach ihrem Kinn und drehte ihren Kopf in seine Richtung. »Du hast lange genug alles allein gemacht. Wir helfen dir und du musst dich damit abfinden. Du kannst später herumschreien und mich schlagen. Fürs Erste tragen wir deine Last, damit du deine Gedanken ordnen kannst.«

Und mit dieser eloquenten Aussage brach Blake prompt in Tränen aus.

Graham hielt sie fest und nahm ihr die Papiere aus der Hand, was sie noch mehr zum Weinen brachte. Mit jeder Träne hasste sie sich ein bisschen mehr dafür, dass sie sich nicht zusammenreißen konnte. Sie hatte es ein verdammtes Jahrzehnt lang gut hingekriegt, aber anscheinend konnte sie es nicht mehr. Und es machte sie fertig, dass sie nicht stark genug war, das zu sein, was Rowan jetzt brauchte.

Den letzten Teil musste sie laut gesagt haben, denn Graham knurrte: »Wenn du dich weiterhin schwach nennst, werde ich dir zeigen müssen, wie stark du bist. Jetzt komm mit mir, Baby. Wir kriegen das schon hin.«

»Aber du hasst mich«, flüsterte sie noch, als er sie bereits zu seinem Wagen führte. Auf dem Weg nach draußen hatte sie die anderen im Laden nicht angeschaut, ihr Stolz war mehr als verletzt. Wie konnte sie ihnen noch gegenübertreten? Wie um alles in der Welt konnte sie es ihnen jemals vergelten, dass sie die Scherben aufgesammelt hatten, selbst als sie nichts mehr zu geben hatte?

Graham setzte sie in den Wagen und ließ den Motor an, sobald er auf seinem Sitz Platz genommen hatte. Dann seufzte er. »Ich hasse dich nicht, Blake. Ich war wütend und habe Dinge gesagt, die ich bedaure, aber darauf kommen wir noch zurück. Jetzt musst du mir alles erzählen, was du kannst, wenn wir bei mir zu Hause sind. Kannst du das tun? Meine Brüder holen gerade deine Nachbarin und dann deine Tochter ab und werden sich dann bei mir zu Hause mit uns treffen. Aber ich weiß nicht, ob du vor deinem Kind über alles reden willst. Also sag es mir jetzt, und dann werden wir sehen, wie wir das in Ordnung bringen können.«

»Wir können das nicht in Ordnung bringen«, sagte sie leise, den Blick auf das Fenster gerichtet, ohne etwas zu sehen.

»Das heißt aber nicht, dass wir es nicht versuchen können«, entgegnete er schroff. »Jetzt rede, Baby.«

Sie hatte sich eingeredet, dass sie es den anderen sowieso sagen würde, warum also nicht dem Mann, in den sie sich verliebt hatte? Sie wusste nicht, was danach passieren würde – wenn es überhaupt etwas danach gab –, aber sie konnte es nicht mehr zurückhalten.

Graham hatte es verdient zu erfahren, in was seine Familie hineingeraten war.

Er hatte so viel mehr verdient.

»Ich habe mich in Chris verliebt, als ich sechzehn war«, begann sie. »Ich dachte, es wäre Liebe, aber es war keine. Das kann ich jetzt sehen. Wir waren während der Highschool zusammen, weißt du. Die Ballkönigin und der Ballkönig mit all dem Geld und den Privilegien der Welt.«

»Daher das Haus«, sagte Graham.

»Daher das Haus.« Sie nahm einen tiefen Atemzug. »Ich wurde als Kind mit einem Treuhandfonds geboren, mit einem silbernen Löffel im Mund und vierzig Löffeln in der Tasche. Ich hatte alles, was ich wollte. Meine Eltern waren die typischen Eltern, von denen man liest, dass sie so viel Geld haben, aber nicht genügend Liebe für ihr Kind erübrigen können. Sie misshandelten mich nicht, vernachlässigten mich nicht, aber sie schenkten mir auch nicht viel Aufmerksamkeit, als ich anfing, mit Chris auszugehen. Sie waren mit Chris' Familie befreundet, also war diese

Situation für sie perfekt. Sie würden ihren Liebling Blake mit einer anderen reichen Familie verheiraten, und dann würden wir perfekte kleine Babys und eine perfekte Ehe haben. Ich bräuchte nicht auf ihre Kosten aufs College zu gehen, weil ich meinen Mann schon gefunden hätte.«

Blake schnaubte. »Gott, ich war so eine junge Närrin.«

»Wir sind alle Narren, wenn wir jung sind.« Eine Pause. »Immerhin habe ich meine Highschool-Liebe geheiratet.«

Blake sah zu ihm hinüber. Obwohl seine Aufmerksamkeit auf die Straße vor ihnen gerichtet war, hatte er seine Hände um das Lenkrad gelegt. Sie wusste, dass sie ihn wieder verlieren würde, sobald sie ihm sagte, dass es an ihr in Wirklichkeit nichts zu lieben gab.

»Wir haben nie geheiratet«, sagte sie nach einem Moment. »Am Tag nach dem Abschluss haben wir so viel Geld abgehoben, wie wir konnten, denn, hey, es war unser Geld, richtig? Ich dachte, ich würde zur Schule gehen, nachdem ich ein bisschen gelebt hatte, weißt du? Und was Chris angeht? Ich glaube nicht, dass er je wieder zur Schule gehen wollte. Er wollte nur feiern und von dem Geld seiner Eltern leben, wie sein Vater es getan hatte, bevor er seinen Weg gefunden hatte. Also trank er und ich trank mit ihm. Er rauchte, aber ich nicht, weil ich den Geschmack nicht mochte. Als er anfing, Drogen zu nehmen, weil einige seiner Freunde es taten, machte er mir Angst, und ich machte Schluss mit ihm und lief zurück zu meinen Eltern. Die wollten aber nichts mehr mit mir zu tun haben. Nicht dass ich es ihnen verübeln könnte. Sie verleugneten mich, schlugen mich und nannten mich eine Hure. Also lebte ich ein paar Wochen auf der Straße, bevor ich einen Job als Empfangsdame in einem Tattoostudio fand und versuchte, mein Leben in den Griff zu bekommen.«

Sie atmete aus.

»Chris hörte mit den Drogen auf und ich ging zurück. Ich war so verdammt dumm. Ich habe meinen Job gekündigt, weil Chris' Familie seinen Lebensstil bezahlte, während meine Eltern regelmäßig mein Leben bedrohten. Seine Eltern dachten, er würde zu ihnen zurückkommen, wenn sie ihn nur feiern ließen. Ich weiß nicht, ob er das jemals getan hätte, selbst wenn die Dinge anders gelaufen wären. Ich war schlimmer als eine Missbraucherin, ich war eine Ermöglicherin. Ich habe versucht, Chris von den Drogen wegzubringen, aber es war nie genug. Als ich schwanger wurde, bin ich weggelaufen. Ich wollte nicht, dass mein Baby ein Teil davon ist.«

Sie schloss die Augen.

»Chris starb an einer Überdosis, ein paar Tage, nachdem ich Rowan bekommen hatte. Er hat sie nie kennengelernt, wusste nicht, dass ich ein Mädchen bekommen hatte. Ich hatte solche Angst, dass jemand sie mir wegnehmen würde, aber das passierte nicht. Ich hatte einen Job, ein Dach über dem Kopf und die Entschlossenheit, sie zu behalten.«

»Das war verdammt mutig von dir, Baby.«

Blake schüttelte den Kopf. »Nicht mutig genug. Meine Eltern starben vor ein paar Jahren bei einem Autounfall. Glatte Straßen und zu viel Alkohol. Ich wollte das Haus nie und ich bin mir immer noch nicht sicher, was das Testament über Rowan besagt. Oder offen gesagt über mich. Aber ich will nichts mit diesem Haus zu tun haben. Sie sind ausgezogen, als ich das erste Mal zurückkam. Als ich das letzte Mal in dieser Eingangshalle stand, nannte meine Mutter mich eine Hure und mein Vater gab mir eine Ohrfeige. Und als ich ging, gingen sie auch, ohne sich um das Gebäude zu kümmern. Deshalb bin ich am ersten Tag ausgeflippt, als ich dort ankam.«

»Jesus.«

»Rowan hat es nie gesehen. Sie hat auch nie ihre Großeltern getroffen. Ich habe sie vor meinen Freunden versteckt und bin von Job zu Job gezogen, um sicherzugehen, dass Chris' Eltern mich nicht finden konnten. Ich habe weder meinen Namen geändert noch irgendetwas getan, was mich in Schwierigkeiten bringen könnte, aber ich habe mein Bestes getan, um unerkannt zu bleiben. Aber als die Sache mit dem Anwesen aufkam, wusste ich, dass meine Tage des Weglaufens gezählt waren.«

Graham fuhr in seine Einfahrt und stellte den Wagen ab. »Sie kriegen Rowan nicht.« Seine Stimme war tief, ein wenig ernst.

»Ich weiß nicht, wie ich sie bekämpfen kann. Sie haben so viel Geld und Macht, und ich bin eine Piercerin in einem Tattoostudio. Mein Baby ist so ein kluges kleines Mädchen und so verdammt toll, aber wenn sie sie in die Finger bekommen, knipsen sie das Licht aus, das sie zu meiner Rowan macht.«

Graham drehte sich in seinem Sitz um und nahm ihr Gesicht in seine Hände. »Ich lasse nicht zu, dass du dein Kind verlierst, Blake. Wir werden eine Lösung finden.«

Wieder füllten Tränen ihre Augen, aber sie blinzelte sie zurück. »Ich dachte, du wolltest nichts damit zu tun haben.«

Graham fuhr mit dem Daumen unter ihrem Auge entlang. »Ich weiß nicht, was ich will oder was weniger wehtun würde, aber ich kann dich nicht im Stich lassen, wenn du mich brauchst.«

Bevor Blake etwas dazu sagen konnte, hielt ein anderer Wagen an und sie versteifte sich, nur um auszusteigen, als Murphy aus dem Beifahrersitz stieg. Er öffnete die Hintertür und Rowan stürmte mit ihren kleinen Beinchen heraus und lief mit Volldampf auf Blake zu, die sie auf den Arm nahm.

»Mom! Was ist denn los?«, fragte Rowan und ihr Körper zitterte. »Laufen wir wieder weg?«

Ihre Tochter hatte immer gewusst, dass sie

vorsichtig sein musste und dass sich die Dinge ändern konnten, aber sie hatte ihr Bestes getan, um ihre Tochter vor einer Vergangenheit abzuschirmen, die wehtun würde. Wenn Rowan älter war, würde sie ihr alles erzählen.

»Lass uns drinnen reden«, sagte Graham, als er sich einen Weg an Blakes Seite bahnte. »Hi, Rowan, ich bin Graham.«

Rowans Augen weiteten sich, als sie zu Graham aufsah. »Hi. Dein Bart ist wirklich lang.«

Und trotz der Ernsthaftigkeit der Situation und der Tatsache, dass Blake keine Ahnung hatte, was sie da tat, lachte sie.

Vielleicht, nur vielleicht, würden sie es herausfinden.

Zumindest hoffte sie das.

Kapitel Zwölf

GRAHAM HATTE BESCHISSEN GESCHLAFEN und er hatte das Gefühl, dass er nicht mehr gut schlafen würde, bis die Dinge geklärt waren. Während er den ganzen Abend lang innerlich wie ein Blatt gezittert hatte, hatte er sein Bestes getan, um ein kleines Mädchen nicht zu erschrecken, das nichts falsch gemacht hatte, außer dass es im gleichen Alter war, wie seine Tochter hätte sein sollen.

Nachdem Blake die Vorstellungsrunde für alle beendet hatte, erklärte sie seinen Brüdern und Mrs. Gonzales etwas von der Situation, während Rowan im Raum war; allerdings nahm er an, dass sie einige Details ihrer Tochter zuliebe vage hielt. Owen und Mrs. Gonzales hatten in seiner Küche etwas herumgesucht und schließlich für alle ein Abendessen zubereitet. Sie aßen, während sie eine Reihe unangenehmer

Gespräche führten, die nicht allzu sehr in die Tiefe gingen.

Danach hatte Blake ihm gesagt, sie müsse dafür sorgen, dass Rowan in dieser Nacht in ihrem eigenen Bett schlief. Dafür war er ihr dankbar. Auch wenn er Rowan bei sich hätte übernachten lassen, war er sich nicht sicher, ob er bereit war, noch ein kleines Mädchen unter seinem Dach schlafen zu lassen. Ja, er war ein egoistischer Idiot, aber er arbeitete daran, das zu ändern. Sie waren alle der Meinung, dass sie in Sicherheit sein sollten, da es sich um einen formellen Antrag und nicht um etwas Zwielichtiges handelte, aber Blake wollte die Türen fest verschließen.

Er hatte ehrlich gesagt keine Ahnung, was er da tat, aber er tat es trotzdem. Als ein Typ aus dem Laden ihn angerufen hatte, der ausflippte, weil Blake aussah, als hätte sie eine Panikattacke wegen etwas, das ihr ein Typ im Anzug überreicht hatte, hatte er alles stehen und liegen lassen. Seine Brüder hatten dasselbe getan, als Maya angerufen und gesagt hatte, dass sie auch ihre Hilfe brauchte.

In diesem Moment hatte es keine Rolle gespielt, dass er Blake seit vier Tagen weder gesehen noch gehört hatte. Es hatte keine Rolle gespielt, dass er sie aus seinem Haus geworfen hatte und immer noch nicht mit den Gedanken fertiggeworden war, die ihm bei ihrer Offenbarung durch den Kopf gegangen waren. Sie hatte ihn gebraucht und er hatte sein Bestes getan, um für sie da zu sein. Er nahm an, dass diese einfache Tatsache mehr über seine Absichten aussagte als der Umstand, dass er Zeit zum Nachdenken brauchte.

Er hatte überreagiert, als er das mit Rowan herausgefunden hatte, und obwohl Blake sich entschuldigt hatte, hatte er ihr keine Zeit für eine Erklärung gegeben. Jetzt, wo er hörte, warum sie ihre Geheimnisse für sich behielt, verstand er. Es mag anfangs wehgetan haben, aber wenn er in einer ähnlichen Situation gewesen wäre, hätte er dasselbe getan. Zumindest hoffte er, dass er es getan hätte, denn die schiere Willenskraft und Aufopferung, die Blake an den Tag legte, war etwas, vor dem man Ehrfurcht haben musste.

Blake hatte einen Kampf vor sich, wenn es um die rechtlichen Aspekte ging, ihre Tochter zu behalten, und Graham hatte das Gefühl, dass er an ihrer Seite sein würde. Da war etwas zwischen ihnen, er wusste es. Jetzt musste er nur noch herausfinden, was es war … und was er dagegen tun wollte.

»Scheiße!«

Graham drehte sich auf dem Absatz um, als er hörte, wie jemand fluchte und etwas herunterfiel. Er konnte nicht sagen, ob es eine Wand oder eine Leiter oder etwas dazwischen war, aber was auch immer es war, es war nicht gut. Arbeitsunfälle waren auf Baustellen nicht ungewöhnlich, da sie mit Tausenden von beweglichen Teilen arbeiteten und viele dieser Teile verdammt schwer waren, aber die Gallaghers hatten eine niedrige Unfallrate, weil sie sehr, *sehr* vorsichtig waren.

Er kam zum Stehen, als er einen Blick auf die Szene erhaschte. Gary, einer seiner Subunternehmer, lag auf dem Boden und blutete leicht aus einigen Schürfwunden, während ein Stapel Trockenwände, die sie noch nicht aufgestellt hatten, auf einem seiner Beine lag. Selbst wenn sein Bein nicht zerquetscht war, musste es zumindest gebrochen sein.

»Scheiße«, brummte er, als er sich durch die Jungs schob, um sich an Garys Seite zu knien. »Was tut dir weh? Hat jemand einen Krankenwagen gerufen?«

»Schon geschehen«, rief ein Typ.

»Die Bauarbeiten sind gestoppt«, sagte Owen, als er sich einen Weg durch die umstehenden Männer hindurch bahnte. »Keiner geht, aber keiner nimmt auch nur einen Hammer in die Hand. Habt ihr mich verstanden?«

Die Leute murrten, aber zum größten Teil waren sie auf Gary konzentriert.

»Sprich mit mir, Gary«, sagte Graham, während er die Wasserflasche aus seinem Werkzeuggürtel zerrte und sie dem anderen Kerl gab.

»Ich war gerade auf dem Weg zu dem Alkoven, um die nächsten Schritte vorzubereiten, als der Stapel umkippte. Er war nicht zu hoch oder so, aber er fiel einfach auf mich.« Er zuckte zusammen, seine Augen waren fest geschlossen. »Scheiße, tut das weh. Aber ich kann meine Zehen noch spüren, das ist ein gutes Zeichen.«

Das war ein verdammt gutes Zeichen, aber Graham sagte nichts in dieser Richtung. »Bleib ruhig, Gary. Wir werden uns um dich kümmern.«

Gary rollte mit den Augen, auch wenn ihm der Schweiß über das Gesicht rann. »Mir wäre es lieber, wenn die heiße Tussi mit den wirklich sexy Beinen, die am ersten Tag hier war, mir helfen würde.«

Graham verengte die Augen, auch wenn Owen ein Lachen unterdrückte. »Sie beißt. Ich wäre vorsichtig.«

»Da sie Grahams Frau ist, würde ich mich vor ihm in Acht nehmen.«

Gary stieß einen Atemzug aus, als der Klang von Sirenen die Luft erfüllte. »Gott sei Dank ist jemand mit guten Drogen auf dem Weg. Und hast du gesagt, Graham hat eine Frau gefunden? Muss mir auf dem Weg nach unten den Kopf gestoßen haben.«

Owen lachte lauthals, während Graham den Kopf schüttelte. Er war dankbar, dass Gary seinen Sinn für Humor während all dem behalten hatte.

Nachdem der Krankenwagen Gary abtransportiert hatte, war Graham bereit, Feierabend zu machen. Sie konnten nicht auf der Baustelle arbeiten, bis die Versicherungsvertreter auftauchten, und ehrlich gesagt wollte Graham sich davon überzeugen, dass der Ort sicher war, bevor irgendjemand wieder mit irgendetwas anfing. Irgendetwas stimmte nicht mit der Art und Weise, wie Gary verletzt worden war, aber er konnte nicht genau sagen, was es sein könnte.

»Okay, die Vertreter sollten morgen früh hier sein«, sagte Owen, während er sein Telefon wieder an seinen Gürtel steckte. »Wie auch immer, es ist Freitagnachmittag und die Mannschaft sollte sowieso Feierabend machen. Es macht keinen Sinn, dass alle hierbleiben, da wir beide ihre Aussagen bereits aufgenommen haben, und die Versicherungsvertreter werden das ebenfalls noch tun. Murphy ist jetzt auf der anderen Baustelle, aber er braucht unsere Hilfe nicht, sonst würden wir dorthin fahren. Ich habe noch etwas Papierkram zu erledigen, aber ich denke, du solltest Blake aufsuchen.«

Graham hob die Brauen. »Wirklich? Ich soll mir einfach den Tag freinehmen?«

»Der Tag ist schon vorbei wegen dem, was passiert ist, und Blake sagte, dass Rowan heute nur einen halben Tag Schule hat wegen irgendeiner Lehrerkonferenz oder so. Also ruf deine Frau an und überzeuge dich davon, dass es ihr gut geht. Sie hat gestern einen Schreck erlitten und wie es aussieht, ist das erst der Anfang.«

Graham runzelte die Stirn. »Ich weiß nicht, ob sie noch meine Frau ist, Owen.«

Sein Bruder streckte die Hand aus und drückte seine Schulter. »Vielleicht sollte sie das sein. Und übrigens, diese Rowan? Sie ist ein echter Knaller. Stoße sie nicht weg, nur weil du an Cynthia denkst, okay?«

Graham schloss fest die Augen und atmete aus. »Ich werde das Mädchen nicht wie Scheiße behandeln.« Aber er hatte Blake deswegen schon wie Scheiße behandelt. Er war nicht der Unhold, der er zu sein drohte, wenn die Dinge den Bach runtergingen, aber er war verdammt nahe dran.

»Sei einfach nur da, okay?« Owens Stimme war so ernst, dass Graham erschrocken die Augen aufriss. »Wir haben nicht oft die Gelegenheit, einfach nur zu sein. Jake hat viele Jahre mit Maya *und* Border verpasst, weil er sich ständig Chancen hat durch die Lappen gehen lassen. Murphy fängt erst jetzt an, so zu leben, als hätte er noch Zeit, anstatt auf die nächste Katastrophe zu warten. Was dich angeht … Verdammt, Graham, es war gut zu sehen, wie du wegen einer Frau reagierst, auch wenn du es auf deine knurrige Art getan hast. Ich weiß, dass es ein Schock für dich war, dass Blake ein Kind hat, aber du wirst damit klarkommen, wenn du musst. Du bist stärker, als du dir selbst zutraust.«

Graham sah seinen jüngeren Bruder an und ein neues Gefühl von Respekt überkam ihn. »Was ist mit dir, Owen? Warum bist du nicht einfach nur da?«

Sein Bruder begegnete seinem Blick und seine Augen durchliefen tausend verschiedene Emotionen, bevor sie sich auf düster einpendelten. »Kümmere dich jetzt einfach um dich selbst, okay? Das ist alles, worum ich dich bitte.«

Owens Telefon klingelte, was ihn vor weiteren

Fragen bewahrte, die Graham vielleicht hätte stellen wollen, und er wandte sich ab. Da er wusste, dass seine Brüder alle ihre eigenen Geheimnisse hatten, ließ er Owen für den Moment in Ruhe. Aber bald würde er es herausfinden, denn er wäre verdammt, wenn er seine Brüder wegen verpasster Gelegenheiten und Schmerz nur ein halbes Leben leben lassen würde. Natürlich war er zu diesem Zeitpunkt nur der Esel, der den anderen ein Langohr nannte.

Mit einem Seufzer nahm er sein Telefon heraus und wählte Blake an, in der Hoffnung, dass er nicht noch einen Fehler machte, indem er ihr zu nahe kam.

»Hey, alles okay?«, fragte sie, als sie abnahm.

Der Klang ihrer Stimme beruhigte ihn, auch wenn sie ihn aufrüttelte, und er wusste, dass er die richtige Entscheidung getroffen hatte, auch wenn sie ihm Angst machte. »Wir hatten einen kleinen Unfall auf der Baustelle.« Als sie aufstöhnte, fuhr er schnell fort: »Gary, einer unserer Subunternehmer, ist verletzt, aber er wird wieder gesund. Allen anderen geht es gut, aber wir nehmen uns den Rest des Tages frei, um uns von dem Schock zu erholen.« Er hielt inne, nicht sicher, wie er fortfahren sollte, und kam sich dann dumm dabei vor. »Haben du und Rowan schon gegessen? Willst du etwas essen?«

Sie schwieg so lange, dass er befürchtete, die Leitung wäre tot oder er hätte etwas Falsches gesagt. »Wir haben gerade überlegt, was wir zum Mittag essen sollen. Sollen wir uns in dem Burgerladen in der

Nähe meiner Wohnung treffen? Rowan redet schon den ganzen Tag von dir.« Den letzten Teil flüsterte sie und er wusste, es lag daran, dass sie Angst hatte, ihm gegenüber ihre Tochter zu erwähnen. Die Tatsache, dass sie so empfand, brachte ihn um, denn es war in erster Linie seine Schuld. Er würde das ändern müssen, dafür sorgen, dass Rowan sich in ihrem Leben nie von jemandem unerwünscht fühlte. Und was seine Gefühle für Blake betraf? Die würde er ebenfalls genau definieren müssen, denn das Zögern und den Schmerz in ihrer Stimme mochte er auch nicht.

Als Graham vor dem Burgerladen vorfuhr, nachdem er sich im Bürocontainer auf der Baustelle ein wenig gewaschen hatte, waren Blake und Rowan schon da, saßen allerdings noch im Wagen. Er atmete noch einmal aus und stellte den Motor ab.

»Jetzt oder nie«, murmelte er vor sich hin und stieg aus dem Fahrzeug aus. Da er nicht weit von Blake entfernt geparkt hatte, schoss ihr Kopf hoch, als er die Tür schloss, und sie begegnete seinem Blick. Der Ausdruck von Erleichterung und … Bedürfnis in ihrem Gesicht überwältigte ihn. War es erst eine Woche her, dass er sie das letzte Mal in seinen Armen, in seinem Bett gehabt hatte? Es kam ihm vor wie gestern und doch war es gleichzeitig Jahre her.

Rowan stieg als Erste aus dem Wagen, Blake gleich danach, und Graham versteifte sich. Das kleine Mädchen sah überhaupt nicht aus wie Cynthia und erinnerte ihn doch so sehr an sie, dass es wehtat. Während Cynthia schwarzes, glattes Haar und große, blaue Augen gehabt hatte, hatte Rowan braune Locken, die in alle Richtungen abstanden, und braune Augen, die alles zu sehen schienen. Ihre Augen, ihr Mund und ihre Nase hatte sie allerdings allein von Blake, so viel konnte er sehen.

»Hallo, Mr. Graham«, sagte Rowan, als sie auf ihn zuhüpfte. »Mom hat gesagt, du hättest Appetit auf Burger, genau wie wir. Das freut mich, denn ich hatte keine Lust auf das Erdnussbutter-Bananen-Sandwich, das ich zu Hause hätte essen müssen. Heute hatten wir nur einen halben Tag Schule, also konnte ich nicht so viel lernen, wie ich wollte, aber da ich gestern einen Teil der Schule verpasst habe, musste ich heute trotzdem meinen Rechtschreibtest nachholen, als die anderen schon freihatten. Das ist okay, denn ich habe ihn mit Bravour bestanden. Mom sagt, dass ich wirklich schlau bin, und das finde ich auch, aber das liegt daran, dass sie schlauer ist und mir alles beibringt. Ich bin besser in Mathe als in Rechtschreibung, aber ich glaube, Mom mag Mathe nicht. Sie bekommt immer eine kleine Falte zwischen ihren Augenbrauen, wenn wir Mathe machen.« Rowan fuhr mit dem Finger über die Stelle in ihrem eigenen Gesicht und lächelte. »Siehst du?

Genau hier. Aber keine Sorge, ich werde dafür sorgen, dass Mom Mathe so mag wie ich. Mathe macht Spaß.«

Er blinzelte und versuchte, alles aufzusaugen, was in dieser kurzen Zeit aus Rowans Mund gekommen war. So kurz, dass er glaubte, sie hätte keinen einzigen Atemzug getan. Für den Bruchteil einer Sekunde dachte er daran, wie Cynthia wohl nach einem Schultag gewesen wäre. Hätte sie wie Rowan ununterbrochen geredet? Oder alles für sich behalten, wie er es tat? Oder vielleicht etwas dazwischen?

Er verdrängte diese Gedanken aus seinem Kopf, weil er wusste, dass es nichts bringen würde, sich darüber Gedanken zu machen, was nie passieren würde, und dass er sich stattdessen auf das kleine Mädchen vor ihm konzentrieren sollte.

»Das klingt nach vielen guten Dingen an einem einzigen Tag. Ich mag Mathe, wenn auch nicht so sehr wie meine Brüder Owen und Murphy. Unser anderer Bruder Jake hasst Mathe, obwohl ich glaube, dass er Englisch mehr mochte als wir.« Graham erinnerte sich nicht mehr genau, denn es war schon eine Weile her, und sie hatten sich nach Beendigung der Ausbildung alle ihr eigenes Leben geschaffen, aber er dachte immer noch gern daran, wie sich die Dinge verändert hatten.

»Wirklich? Du hast *noch einen* Bruder?« Sie

verdrehte die Augen. »Ist er so hübsch wie du, Owen und Murphy?«

Verdammt, wenn er in dem Moment nicht rot geworden wäre.

Blake warf den Kopf zurück und lachte. »Sie mag einfach eure Bärte. Und ja, Rowan, Jake ist auch hübsch.«

Graham verengte die Augen. »Jake ist vergeben. Genau wie du.«

Sie hob eine Augenbraue. »Bin ich das?«

Jetzt oder nie, Gallagher. »Ja, das bist du.«

»Es ist nicht nur sein Bart, Mom«, sagte Rowan mit einem Augenrollen. »Mr. Graham hat auch schöne Augen. Ich will einen Burger. Können wir jetzt essen gehen?«

Graham lächelte Blake an, obwohl sein Verstand und sein Herz immer noch in tausend verschiedene Richtungen gingen, und er überlegte nicht lange, als er Rowan die Hand hinhielt. »Fangen wir mit unserer Verabredung an, in Ordnung?«

Rowan lächelte zu ihm auf, ihre Augen leuchteten und sie war glücklich, als sie ihre kleine Hand in seine schob. »Ja!«

Blake nahm Rowans andere Hand, begegnete Grahams Blick und nickte, auch ihre Augen leuchteten.

Er hoffte inständig, dass er nicht wieder einen Fehler gemacht hatte, der damit enden würde, dass er sich zu einem Ball auf dem Boden zusammenrollte, aber im Moment würde er einen Schritt nach dem anderen machen. Und wenn dieser Schritt beinhaltete, ein kleines Mädchen und seine Mutter zum Mittagessen auszuführen, damit sie einen Moment des Friedens haben konnten, bevor der Sturm einsetzte, dann würde er es tun.

Und wenn alles um ihn herum zerbrechen sollte, würde er die Scherben eben wieder zusammensetzen.

Das war es schließlich, was er gut konnte.

Wiederherstellen, was einmal verloren war und was nie wieder ganz sein konnte.

Kapitel Dreizehn

»ICH KANN NICHT GLAUBEN, dass ich mich von dir dazu überreden ließ«, sagte Blake, während sie ihren Rock noch einmal zurechtrückte. Warum hatte sie einen so kurzen Rock angezogen, wo sie doch wusste, dass sie vor ihrer Verabredung eine halbe Stunde lang neben Graham im Auto sitzen würde? Er rutschte ständig an den Oberschenkeln hoch, wenn sie sich auf ihrem Sitz bewegte, und Graham warf einen Blick auf sie und stöhnte. Das war nicht das beste Outfit, um die Dinge zwischen ihnen ruhig und friedlich zu halten.

»Es ist schon vier Wochen her, dass du die Papiere bekommen hast, Baby.« Graham küsste ihre Handfläche und sie schmolz fast auf der Stelle dahin. So etwas machte er ständig, obwohl sie sich immer noch nicht sicher war, wo sie standen. »Sie haben nichts weiter eingereicht und du hast einen Anwalt, der für dich kämpfen wird. Du musst erst einmal durchatmen und ich will verdammt sein, wenn ich zulasse, dass du dich wegen all dem aufreibst.«

Während dieser vier Wochen war Graham ihr Fels gewesen. Er hatte sie besser kennengelernt, ihr wahres Ich, hatte ihre Tochter kennengelernt. Er hatte ihr geholfen, einen Anwalt zu finden, und sogar angeboten, sie finanziell zu unterstützen. Das war eine Sache, die sie nicht zulassen würde. Sie hatte für so etwas gespart und würde hoffentlich nicht alles aufbrauchen müssen, was sie zur Seite gelegt hatte.

Es waren vier Wochen voller Arbeit, Schule, Stress, Sorgen und Ängste gewesen und außerdem der ständigen Quelle der Ruhe und Angst, die Graham war.

Und in diesen vier Wochen hatte sie keinen Sex mit dem Mann gehabt.

Ihre Vagina streikte offenbar und sie hatte Angst, dass sie ihr nie verzeihen würde, dass sie sich so lange von Graham ferngehalten hatte, obwohl er ihr so verdammt nahe gewesen war. Und so, wie Graham immer aussah, so … angespannt … hatte sie das Gefühl, dass sein Schwanz auch nicht glücklich war.

Graham verschränkte seine Finger mit ihren, während er die Fahrt fortsetzte, und sie versuchte, ihre Gedanken nicht abschweifen zu lassen. Also tat sie natürlich genau das Gegenteil.

Er hatte sich für die Dinge entschuldigt, die er zu

ihr gesagt hatte, als er das erste Mal von Rowan erfuhr. Und er hatte sich so lange entschuldigt, bis sie ihn gebeten hatte, damit aufzuhören. Obwohl sie anfangs wütend auf ihn gewesen war, konnte sie ihm nicht verübeln, dass er sich darüber aufregte, dass sie ihm Dinge verheimlicht hatte.

Weil, nun ja, sie hatte das tatsächlich getan.

Seit Chris' Familie das Sorgerecht beantragt hatte, hatte Graham sich in den Mann verwandelt, der er war, bevor er die Wahrheit über ihre Tochter erfahren hatte. Er war immer noch oft ruppig und mürrisch, aber sie mochte diese Seite an ihm. Er war nicht perfekt und sie war froh darüber, denn sie war auch nicht perfekt.

Als sie auf den Parkplatz der Kneipe fuhren, drückte Graham ihre Hand, bevor er sie losließ, um den Motor abzustellen.

»Bist du bereit für Nachos?«, fragte er lächelnd.

Sie drehte sich zu ihm um und hielt einen Seufzer zurück. Wenn sie nicht aufpasste, würde sie sich in diesen Mann verlieben. Nur hatte sie Angst, dass sie das bereits getan hatte.

Sie hatte sich eingeredet, dass sie allein stark sein konnte, dass sie es schaffen konnte, wie sie es immer getan hatte. Doch sie war ein wenig gebrochen, als sie von Graham getrennt gewesen war, und als er ihr zur Seite geeilt war, als sie ihn am meisten brauchte, war sie noch mehr gefallen.

Sie durfte ihn nicht lieben. Was, wenn er dachte,

es wäre wegen Rowan zu schwer, mit ihr zusammen zu sein? Würde er immer noch mit ihr zusammen sein wollen, wenn die Krise bewältigt und die Dinge geregelt waren?

Sie hatte sich ihm schon einmal etwas geöffnet und jetzt hatte sie Angst, es wieder zu tun.

Es hätte sie mehr beunruhigen müssen, als es der Fall war, und doch wusste sie, dass sie sich in ihn verliebt hatte.

Sie war in Graham Gallagher verliebt und hatte keine Ahnung, was sie dagegen tun sollte.

Er umfasste ihr Gesicht und starrte ihr in die Augen. »Du denkst im Moment zu viel nach, Blake. Heute Abend sollte es um uns gehen, um dich. Lass deine Sorgen los, wenn auch nur für einen Moment. Maya, Jake und Border passen heute Abend auf Rowan auf. Sie üben das ganze Eltern-Ding, bis das Baby kommt, und das heißt, es gibt nur dich und mich. Ich weiß, dass du dir nie *keine* Sorgen machen wirst, aber mach dir heute Abend wenigstens ein bisschen weniger Sorgen.«

Er beugte sich nach seinen Worten herunter und drückte ihr einen sanften Kuss auf den Mund. Sie seufzte und vertiefte den Kuss, bevor sie überhaupt merkte, dass sie es tat. Er stieß ein leises Knurren aus, bevor er sich zurückzog und seine Stirn an ihre legte.

»Lass uns reingehen, etwas essen und vielleicht ein oder zwei Runden Billard spielen«, sagte er schroff. »Ich will dich so sehr, Blake, und meine Hände während des letzten Monats von dir fernzuhalten, hat mich fast umgebracht.«

Sie zog sich zurück und ihre Augen weiteten sich. »Warum hast du es dann getan? Oder besser gesagt, warum hast du dir nicht genommen, was du haben wolltest?«

Er lachte leise und schüttelte den Kopf. »Du hast so eine Art, mit Worten umzugehen.«

Sie schlug ihm auf den Arm. »Hey, ich meine es ernst. Warum hast du dich mir im letzten Monat nicht genähert? Ich meine, wir waren die ganze Zeit über irgendwie zusammen, aber nicht wirklich, weißt du? Ich weiß nicht, wo wir stehen, und das macht mir irgendwie Angst, weil ich das mehr als alles andere wissen will.« Sie schüttelte den Kopf. »Nein, nicht mehr als alles andere, aber es ist im Moment weit oben auf meiner Liste der zehn wichtigsten Wünsche. Also, wo stehen wir, Graham? Sind wir Freunde, die rummachen, aber keinen Sex haben? Sind wir zusammen? Oder was? Denn du bist mir zu Hilfe gekommen, als ich dich brauchte, und dafür werde ich dir immer dankbar sein, aber dann haben wir zwei Schritte zurück gemacht und ich bin so verdammt verwirrt.«

Blake drückte die Augen zusammen. »Und jetzt klinge ich wie eine verrückte Frau, die fragt, wie es mit unserer Beziehung weitergeht, aber verdammt, ich weiß nicht, wo wir stehen, geschweige denn, was nach dem hier passiert. Ich habe so verdammt lange damit verbracht, mir zu überlegen, was ich heute Abend anziehen soll, weil ich nicht wusste, ob wir nur Freunde sind oder mehr. Dann hast du mich dauernd angefasst und angeknurrt und ich dachte, der Rock wäre eine gute Idee gewesen, aber dann hast du gesagt, wir müssten reingehen oder so etwas ... Ich bin so verdammt verwirrt.«

Sie öffnete die Augen und sah, dass Graham sie anstarrte. Er fuhr sich mit einer Hand über den Bart und nickte. »Du klingst total verwirrt, und Blake? Ich bin auch verwirrt. Wir haben nach unserem Streit nicht wirklich über *uns* geredet, sondern einfach so weitergemacht. Also ja, ich bin auch ein bisschen verloren. Aber nicht so verloren, dass ich denke, dass ich dich nicht will.«

»Das ergibt doch keinen Sinn.«

Er legte ihr die Hände an die Wangen. »Ich will dich, Blake. In meinem Leben und in meinem Bett.«

»Aber ich habe ein Kind«, flüsterte sie und ignorierte die Art und Weise, wie seine Worte eine Wärme in ihr aufsteigen ließen, die sie vermisst hatte.

»Ja, und ich mag deine Tochter. Sie ist ein Brüller und bringt dich zum Lachen, also ja, ich mag sie. Ich weiß nicht, was in der Zukunft passieren wird oder wie ich reagieren werde, wenn die Dinge ernster werden, aber ich bin jetzt hier. Ist das genug?«

Sie presste die Lippen zusammen. Das war nicht genug, aber sie war sich nicht sicher, was sie dazu sagen sollte. »Ich schätze, das muss es wohl sein.«

Er schloss die Augen. »Blake … Du bist mir wichtig und ich will mit dir zusammen sein. Lass uns einfach einen Schritt nach dem anderen machen.«

Er sorgte sich um sie. Nun, war das nicht einfach großartig! Sie hasste es, dass sie sich über die Vorstellung aufregte, dass er sich nur um sie *sorgte*, während sie sich in ihn *verliebte*. Während sie sich in ihn *verliebt hatte*. Und das war der Grund, warum sie ihr Herz schützte und am Ende auch Rowan schützen würde.

Graham hatte noch nie bei ihr übernachtet und sie nicht bei ihm. Sie hatten vor Rowan Händchen gehalten und sich gegenseitig auf Schläfen und Wangen geküsst, aber sie hatten bisher nicht öffentlich zu ihrer Beziehung gestanden. Rowan war neugierig, natürlich, aber es war nicht so, dass sie verstand, was vor sich ging. Blake wusste kaum, was vor sich ging. Also würde sie egoistisch sein und Graham ein wenig an sich heranlassen, damit er sich um sie kümmern konnte.

Und wenn er ging – denn das würde er –, sobald es zu viel wurde, würde sie ihre Tochter vor einem gebrochenen Herzen bewahren. Rowan gefiel es vielleicht, mit Graham und seinen Brüdern zu reden, aber Blake würde alles tun, was sie konnte, um sicherzustellen, dass Rowan sich nicht allzu sehr an die Männer gewöhnte.

In Bezug auf sich selbst hatte sie bei diesem Vorhaben bereits versagt, aber am Ende zählte nur ihre Tochter.

Als sie merkte, dass Graham sie immer noch ansah, setzte sie ein Lächeln auf und lehnte sich an ihn, um ihm einen Kuss auf die Lippen zu drücken. »Ich will Nachos. Wie klingt das für dich?«

Graham lächelte sie an, aber es erreichte nicht seine Augen. Das konnte sie sich allerdings nicht vorwerfen. Sie musste schützen, was von ihrem Herzen übrig geblieben war, und ihre Tochter vor den Gefahren bewahren, die auf sie lauerten ... und vor den Gefahren, die damit einhergingen, dass Blake sich verliebte.

Sie aßen Nachos, tranken jeweils ein Bier und beendeten den Abend mit Cola und Billard. Sie hatte viel zu viel Zucker verzehrt und seit dem letzten Mal, als sie in diese Kneipe gekommen waren, nicht mehr so viel Fett gegessen, aber sie fühlte sich trotzdem etwas leichter. Sie würde sich amüsieren, denn so etwas hatte sie schon lange nicht mehr tun können.

Sie würde weiter bei Montgomery Ink arbeiten. Graham würde die Arbeit an dem Haus auf dem Hügel beenden, bevor er sich an das nächste große Projekt machte. Sie würde für die Sicherheit ihrer Tochter sorgen, wie sie es immer getan hatte, und sie würde ihren neuen Anwalt nutzen, um dafür zu sorgen, dass Chris' Eltern keine Chance hatten, ihr Rowan wegzunehmen.

Nur leider liefen die Dinge nie so, wie sie sollten, und Blake hatte Angst, dass alles um sie herum erneut auseinanderfallen würde, wenn sie sich nicht weiter bemühte, wenn sie nicht weiter floh.

Graham nahm ihre Hand und drückte sie, als sie sich auf den Weg vom Wagen zu seinem Haus machten. »Du denkst schon wieder zu viel nach.«

Sie stieß einen zittrigen Atem aus. »Ich habe Angst.«

Er ließ sie hinein, bevor er die Tür hinter ihnen schloss und seine Hände an ihre Wangen legte. »Wovor hast du Angst?«

Ihm. Der Welt. Um ihre Tochter.

Alles.

»Was, wenn sie mir Rowan wegnehmen?« Sie blinzelte die Tränen zurück und ärgerte sich darüber, dass sie sich wieder einmal von ihren Gefühlen hatte ablenken lassen. »Ich wüsste nicht, was ich ohne sie tun würde, aber viel wichtiger ist, dass Rowan nicht bei ihnen leben will. Sie haben sie noch nicht einmal kennengelernt. Sie haben es nicht mal *versucht*, bis sie dachten, sie könnten sie mir wegnehmen, um mich zu bestrafen. Sie lieben sie nicht, sie kennen sie nicht mal. Sie machen mich nur für den Tod ihres Sohnes verantwortlich und wollen mich bestrafen. Und das ist ihrer Meinung nach der einzige Weg, um das zu erreichen.«

Graham wischte ihr die Tränen weg und küsste ihre Lippen, nur eine sanfte Berührung, dann noch eine. »Atme, Baby.«

Und das tat sie, obwohl es nicht half.

»Sie haben überhaupt keine überzeugenden Argumente, die sie vorbringen könnten. Du bist eine gute Mutter. Dein Kind macht sich phänomenal in der Schule. Ihr habt ein Dach über dem Kopf, du hast einen Job mit Sozialleistungen, der es dir erlaubt, dir freizunehmen, um dich um dein Kind zu kümmern. Du hast hier Unterstützung gefunden, selbst wenn wir uns noch nicht so lange kennen. Wir werden nicht zulassen, dass diese Leute Rowan wegnehmen. Der Richter wird das einsehen. Er wird erkennen, dass du so verdammt stark und eine verdammt tolle Mutter bist. Und jetzt küss mich, Babe. Küss mich und lass mich dich küssen. *Sei* einfach nur ein bisschen. Bleib einfach bei mir heute Nacht. Kannst du das tun? Kannst du mich für dich sorgen lassen? Denn dich so zu sehen bringt mich um, und ich kann heute Abend nur daran denken, wie ich dafür sorgen kann, dass du weißt und dass du spürst, dass ich mich um dich kümmere, dass du bei mir in Sicherheit bist.«

Sie schmolz in seinen Armen. »Ich denke … ich denke, das klingt wunderbar.«

»Willst du es langsam haben?«, fragte er und wanderte mit der Hand ihren Rücken hinunter, um ihren Hintern zu umschließen. »Oder lieber schnell? Vielleicht ein bisschen von beidem?«

Sie neigte den Kopf nach hinten und seufzte. »Ja bitte.«

Er lächelte, bevor er ihren Mund nahm. Als sie stöhnte, packte er ihren Hintern mit beiden Händen und hob sie in seine Arme, während sie ihre Beine um seine Taille schlang. Mit den Händen massierte er sie, während sie sich küssten, ihre Zungen kollidierten, ihre Atemzüge kamen keuchend.

Graham trug sie zur Couch und setzte sie auf ihre Füße, sodass ihre Fersen an die Rückseite des Stoffes gepresst wurden und ihr Hintern auf dem Kissen ruhte. Als er an ihrem Hemd zerrte, hob sie die Arme und erlaubte ihm, es ihr langsam auszuziehen, wobei sie den Blick nie voneinander abwandten. Die Kühle des Raumes verursachte ihr eine Gänsehaut.

»Du bist so verdammt schön«, sagte er leise und mit rauer Stimme.

Während er sie immer noch ansah, griff sie um sich und öffnete den Verschluss ihres BHs. Die Träger rutschten von ihren Schultern, sodass sie vollständig entblößt vor ihm war. Er streckte die Hand aus und zupfte fast beiläufig an einer Brustwarze, obwohl sein Blick immer noch auf ihr Gesicht gerichtet war.

»Ich liebe deine Brustwarzen. Ich kann sie durch dein Hemd sehen, wenn du erregt bist oder dir kalt ist. Egal wie dick der Stoff deines BHs ist, ich weiß immer, wenn deine Brustwarzen hart sind.« Er senkte den Kopf und nahm eine in den Mund, wobei er mit der Zunge über die pralle Spitze fuhr.

»Jesus«, stöhnte sie und ließ den Kopf zurückfallen. Er rollte ihre andere Brustwarze zwischen seinen Fingerspitzen, bevor er die Seite wechselte und hineinbiss. Ihre Knie zitterten, als er sich zurückzog und ihre Brüste mit seinen Händen zusammendrückte, massierte und liebkoste.

»Ich liebe es, die hier zu ficken«, knurrte er, bevor er an jeder Brustwarze leckte und sich wieder zurückzog. »Sie sind zu groß für meine Hände, aber für meinen Schwanz? Genau die richtige Größe. Und verdammt, ich liebe es zu sehen, wie deine herrlichen Titten aus meinen Händen quillen.«

»Willst du den Rest des Abends über meine Brüste schwärmen oder willst du mich zum Höhepunkt bringen?«

Er grinste sie an, bevor er eine Brust umfasste und auf ihre Brustwarze schlug. Sie stieß ein erschrockenes Keuchen aus, das in einem Stöhnen endete, als das scharfe Gefühl von ihrer Brustwarze zu ihrer Klitoris schoss.

»Heilige Scheiße«, keuchte sie.

»Werd ja nicht noch mal frech zu mir, Babe. Denn dann werden wir sehen, wie lange du durchhältst, bevor du an meiner Hand, meinem Gesicht und meinem Schwanz kommst.« Schnell ließ er seine Hand unter ihren Rock und zu ihrem Höschen wandern und drang mit zwei Fingern in sie ein. Sie schrie seinen Namen und ihr Körper zitterte – jedoch befand sie sich immer noch nahe am Abgrund, ohne darüber zu stürzen. »Du bist so verdammt nass für mich, Blake. Denkst du, du kannst so kommen? Nur mit meinen Händen unter deinem Rock? Wenn du jetzt kommst, werde ich dich auffressen und jeden süßen Tropfen deiner Sahne auflecken. Was sagst du dazu?«

Als Antwort wippte sie mit den Hüften und griff nach seinem Unterarm, um ihr Gleichgewicht zu halten. Die Tatsache, dass die Venen auf seinem sehr muskulösen Unterarm hervortraten, während der Rest seiner Hand von ihrem Rock verdeckt wurde, machte sie nur noch heißer. Sie ließ ihre Hüften kreisen und fickte sich selbst an seiner Hand, während sie sich immer näher an den Abgrund herantastete.

Als er seinen Daumen auf ihre Klitoris drückte, kam sie, ihre Knie zitterten und ihr Körper brach in Schweiß aus. Graham führte seinen Kopf an ihren Nacken und saugte, zögerte ihren Orgasmus hinaus, länger als sie es je für möglich gehalten hätte.

Er zog seine Hand unter ihrem Rock hervor und leckte sich die Finger sauber, bevor er stöhnte. »Verflucht, ich habe deinen Geschmack vermisst. Leg dich auf den Rücken. Spreiz die Beine. Sofort.«

Weil sie wieder kommen wollte, tat sie, wie geheißen. Nächstes Mal würde sie ihm befehlen, vor ihr auf die Knie zu gehen, um sie zu vernaschen, aber jetzt wollte sie nur seinen Kopf zwischen ihren Schenkeln, seinen Bart, der über ihre Haut kratzte, und seine Zunge an ihrer Muschi.

Sie spreizte die Beine und Graham zog schnell sein Hemd aus, bevor er sich vor ihr hinkniete und sein Gesicht zwischen ihren Schenkeln vergrub. Sie wölbte den Rücken, als er sie leckte, saugte und biss. Als er die Hände dazunahm, zitterte sie und kam so heftig, dass sie ihn fast erwürgt hätte, als sie sich um seinen Kopf klammerte. Er drückte mit seinen Händen gegen die Innenseite ihrer Schenkel und spreizte sie noch mehr, während er erst an einer Schamlippe, dann an der anderen entlangleckte.

Sie versuchte, sich zurückzuziehen, ihr Körper bebte, sie brauchte ihn, aber er machte weiter. Als er mit dem Bart über ihre Klitoris strich, kam sie. Noch einmal.

Sie war allein durch die Berührung seines *Bartes* zum Höhepunkt gekommen.

»In mich«, keuchte sie. »Sofort.«

Kurz darauf war er nackt und hatte ein Kondom übergezogen. Wo er das verdammte Ding herbekommen hatte, wusste sie nicht, aber in diesem Moment zählte nur, dass sie gleich gefickt werden würde.

»Du bist so verdammt umwerfend, wenn du kommst«, knurrte er, während er seinen Schwanz zwischen ihre Falten schob und sie neckte.

Sie griff zwischen sie und drückte die Wurzel seines Schwanzes. »Weniger reden. Mehr ficken.«

Er stieß sich bis zum Anschlag in sie hinein und sie schrien beide auf. Als er sich über sie beugte, ihr in den Nacken griff und ihren Blick zu seinem zwang, verliebte sie sich erneut in ihn.

»Nur du und ich, Blake. Sonst niemand. Nichts

anderes außer dem, was wir haben. Verstehst du? Es gibt nur dich und mich.«

Sie nickte, obwohl sie es überhaupt nicht verstand. Und als er anfing, sich zu bewegen, fiel sie in seinen Rhythmus ein, ihr Körper und seiner wurden eins, ihre Seele zerbrach, weil sie wusste, dass er in Wahrheit vielleicht nie ihr gehören würde.

Aber als er langsamer wurde, trafen sich ihre Blicke, ihr Herz pochte und ihr Verstand wirbelte herum. Sie kamen zusammen. Das hier war nicht nur Ficken, das war Liebe machen. Sie wusste nicht, was das bedeutete, was es in der Zukunft bedeuten würde. Als sie erschöpft auf der Couch zusammenbrachen, zog er sie an sich und sie schloss die Augen, weil sie Angst hatte, er könnte zu viel sehen.

Er fuhr mit seinen Händen an ihrem Körper entlang, und sie vergrub sich in ihm und verbarg ihr Gesicht.

Sie war in Graham Gallagher verliebt und der Gedanke, dass sie ihn würde gehen lassen müssen, wenn die Zeit gekommen war, schmerzte mehr, als sie für möglich gehalten hatte, mehr, als sie ertragen konnte. Sie hätte sich nicht in Gefahr bringen dürfen, aber sie war noch nie gut darin gewesen, die richtigen Entscheidungen zu treffen.

Also würde Blake tun, was sie am besten konnte: ihre Tochter beschützen und versuchen, das Gleiche für ihr Herz zu tun.

Schon wieder.

Kapitel Vierzehn

GRAHAM ÜBERPRÜFTE zum achten Mal in den letzten dreißig Minuten die Uhrzeit auf seinem Telefon und kam sich selbst wie ein Narr vor. Blake und Rowan würden jeden Moment auf der Baustelle eintreffen, um Graham zum Mittagessen abzuholen. Die Tatsache, dass Blake ihre Tochter in die Nähe des Hauses bringen würde, in dem sie aufgewachsen war, sprach Bände. Aber offenbar wollte sie sicherstellen, dass Rowan so viel wie möglich über ihre Wurzeln erfuhr.

In Anbetracht der eingereichten Sorgerechtsklage stimmte Graham zu. Obwohl das Gericht noch keine Entscheidung getroffen hatte, wusste Graham, dass es nur eine Frage der Zeit war, bis es so weit sein würde. Solche Dinge brauchten ihre Zeit, und während sie warteten und der Anwalt seine Arbeit machte, tat

Blake ihr Bestes, um Rowan so glücklich wie möglich zu machen.

Und da Graham Blake in seinem Leben haben wollte, tat er das Gleiche und lernte auch ihre Tochter kennen. Es überraschte ihn sehr, dass er überhaupt Zeit mit Rowan verbringen wollte, wenn seine Gedanken und Gefühle in tausend andere Richtungen gingen, aber er konnte die Dinge jetzt nicht mehr ändern. Er hatte Blake gesagt, dass er sie mochte, und das bedeutete, dass er über die Vergangenheit hinwegkommen musste.

Leichter gesagt als getan, vor allem, wenn er sich nicht sicher war, was er überhaupt wollte.

Doch egal, was passierte, er konnte nicht zulassen, dass Rowan seinetwegen verletzt wurde. Er wusste nicht, was er tun würde, wenn Cynthia so etwas zugestoßen wäre, also würde er sein Bestes tun, um dieses andere kleine Mädchen in Sicherheit zu wahren.

»Hey, wann machst du Schluss für heute?«, fragte Owen, als er mit dem Tablet in der Hand den Raum betrat, in dem Graham arbeitete. »Hast du Zeit, dir mit mir ein paar Rechnungen anzuschauen?«

Graham kniff sich in den Nasenrücken. »Ich habe nie Zeit, mit dir Rechnungen anzuschauen. Ist das nicht dein Job?«

Owen zeigte ihm den Mittelfinger und die Mannschaft lachte auf, einschließlich des neuen Mitarbeiters, den sie als Ersatz für Gary eingestellt hatten. Glücklicherweise würde ihr ehemaliger Subunternehmer in ein paar Wochen wieder zur Verfügung stehen, aber bis dahin brauchten sie ein weiteres Paar Hände, und Sean, der neue Typ, schien zu wissen, was er tat. Graham hasste die Tatsache, dass überhaupt jemand verletzt worden war, und wegen des Unfalls selbst hatten sie eine ganze Menge mehr Papierkram zu erledigen.

Das meiste davon war Owen in die Hände gefallen, und so sehr Graham seinen Bruder auch damit ärgerte, wusste er doch, dass er seinen Teil dazu beitragen musste. Er hatte an diesem Tag die Verantwortung für die Baustelle gehabt, und er nahm seine Pflichten ernst.

»Ach, halt die Klappe. Wann kommen deine Frau und ihr Kind hierher?«, wollte Owen wissen und Graham rollte mit den Augen.

»Gleich. Wieso? Was brauchst du?«, fragte Graham.

»Einen Assistenten und ein Bier, aber im Moment brauche ich nur deine Unterschrift auf ein paar Dokumenten.« Owen blätterte durch die Papiere, bis er das richtige gefunden hatte. »Der Typ, der sonst den Fußboden für uns verlegt, kommt nächste Woche, aber ich glaube nicht, dass er das hat, was wir brauchen.«

Graham fuhr sich mit der Hand durch seinen Bart. »Das haben wir doch schon besprochen. Wenn du ihn nicht magst, warum kommt er dann her?«

»Weil er schon mal mit uns gearbeitet und den

Zuschlag bekommen hat, aber ich weiß nicht so recht.«

»Owen.« Graham hatte heute keine Zeit für diesen Scheiß, nicht wenn Rowan und Blake jede Minute auftauchen würden.

»Ich glaube, dieser Job ist zu groß für ihn. Wir sind ein Risiko mit ihm eingegangen, weil er in der Vergangenheit für uns gearbeitet hat, aber er hat auch schon andere Aufträge versaut, erinnerst du dich?«

Graham stieß ein leises Knurren aus. »Ja, er hat das falsche Holz mitgebracht und behauptet, das andere Zeug sei auf dem anderen Laster oder so ein Mist.« Er fuhr sich mit der Hand über das Gesicht und ging die Optionen durch. »Okay, er kommt nächste Woche her, um uns zu zeigen, was er anzubieten hat. Wenn da etwas nicht stimmt, ist er raus. Wir brauchen nicht mit ihm zu arbeiten, wenn das alles vermasseln würde. Es steht nicht im Vertrag, dass wir mit ihm weiterarbeiten müssen, wenn er seinen Teil der Abmachung nicht einhält. Auf Murphys Baustelle haben wir ein Auge zugedrückt, aber hier können wir das nicht tun.«

Owen machte sich ein paar Notizen und arbeitete gleichzeitig an seinem Tablet. »Mir gefällt das immer noch nicht, ganz besonders wenn wir keine Alternative haben.«

Graham schnippte mit den Fingern, als ihm etwas einfiel. »Da ist dieser andere Typ, Samuel irgendwas. Er will wirklich gern mit uns arbeiten. Er hat nur ein kleines Unternehmen, ist aber sehr gut organisiert. Du magst organisiert. Wenn unser normaler Zulieferer den Job nicht machen kann, wie du vermutest, dann holen wir uns den neuen Typen.«

»Das wird unsere Pläne durcheinanderbringen«, beschwerte sich Owen.

»Ja, nun, die sind wohl sowieso schon etwas durcheinandergeraten, aber gut, dass du das ansprichst. Wenn unser jetziger Kerl sich gut macht, dann ist alles gut. Wenn nicht, brauchen wir einen Ersatz. Ich werde nicht das Budget überschreiten oder unseren Zeitplan durcheinanderbringen, nur weil ein Typ nicht die Kurve kriegt. Außerdem sitzt mir die historische Gesellschaft im Nacken wegen etwas, wofür ich Murphy brauche. Wenn unser Bruder also die andere Baustelle nicht fertigstellen kann und *hierher* zurückkehrt, dann haben wir ein Problem. Und offen gesagt ist Murphy jetzt nur wegen des Typen mit dem Bodenbelag nicht hier. Also werden wir das in Ordnung bringen.«

Owen ging mit ihm die Zahlen durch, während sie zurück zum Bürocontainer gingen, und Graham nickte immer mal wieder. Früher war es leichter gewesen, als sie noch nicht die Chefs waren und einfach mit ihren Händen arbeiten konnten. Aber jetzt hing alles von ihren Entscheidungen ab und es war verdammt schwer, dafür zu sorgen, dass sie nicht ständig Mist bauten.

Aber Graham würde das tun, was er am besten

konnte, während seine Brüder ebenfalls ihr Bestes gaben. Am Ende würden sie dieses Haus zum Strahlen bringen.

Sie mussten sich auf dem Weg dorthin nur schmutzig machen, um es zu schaffen.

Als sie die Tür zum Container erreichten, sah er Blake vorfahren und klopfte Owen auf die Schulter. »Treffen wir uns drinnen?«, fragte er.

Owen folgte Grahams Blick und lächelte. »Lasst euch Zeit. Es ist schön, euch zusammen zu sehen.«

Er hörte etwas in Owens Stimme, das ihn beunruhigte. »Wir gehen es langsam an. Wir tasten uns momentan aneinander heran.«

»Du verbringst Zeit mit ihrem Kind, sie besucht dich auf der Baustelle *und* sie fährt an einen Ort, der tiefe und persönliche Erinnerungen für sie birgt. Und das deinetwegen. Ich glaube, du meinst es mehr als ernst, Graham.«

Graham ignorierte Owen und die Art, wie die Worte seines Bruders mehr Sinn ergaben, als ihm lieb war, und joggte auf Blake zu. Bevor er die Hand ausstrecken und sie zur Begrüßung umarmen konnte, rannte Rowan auf ihn zu und schlang ihre Arme um seine Taille.

Bei dem Aufprall wich er einen Schritt zurück, legte aber seine Arme um ihre schmalen Schultern. Der Kloß, der sich normalerweise seinen Weg in seine Kehle bahnte, kam diesmal nicht. Wenn er sie sah, dachte er nicht mehr an die Tochter, die er verloren hatte und die nicht erwachsen werden durfte; statt-dessen sah er ein kleines Mädchen, das seinen Tag erhellte und weit mehr verdiente als einen Sorge-rechtsstreit und das Gefühl, unerwünscht zu sein.

Er würde das als Fortschritt bezeichnen, wenn er herausfinden könnte, auf welchem Weg er sich befand.

»Wir sind da!«, sagte Rowan, während sie um ihn herumhüpfte, obwohl er seine Hand auf ihrer Schulter behielt, damit sie nicht fiel. »Mom hat gesagt, wir gehen zum Mittagessen in den Salatla-den.« Sie verdrehte die Augen. »Ich hasse Salat, aber ich mag es, Dinge *auf* Salat zu legen. Und dann, nachdem du deinen Salat gegessen hast, kannst du Suppe und Makkaroni und Käse und Chili und Bröt-chen und Maisbrot und Pizza und Kekse und Süßig-keiten und dann Eiscreme essen. Alles, weil du einen Salat gegessen hast!«

Er konnte nicht anders, als zu lachen, als sie immer wieder von den Dingen erzählte, die sie im Salatladen essen würde. Er war auch kein Fan von Salat, aber das wollte er Rowan auf keinen Fall sagen. Wenn das ein Weg war, die Kleine dazu zu bringen, ihr Gemüse zu essen, würde er sich auf Blakes Seite schlagen. Außerdem wusste er aus Erfahrung: Je mehr man sich mit Salat vollstopfte, desto weniger wahr-scheinlich war es, dass man danach zu viele Süßig-keiten und Kohlenhydrate aß.

»Hast du denn Hunger?«, fragte er, während sie

auf einem Fuß herumwirbelte und so tat, als wäre sie eine Ballerina.

»Ich *verhungere*«, sagte Rowan, während sie sich den Handrücken an die Stirn legte und so tat, als würde sie in Ohnmacht fallen. »Aber Mom hat gesagt, du zeigst uns zuerst das Haus, in dem sie aufgewachsen ist.« Rowan beruhigte sich und stellte einen Fuß auf den Bürgersteig. »Ist das okay?« Sie beugte sich vor und winkte ihm zu, sodass er sich herunterbeugte, damit sie ihm ins Ohr flüstern konnte. »Wird Mom traurig sein, wenn wir es uns anschauen?«

Und damit verliebte er sich in Blakes kleines Mädchen genauso sehr, wie er sich in Blake verliebt hatte. Dass Rowan sich vor allem für die Gefühle ihrer Mutter interessierte, sprach dafür, wie Blake sie erzogen hatte.

Graham küsste ihre kleine Wange und schlug mit der Faust gegen ihre. »Wir werden uns um deine Mutter kümmern«, flüsterte er zurück, ohne die Frage richtig zu beantworten. Er war sich nicht sicher, wie Blake sich fühlen würde, aber wenn sie schon hier war, wollte sie Rowan unbedingt alles zeigen. Graham würde ihnen dann helfen, denn sie durften nicht allein sein. Nicht jetzt. Niemals.

Blake räusperte sich. »Hallo, übrigens.«

Er richtete sich auf und ließ seine Hand an ihren Hinterkopf gleiten, bevor er sie näher zu sich zog. »Hallo.« Dann küsste er sie sanft, wobei er sich bewusst war, dass es das erste Mal war, dass er Blake in Gegenwart von Rowan richtig küsste. »Willkommen zurück auf der Baustelle.«

Blakes Augen weiteten sich und sie warf einen vorsichtigen Blick in Rowans Richtung. Graham sah ebenfalls hin und er bemerkte nur Sterne in Rowans Augen. Blakes ganzer Körper versteifte sich, aber Graham tat sein Bestes, um sie zu beruhigen. Er hatte vielleicht einen Fehler gemacht, Blake in der Öffentlichkeit zu küssen, aber er würde es jetzt nicht zurücknehmen.

Er hatte sich in Blake Brennen verliebt. Und auch in ihre Tochter. Jetzt musste er nur noch herausfinden, was er damit anfangen sollte.

Graham nahm eine ihrer Hände und streckte Rowan die andere entgegen. »Bereit für die Tour?«

Rowan schob ihre kleine Hand in seine und nickte, ein strahlendes Lächeln auf dem Gesicht. »Ja! Brauche ich auch so einen Helm wie diese Typen?« Sie deutete auf seine Mannschaft, die hart arbeitete und ihr Bestes tat, um so zu tun, als hätte sie nicht nur in ihre Richtung gestarrt.

Graham schüttelte den Kopf. »Wir gehen nicht ganz hinein. Ich werde dir das Haus nur von außen und aus sicherer Entfernung zeigen. Sobald die Bauarbeiten sich dem Ende nähern, zeige ich dir und deiner Mutter auch die Innenräume.«

Rowan sah so enttäuscht aus, dass er sich ein Lachen verkneifen musste. »Aber ich bin sicher, dass ich einen Schutzhelm finden kann, der dir passt, wenn es das ist, was du wirklich willst.«

Das kleine Mädchen hob die Faust in die Luft und jubelte, während Blake stöhnte.

»Was?«, fragte er.

»Den wird sie jetzt auch zu Hause tragen wollen«, sagte Blake trocken. »Sie hat bereits meinen Zollstock aus dem Werkzeugkasten benutzt, um Dinge abzumessen, die du bauen oder reparieren sollst. Ich fürchte, wenn sie nun auch noch einen Hammer in die Hand nimmt, ist mein kleines Mädchen dem Baufieber verfallen und ich muss mir Sorgen um meine Wände machen.«

Graham lachte leise, führte sie aber trotzdem zum Bürocontainer. »Wenn sie schon spielen will, kann ich ihr ja auch beibringen, wie man dabei sicher ist.«

»Ich kenne mich ein wenig mit Handwerken aus, aber nicht genug, um ihre Neugierde zu stillen, glaube ich.«

Graham nickte. »Dann werde ich helfen.«

Rowan ging zuerst in den Container, um sich mit Owen zu treffen, der sie abklatschte und sich hinkniete, um mit ihr über Schutzhelme und Tablets zu sprechen. Das gab Graham genügend Zeit, um Blake ein wenig fester zu küssen und zu lächeln.

»Hallo noch mal.« Er strich ihr das Haar aus dem Gesicht.

»Hallo«, hauchte Blake. »Und hör auf damit.«

»Das wird nicht passieren«, versprach er.

»Wir werden darüber reden müssen«, warnte sie.

»Gut.« Denn das mussten sie auf jeden Fall. Etwas veränderte sich zwischen ihnen und obwohl er Owen versichert hatte, es sei nichts Ernstes, war das eine verdammte Lüge gewesen.

Graham sah auf, als sein Bruder mit seinem Telefon in der Hand auf sie zuging. »Ich muss da rangehen. Viel Spaß heute.« Damit ging Owen und Rowan begann, in dem kleinen Container auf und ab zu gehen, der ihr Büro auf der Baustelle beherbergte. Er war nicht schön, aber er erfüllte seinen Zweck.

»Ich werde euch beiden einen Schutzhelm holen«, sagte er lächelnd.

»Ich brauche doch keinen, oder?«, fragte Blake, als ihr Telefon klingelte. »Ich dachte, wir gehen nirgendwohin, wo sie verletzt werden könnte.«

Graham zuckte mit den Schultern. »Wenn sie einen will, kann es nicht schaden, wenn sie einen trägt. Und was dich betrifft, wenn sie einen trägt, wirst du darin süß aussehen. Und jetzt geh ans Telefon, ich bin gleich wieder da.«

Blakes Augen verengten sich, dann weiteten sie sich, als sie auf das Display ihres Handys sah. »Es ist mein Anwalt.« Sie antwortete. »Hallo? Ja, können Sie bitte eine Minute warten, bis ich draußen bin, damit wir reden können? Danke.« Sie drückte die Stummtaste an ihrem Telefon. »Hol die Helme oder was auch immer, ich bin nur vor der Tür. Ist sie hier drinnen allein sicher?« Sie biss sich auf die Lippe und Graham hätte ihre Sorgen am liebsten weggeküsst.

»Es wird ihr gut gehen«, versprach er. »Stimmt's, Rowan?«

Rowan spielte gerade mit vier Holzproben und stapelte sie übereinander. »Ja! Ich werde nicht weggehen. Oder mir irgendetwas ansehen, was ich nicht sehen sollte. Versprochen.«

Blake nickte, ihr Telefon in der Hand, und sie verließen zusammen den Container.

»Willst du, dass ich bleibe?«, fragte er.

Blake schüttelte den Kopf. »Komm einfach schnell zurück. Ich bin sicher, es ist nichts.«

Er küsste sie heftig, dann lief er los, um Schutzhelme zu holen und sicherzustellen, dass die Mannschaft für Besucher bereit war. Derweil ging sie vor dem Container auf und ab, eine Hand an der Hüfte, mit der anderen hielt sie sich das Telefon ans Ohr.

Graham beeilte sich, schnappte sich die beiden kleinsten Schutzhelme, die sie besaßen, und blieb neben Owen stehen, um dafür zu sorgen, dass sein Bruder wusste, was los war. Er war gerade auf dem Weg zurück zu Blake, als er den Schrei hörte.

Er ließ alles fallen, was er in der Hand hielt, und lief so schnell er konnte zurück zum Container, Owen und die Arbeiter, die sich in der Nähe aufhielten, direkt hinter ihm.

»Was ist los?«, schrie er, als er näher kam.

»Rowan!«, kreischte Blake. »Wo bist du? Rowan!«

Sein Herz raste und er beschleunigte, bis er direkt an Blakes Seite war. Er packte sie an den Armen und versuchte, sie dazu zu bringen, sich genug zu beruhigen, um mit ihm zu reden. »Was ist los? Wo ist Rowan?«

Ihre Augen waren groß, ihr Gesicht blass. »Ich bin reingegangen, nachdem ich aufgelegt hatte, und sie war nicht da. Sie ist nicht da, Graham. Wo ist mein Baby?«

Owen fluchte, lief in den Container und rief nach Rowan. Graham drehte sich auf dem Absatz zu den Männern und Frauen seiner Mannschaft um. »Rowan könnte weggelaufen sein. Helft uns, sie zu finden. Lasst alles andere stehen und liegen, habt ihr mich verstanden?«

»Wir werden sie finden«, sagte einer seiner Mitarbeiter.

»Das werden wir, Graham«, sagte ein anderer. »Keine Sorge, Blake, vielleicht ist sie nur neugierig geworden. Wir werden nicht zulassen, dass ihr etwas zustößt.«

Später, sobald sie sie gefunden hatten, würde Graham für seine Arbeiter und ihr schnelles Handeln dankbar sein, aber im Moment versuchte er, seine eigene Sorge zu verdrängen, damit er Blake nicht noch mehr in Panik versetzte, als sie es ohnehin schon war.

»Ich muss die Polizei anrufen«, sagte Blake und ihre Stimme war emotionslos. »Was, wenn … was, wenn es die Eltern von Chris sind? Was, wenn sie sie mitgenommen haben, weil sie glauben, dass sie nicht gewinnen werden? Das war mein Anwalt, der gerade angerufen hat, um mir zu sagen, dass er glaubt, dass der Fall abgewiesen wird. Was ist, wenn sie in Panik geraten sind? Wo ist mein Baby, Graham? Wo ist meine Rowan?«

Seine Hände zitterten, aber er zog sein Telefon heraus. »Wir rufen jetzt die Polizei an, nur für den Fall. Wir werden sie finden, Blake. Und wenn es das Letzte ist, was wir tun. Ich lasse nicht zu, dass noch ein kleines Mädchen verletzt wird wegen Dingen, die außerhalb meiner Kontrolle liegen. Verstehst du das? Wir werden sie finden und alles wird verdammt noch mal gut werden.«

Er geriet in Panik, aber seltsamerweise schien es Blake zu helfen. Sie nickte weiter, aber das überwältigende Gefühl der Verwirrung, das von ihr ausging, wurde schwächer. Jetzt sah sie aus, als wäre sie auf einer Mission.

»Hey, Graham?«, rief Owen und Graham machte auf dem Absatz kehrt.

»Hast du sie gefunden?«, fragte Graham.

»Wo ist sie?«, wollte Blake wissen, als sie sich an ihm vorbeidrängte.

Owen schüttelte den Kopf. »Habe ich nicht, aber ruf die Polizei, falls du es nicht schon getan hast.« Sein Mund war zu einer grimmigen Linie verzogen, als er Grahams Blick begegnete. »Das hintere Fenster des Containers ist offen und die Holzstücke, mit denen sie gespielt hat, liegen auf dem Boden darunter.«

»Oh mein Gott«, flüsterte Blake. Graham legte seinen Arm um ihre Schultern, um sie ruhig zu halten. Er ignorierte, wie sie sich bei seiner Berührung versteifte.

»Und wir können Sean, den neuen Mitarbeiter, nicht finden. Er war vorhin hier, als Rowan und Blake hier eintrafen, aber jetzt ist er weg. Könnte ein Zufall sein, aber wir müssen die Polizei verständigen.«

Der Boden unter Grahams Füßen bewegte sich und er fühlte sich, als würde er fallen. Nur, dass er es nicht tat, sein Verstand spielte ihm nur einen Streich.

Jemand hatte Rowan entführt, und es war auf seiner Baustelle passiert, während seiner Anwesenheit. Eben war sie noch hier gewesen, und jetzt hatte er sie vielleicht verloren.

Er hatte bereits ein Kind verloren.

Er konnte es nicht noch einmal tun.

Er wählte den Notruf und tat etwas, was er nicht mehr getan hatte, seit er sein kleines Mädchen beerdigt hatte.

Er betete.

Kapitel Fünfzehn

ALS DER ERSTE Polizeiwagen auf den Parkplatz fuhr, wusste Blake, dass dies kein Traum gewesen war, kein Albtraum, es war alles zu real. Der Wind rauschte durch ihr Haar, doch sie spürte nur die Abwesenheit der Strähnen in ihrem Nacken, als sie über ihre Schultern wehten, nicht den Wind selbst. Ihre Fingerspitzen wurden taub, doch die Haut an ihren Armen war so empfindlich, dass es sich anfühlte wie heiße Kohlen. Warum das so war, verstand sie nicht.

Sie konnte ihren Herzschlag in ihren Ohren hören, wie er in ihrem Gehirn widerhallte, aber sie wusste, es war nur der Schock.

Da war ein metallischer Geschmack auf ihrer Zunge, den sie immer mit purer Panik und Angst in Verbindung bringen würde.

Jemand hatte ihre Tochter entführt und es gab

nichts, was sie dagegen tun konnte. Die Jahre, in denen sie alles getan hatte, um Rowan zu beschützen, hatten nichts gebracht. Ihre Tochter war da draußen, in Gefahr, und sie konnte nichts unternehmen.

Und jedes Mal, wenn ein Gallagher-Bruder versuchte, ihr zu helfen, oder ihren Arm berührte, um sie bei Verstand zu halten, hätte sie am liebsten geschrien. Sie konnte sich nicht auf sie verlassen, konnte sich auf niemanden verlassen. Sie konnte sich nicht einmal auf sich selbst verlassen.

Denn egal, was sie tat, es war immer die falsche Entscheidung.

»Miss Brennen?«

Beim Klang der Stimme des Polizeibeamten drehte sie sich um und starrte ihn düster an. »Jemand hat mein Kind entführt.« Sie klang nicht panisch, aber sie wusste, dass er es in ihren Augen sehen konnte. Das ließ sich nicht verbergen, ebenso wenig wie die angeborene Angst, die aufkommen würde, wenn sie Rowan nicht innerhalb der nächsten Stunden finden konnten.

Mehr Polizisten kamen, mehr Ermittler. Sie erlaubten niemandem, die Baustelle zu verlassen, und gaben ihr nicht den Zuspruch, den sie gebraucht hätte. Stattdessen spürte sie ihre Blicke, ihre Vorwürfe, wer sie war und wie sie es zulassen konnte, dass ihrer Tochter so etwas passierte.

Ihre Welt war zusammengebrochen, aber sie ließ es sich nicht anmerken. Sie hatte nicht das Recht,

Schwäche zu zeigen, bis Rowan zurück und sicher in ihren Armen war. Sie würde mit dem fertigwerden, was auch immer als Nächstes kam, und sobald ihre Tochter zurück war, dann und nur dann würde sie einen Ort finden, um sich ihren Ängsten zu ergeben.

Jetzt war nicht der richtige Zeitpunkt.

Während die Leute sich auf der Baustelle herumtrieben, ihre Fragen stellten und nach Antworten suchten, stand Blake zwischen den Gallagher-Brüdern, Graham auf der einen, Murphy und Owen auf der anderen Seite, und tat ihr Bestes, um die zu sein, die sie die ganze Zeit vorgab zu sein.

Jemand, der viel stärker ist, als sie in Wirklichkeit war.

Und gerade als sie dachte, sie könnte nicht mehr, fuhren Chris' Eltern in ihrem schicken Wagen vor und stiegen in ihren schicken Schuhen aus.

»Du!« Chris' Mutter stürmte mit ihrer kleinen Handtasche in den Händen auf Blake zu. »Was hast du mit unserer Enkelin gemacht?«

Der Polizist, mit dem Blake gesprochen hatte, sah sie stirnrunzelnd an, bevor er sich dem ankommenden Drama zuwandte. »Entschuldigen Sie, Ma'am, Sie dürfen sich hier nicht aufhalten, dies ist ein Tatort. Wer sind Sie?«

Der Vater von Chris hob sein Kinn. »Wir sind die Carmichaels und Ihr Polizeichef hat uns persönlich angerufen, als er die Nachricht vom Verschwinden unserer Enkelin hörte. Wir haben jedes Recht, hier zu sein.« Er deutete auf Blake, machte sich aber nicht die Mühe, sie anzusehen. »*Die* allerdings sollte hinter Gittern sitzen. Wie kann sie es wagen, einen Mann aus der Unterschicht in die Nähe unserer Enkelin zu lassen. So wurde sie entführt. Haben Sie das niedere Wesen verhaftet? Den da. Der mit dem Bart und den ganzen Tattoos. Der muss es gewesen sein. Die sind alle gleich, wissen Sie.«

Blake machte einen Schritt nach vorn, um dem Mann ins Gesicht zu schlagen, aber Graham packte ihr Handgelenk und hielt sie von ihm fern. Sie atmete aus und wusste, dass er sie wahrscheinlich vor dem Gefängnis bewahrte. Die Carmichaels vor Zeugen zu schlagen, noch dazu vor Polizisten, war im Moment wahrscheinlich nicht der klügste Schachzug, aber es war das Einzige, was ihr einfiel, während sie sich so verdammt hoffnungslos und hilflos fühlte.

»Warum kommen sie nicht einfach hier rüber und reden mit Officer Broderick«, sagte der Beamte, der mit Blake gesprochen hatte, und versperrte ihr die Sicht auf die Carmichaels. Er wies auf einen anderen Mann in Blau und nickte. »Wir werden alle Informationen erhalten, die wir bekommen können, bevor wir mit den Ermittlungen weitermachen.«

»*Sie* war diejenige, die das getan hat!«, fauchte Mrs. Carmichael. »Sie ist nicht in der Lage, eine Mutter zu sein. Wir wollen unsere Enkelin zurück.«

Officer Broderick führte die Carmichaels auf die

andere Seite der Baustelle und ließ Blake mit den Gallaghers zurück, die sie umgaben.

»Ich bin übrigens Officer Lansing«, sagte der Beamte leise. »Ich weiß, Sie waren etwas abgelenkt, als ich mich vorhin vorgestellt habe. Ich möchte, dass Sie mir alles erzählen, was passiert ist.« Er betrachtete die Gallaghers an ihrer Seite und runzelte die Stirn, sein Blick war durchdringend. »Ich muss allerdings unter vier Augen mit Ihnen sprechen.«

»Wir sind ihre Familie«, sagte Graham, während er ihr die Schulter drückte. »Wenn Sie uns also trennen, weil Sie denken, dass wir diejenigen sind, die das getan haben, sollten Sie wissen, dass das kleine Mädchen uns mehr bedeutet als alles andere. Und ihre so genannten Großeltern da drüben haben gerade das Sorgerecht beantragt, obwohl sie sie noch nicht einmal kennengelernt haben. Wenn Sie jemanden befragen wollen, dann befragen Sie sie.«

Officer Lansing verengte die Augen. »Reden wir doch einfach mal Klartext, in Ordnung? Unser Ziel ist es, Rowan zu finden, Miss Brennen. Ich brauche alle Informationen, die ich bekommen kann, um sie zu schützen.«

Blake nickte und erzählte ihm alles, woran sie sich erinnern konnte, wie sie in diese Lage gekommen war. Ohne Teile der Vergangenheit würde er nicht verstehen können, warum die Carmichaels überhaupt versucht hatten, das Sorgerecht zu bekommen. Sie war sich nicht sicher, was sie darüber denken sollte, *wer* ihre Tochter entführt hatte, aber der Gedanke, dass irgendjemand auch nur ein einziges kostbares Haar auf dem Kopf ihres Babys krümmte, brachte sie dazu, schreien und um sich schlagen zu wollen.

»Sie haben mehr als ein Haus«, platzte Blake heraus, nachdem sie über eine Stunde lang mit den Beamten und Detectives gesprochen hatte, die inzwischen eingetroffen waren.

»Wie bitte?«, fragte Lansing. »Was meinen Sie damit?«

Blake fuhr mit einer Hand über ihr Gesicht, ihr Körper war erschöpft. Sie zog sich von Graham zurück, als er nach ihr griff. Sie konnte nicht denken, wenn er in der Nähe war, und weil sie sich ihm geöffnet hatte, hatte sie das Leben ihrer Tochter riskiert. Sie gab nicht Graham die Schuld für das, was passiert war, sondern sich selbst.

Also würde sie niemanden reinlassen. Nicht noch einmal. Sobald sie ihr Baby zurückhatte, würden sich die Dinge ändern. Das mussten sie, wenn sie irgendeine Form von Frieden finden wollte.

Da sie wusste, dass sie beobachtet wurde, antwortete sie dem Beamten: »Sie haben mehr als ein Anwesen. Die Carmichaels. Und ich glaube, sie haben auch eine Skihütte in Vail. Zumindest ist es das, woran ich mich nach all den Jahren noch erinnere. Ich weiß nicht, warum sie sie mitgenommen haben, außer um mir wehzutun, aber ich *weiß*, dass sie sie mitgenommen haben.« Sie ballte die Hände zu Fäusten und ihr Herz schlug schnell. »Da ist dieser Bauarbeiter, von dem alle sagen, dass er auch vermisst wird, und Sie suchen ihn auch im Zusammenhang mit dieser Sache. Ich weiß nicht, wie das alles funktioniert oder wie es weitergeht, aber ich möchte, dass Sie alle ihre Häuser überprüfen.«

»Wir tun alles, was wir können, um Ihre Tochter zu finden, Miss Brennen.«

»Dann strengen Sie sich mehr an!«, schrie sie, hielt sich die Hände über den Mund und schüttelte den Kopf. »Es tut mir leid«, murmelte sie. »Es tut mir so leid. Ich kann nicht …« Sie holte tief Luft. »Kann ich jetzt nach Hause fahren? Für den Fall, dass Rowan dort anruft? Brauchen Sie mich noch?«

Der Beamte warf ihr einen mitleidigen Blick zu. »Ja, Sie können nach Hause fahren. Ein Beamter wird Sie begleiten.«

Sie nickte und ihr Körper war wieder wie betäubt. Als sie sich auf den Weg zu ihrem Parkplatz machte, legte Graham seine Hand auf ihre.

»Lass mich dich fahren.«

Sie schüttelte den Kopf. »Ich muss von hier weg. Ich muss allein sein.« Sie konnte in diesem Moment nicht darüber nachdenken, was mit ihr und Graham los war. Sie konnte ihn im Moment einfach nicht in ihrer Nähe haben. Wenn er da war, war das nur eine Erinnerung daran, dass sie es vermasselt und sich selbst vertraut hatte, als sie es nicht hätte tun sollen. Sie musste sich auf Rowan konzentrieren. Das war das Einzige, was zählte. Weil sie geglaubt hatte, nur einmal in ihrem Leben eine ernsthafte Beziehung führen zu können, hatte sie ihre Tochter aus den Augen verloren und damit alles ruiniert.

»Du solltest jetzt nicht allein sein«, sagte Owen, während er sich auf ihre andere Seite begab. »Wir werden alle mit dir fahren. Was Graham vorhin gesagt hat, war die Wahrheit, wir sind deine Familie.«

Sie begegnete Owens Blick, dann dem von Murphy, bevor sie Graham ansah. Die Wut in seinen Augen brannte und sie hoffte, dass sie gegen den gerichtet war, der ihr Baby genommen hatte, und nicht gegen sie, aber sie war sich nicht sicher. Sie war sich über gar nichts mehr sicher.

»Gut«, sagte sie leise. Sie war zu müde, um gegen sie zu kämpfen. Sie würde für Rowan kämpfen, aber nicht für sich selbst. Nicht jetzt.

Sie ließ sich auf den Beifahrersitz ihres Wagens gleiten und Graham fuhr sie nach Hause. Die anderen Gallaghers hatten versprochen, sie würden sich um die anderen Fahrzeuge auf dem Parkplatz sowie um die Baustelle selbst kümmern, bevor sie ihr nach Hause folgten. Sie wusste nicht, was sie vorhatten, aber sie verdrängte es für den Augenblick. Wenn sie sich auf jede Kleinigkeit um sie herum konzentrierte, würde sie zerbrechen. Und sie konnte nicht für Rowan da sein, wenn sie wirklich über alle Maßen zerbrochen war.

Als sie auf den Parkplatz vor ihrem Wohngebäude

fuhren, nickte sie den Polizisten zu und stieg dann aus dem Wagen aus. Mrs. Gonzales lief zu ihr und warf die Arme um Blake.

»Oh, Blake, es tut mir so leid«, weinte die ältere Frau, während sie Blake festhielt. Blake zwang sich, die Umarmung der anderen Frau zu erwidern. Ihre Arme waren zu schwer und sie funktionierte nicht so wie sonst.

»Wir werden sie finden, Mrs. Gonzales«, sagte Graham neben ihr. »Ich werde Blake jetzt reinbringen. Kommen Sie allein zurecht? Meine Brüder werden auch bald hier sein.«

Mrs. Gonzales löste sich von Blake, bevor sie die Hand ausstreckte und Graham durch seinen Bart hindurch die Wange tätschelte. »Kümmern Sie sich um unser Mädchen. Ich komme schon zurecht. Aber wenn Sie etwas brauchen, lassen Sie es mich wissen.« Sie rollte die Schultern zurück. »Ich werde für diese feinen Beamten kochen, die unser Baby finden werden. Sie werden die Energie brauchen.« Sie deutete auf Blake. »Und du wirst mein Essen ebenfalls essen. Du darfst nicht vom Fleisch fallen, sonst ist nichts mehr da, wenn Rowan zurückkommt. Sie *wird* wiederkommen, mein Schatz.« Und damit stapfte Mrs. Gonzales davon, ihr Vorhaben war gefasst.

Blake hätte die andere Frau dafür umarmen können, aber nicht einmal das hatte sie in sich. Mit geradem Rücken machte sie sich auf den Weg die

Treppe hinauf und in ihre Wohnung. Graham folgte dicht hinter ihr.

»Du musst dich hinsetzen«, sagte er nach einem Moment.

Da wurde ihr klar, dass sie schweigend in der Mitte ihrer Wohnung gestanden und nichts gesagt hatte. Sie mochte diese gefühllose Version von sich selbst nicht. Wie sollte sie funktionieren und eine Hilfe sein, wenn sie sich kaum bewegen konnte?

»Mir geht es gut.«

Es ging ihr nicht gut.

»Möchtest du duschen?«, fragte Graham. Er streckte die Hand aus und berührte ihr Kinn.

Sie wich zurück.

Der verletzte Blick in seinem Gesicht durchbohrte sie, aber sie wusste, dass es das Beste war. Sie tat ohnehin nicht, was sie tun musste, und dass Graham sie berührte, würde nicht helfen.

»Warum sollte ich eine Dusche brauchen?«, fragte sie mit hölzerner Stimme.

Graham steckte die Hände in die Taschen und sah so verloren aus, wie sie sich fühlte. »Weil man unter der Dusche nachdenkt. Es wird etwas vom Tag wegspülen, damit du dich besser konzentrieren kannst.« Er seufzte. »Ich weiß es nicht, Blake. Ich versuche nur zu helfen.«

»Nun, ich brauche deine Hilfe nicht.« Sie atmete durch die Nase ein. »Du hast schon genug geholfen. Also geh, okay? Ich bin zu Hause. Ich bin in Sicherheit. Aber meine Tochter ist es nicht. Ich muss mich darauf konzentrieren und auf nichts anderes.«

Er öffnete den Mund, um zu sprechen, hielt aber inne, als jemand an die Tür klopfte. »Ich mache auf«, sagte er leise.

Sie drängte sich jedoch an ihm vorbei. Was, wenn es Rowan war? Blake wusste, dass sie sich Graham gegenüber wie ein Miststück verhielt, obwohl er nur versucht hatte, ihr zu helfen, aber sie konnte sich selbst nicht trauen, wenn sie ihn zu nahe an sich heranließ.

Als sie die Tür öffnete, war es nicht Rowan, sondern Maya, Jake und Border. »Was macht ihr denn hier?«

»Willst du mich verarschen?«, fragte Maya. »Wo sollten wir sonst sein?« Maya umarmte Blake fest und ging aus dem Weg, damit Jake und Border eintreten konnten. Sie umarmten sie ebenfalls und bevor Blake die Tür schließen konnte, waren auch Owen und Murphy da.

Sie hätte sich geliebt fühlen sollen, gebraucht, mit allen, die für sie da waren. Aber sie konnte nicht ganz verstehen, wie das alles passiert war. Den größten Teil des Lebens ihrer Tochter hatte sie damit verbracht, Menschen auf Abstand zu halten, aber jetzt hielten sich unzählige Menschen in ihrer Wohnung auf, die sich Sorgen um sie und Rowan machten. Sie konnte sogar den Duft der Speisen aus Mrs. Gonzales' Wohnung wahrnehmen und Blake wusste, dass ihre

Nachbarin bald mit etwas zu essen bei ihr auftauchen würde.

Diese Leute kümmerten sich um sie und waren besorgt um Rowan. Sie sollte dankbar sein, und doch fühlte sie sich wie eine erstklassige Schlampe.

Sie wollte, dass sie gingen, sie in Ruhe ließen, damit sie die sein konnte, die sie sein musste. Die Dinge waren sicherer, wenn sie allein war. Und ja, das klang idiotisch, da keiner der Menschen in ihrer Wohnung direkt für das verantwortlich war, was passiert war, aber sie konnte im Moment nicht anders, als irrational zu sein.

Graham legte seinen Arm um ihre Taille und zog sie zurück an seine Brust. »Atme, Blake. Du musst atmen.«

Sie hatte nicht bemerkt, dass sie die Luft angehalten hatte, und als sie ausatmete, brannte ihre Lunge und ihre Gedanken wurden unscharf.

»Ich glaube, ich gehe jetzt duschen.« Es war der einzige Ort, an dem sie allein sein konnte.

Die anderen warfen ihr verständnisvolle Blicke zu und sie hasste das Mitleid in ihren Gesichtern. Schnell huschte sie davon, nahm ihr Handy mit, nur für den Fall, dass jemand anrief, und schaltete die Dusche ein. Sobald das Wasser heiß genug war, um sich zu verbrühen, zog sie sich aus und stellte sich unter den Strahl.

Erst dann ließ sie die Tränen fließen.

Ihr Körper bebte und sie schluchzte, ihre Kehle

schmerzte, als sie schrie und sich wand. Die Tränen vermischten sich mit dem heißen Wasser, glitten ihr Gesicht hinunter und in den Abfluss zu ihren Füßen. Es tat ihr weh, aber das war nichts im Vergleich zu den Gedanken an ihre Tochter und was sie jetzt durchmachen musste. Sie betete, dass, wer auch immer sie hatte, ihr nicht wehtun würde. Vielleicht wollte derjenige Blake nur Angst einjagen, Rowan aber nichts antun? Sie wagte nicht, an etwas anderes zu denken, denn wenn sie das tat, würde sie noch mehr zusammenbrechen.

Sie hätte sich gar nicht erst die Zeit nehmen sollen, jetzt zusammenzubrechen, aber sie hatte es nicht länger zurückhalten können.

Als sich die Badezimmertür öffnete, schloss sie die Augen und versuchte, ihre Tränen zurückzuhalten. Als jemand den Vorhang zurückzog und das Wasser abstellte, öffnete sie die Augen und sah nur Graham dort. Er warf ihr einen Blick zu, den sie nicht deuten konnte, und griff nach einem dicken Handtuch, das sie an den Haken neben der Dusche gehängt hatte. Als er es um sie wickelte, lehnte sie sich an ihn, obwohl sie wusste, dass sie es nicht sollte. Sie musste Abstand von ihm halten, aber in diesem Moment gingen ihre Gedanken in so viele verschiedene Richtungen, dass sie nicht wusste, was sie tun sollte.

Anstatt sie aus der Dusche zu führen, hob er sie hoch und wiegte sie an seiner Brust.

»Ich werde deine Kleider nass machen«, flüsterte sie.

»Scheiß auf meine Klamotten. Ziehen wir dich an und trocknen dich ab, damit du dich nicht erkältest.«

Sie schaute über seine Schulter und streckte die Hand aus. »Ich brauche mein Telefon.«

Er schüttelte den Kopf. »Es ist in meiner Hand, hinter deinem Rücken. Wenn jemand anruft, werden wir es wissen.«

Graham stellte sie auf die Füße und ließ das Handtuch auf den Boden gleiten, sodass sie nackt und entblößt in ihrem Schlafzimmer stand. Natürlich hatte sie sich ihm schon einmal so gezeigt, aber diesmal war nichts daran sexy. Er strich ihr mit dem Handtuch über den Körper, so sanft wie möglich mit seinen großen Händen, bevor er ihr das Handtuch um die Schultern wickelte und sich wieder der Kommode zuwandte.

Er war noch nicht oft genug bei ihr zu Hause gewesen, um zu wissen, wo alle Sachen waren, also brauchte er ein bisschen, um ein paar Klamotten für sie zu finden. Wenn sie bei ihm gewesen wären, hätte sie natürlich alles von ihm finden können, weil er sie hereingelassen hatte.

Sie hatte ihn immer ein wenig von sich ferngehalten, auch wenn sie sich eingeredet hatte, dass sie ihn liebte.

Und doch, egal wie sehr sie es versucht hatte, ihre Welt war trotzdem aus den Fugen geraten.

Er half ihr schweigend beim Anziehen, während ihr Herz in ihren Ohren pochte. Sie mochte diese Person, zu der sie geworden war, nicht und wusste, dass sie sich zusammenreißen und ihr Bestes tun musste, um ihre Tochter zu finden.

Sie atmete aus, als Graham ihr beim Anziehen half, und fuhr mit der Hand über seinen Bart. »Danke.«

Graham seufzte und sein Körper zitterte. »Gott, Blake. Ich weiß nicht, wie ich dir helfen soll. Dieses kleine Mädchen bedeutet mir so verdammt viel, und ich weiß nicht, wie ich helfen soll. Ich wünschte, es gäbe jemanden, der uns sagt, was wir jetzt tun sollen, aber egal, was passiert, ich bin hier, wenn du mich brauchst, okay? Ich bin da.«

Sie nickte, obwohl sie auch nicht sicher war, was sie tun sollte. Ohne ein weiteres Wort schob sie sich an ihm vorbei ins Wohnzimmer, wo sich die anderen versammelt hatten. Mrs. Gonzales hatte etwas zu essen vorbeigebracht und war laut Murphy in ihre Wohnung zurückgekehrt, um mehr für »die netten Polizisten« zu kochen.

Blake fuhr sich mit der Hand durch ihr nasses Haar und ärgerte sich über sich selbst, weil sie keine Spülung hineingetan und sich nicht einmal die Mühe gemacht hatte, es zu bürsten. Aber wen interessierte das schon, wenn Rowan verschwunden war?

Ihr Telefon klingelte und sie nahm das Gespräch an, ohne überhaupt auf das Display zu sehen. Im

Raum wurde es so still, dass sie ihr Herz in ihren Ohren schlagen hören konnte. »Rowan?«

»Miss Brennen, hier ist Officer Lansing. Wir haben Rowan.«

Ihre Beine knickten unter ihr weg und sie fiel zu Boden. Graham war sofort an ihrer Seite, während sich die anderen nur einen Moment später auf sie zubewegten.

»Ist sie okay? Ist sie verletzt? Kann ich mit ihr reden?«

»Oh, Gott sei Dank«, flüsterte Owen, aber Blake ermahnte ihn, still zu sein. Sie musste in der Lage sein, Officer Lansing zu hören.

»Sie ist unverletzt, aber sie wird vorsichtshalber noch untersucht. Wir werden sie bald zu Ihnen nach Hause bringen und Ihnen alles erzählen.«

Erneut glitten Tränen über Blakes Wangen. »Was ist passiert? Wer hat sie entführt? Kann ich mit ihr reden?« Sie stellte die letzte Frage noch einmal, weil sie die Stimme ihrer Tochter hören wollte.

»Rowan ist gerade beim Sanitäter und dann setzen wir sie in den Wagen und bringen Sie zu Ihnen nach Hause. Ich halte mich nicht in ihrer Nähe auf, denn ich bin in Denver und Rowan wurde in Vail gefunden. Sonst würde ich Sie sofort mit ihr telefonieren lassen.«

»Vail?«, hakte sie nach und ihre Augen wurden groß. »Sie war in der Skihütte, nicht wahr? Oh mein Gott, sie haben sie tatsächlich mitgenommen.«

»Es sieht so aus, Ma'am. Aber wir werden nicht mehr wissen, bis wir unsere Untersuchung fortsetzen. Warten Sie einfach ab. Wir werden Ihre Tochter in Kürze zu Ihnen nach Hause bringen.«

Sie nickte, obwohl er sie nicht sehen konnte, und legte den Hörer auf, nachdem er ihr eine ungefähre Zeit genannt hatte.

»Sie haben sie gefunden«, flüsterte sie.

»Die Carmichaels haben sie tatsächlich entführt?«, fluchte Graham. »Ist das dein verdammter Ernst?«

Blake blinzelte zu ihm hoch. »Ja, es sieht so aus. Ich weiß, mein Anwalt hat vorhin angerufen, um mir mitzuteilen, dass der Fall abgewiesen werden könnte, aber ich hätte nie wirklich gedacht, dass sie die Sache so in die Hand nehmen würden.«

»Aber was ist mit Sean, dem Subunternehmer?«, fragte Owen.

Sie schüttelte den Kopf. »Ich … ich weiß es nicht.«

Sie wusste nicht viel, außer dass ihr Baby nach Hause kommen würde.

Gott. Sei. Dank.

Es dauerte fast zwei Stunden, bis Rowan zu Hause eintraf. Bei der Fahrt, dem Verkehr und dem Papierkram hatte Blake schon Angst, dass sie sich alle Haare ausreißen würde, bevor sie ihr kleines Mädchen wiedersah.

Als der Beamte die hintere Tür seines Wagens öffnete, sprang Rowan heraus und lief mit voller Wucht auf Blake zu. Blake kam ihrer Tochter auf halbem Weg entgegen und drückte Rowan an sich.

»Oh mein Gott, Rowan. Ich liebe dich so sehr.« Sie beugte sich hinunter und streichelte Rowans Gesicht, bevor sie sie eingehend musterte.

»Ich wollte nicht mit dem bösen Mann gehen, Mom. Ich schwöre es. Aber er hat mich gezwungen.« Rowan fing an zu weinen und Blake brach für sie zusammen. »Ich habe dich so sehr vermisst. Bitte zwing mich nicht, mit den bösen Menschen zu leben. Bitte.«

Blake hielt ihre Tochter fest im Arm. »Du wirst nie mit ihnen leben müssen. Du wirst nur bei mir bleiben, mein Schatz. Du gehörst zu mir.«

Als Graham sich neben Blake stellte, riss Rowan sich los und sprang Graham in die Arme. Er schaute einen Moment lang erschrocken, dann hob er sie hoch und umarmte sie fest.

»Ich bin so froh, dass du hier bist, Knirps.«

»Ich hab dich lieb, Mr. Graham«, sagte Rowan, während sie sich an Graham schmiegte.

Blake stand auf wackeligen Beinen da und ihr brach das Herz. Es musste etwas in ihrem Gesicht gewesen sein, denn Graham sah genauso gebrochen aus. Er stellte Rowan zurück auf die Füße und klopfte ihr auf den Rücken. »Geh zurück zu deiner Mom, Baby. Sie braucht dich.«

Rowan nickte und klammerte sich wieder an Blake.

»Wir sind jetzt in Sicherheit«, sagte Blake leise. »Du kannst gehen.«

Graham begegnete ihrem Blick, Resignation in seinem Gesicht. »Wenn es das ist, was du willst.«

»Das ist es, was ich will«, flüsterte sie.

Er presste die Lippen aufeinander, nickte ihr knapp zu und machte auf dem Absatz kehrt. Owen und Murphy, die den ganzen Austausch mitbekommen hatten, schüttelten nur den Kopf und folgten ihrem Bruder zu den Fahrzeugen.

Sie wusste, dass sie einen Fehler machte, aber sie konnte nicht zu intensiv darüber nachdenken, nicht wenn sie Rowan an erste Stelle setzen musste. Ihre Tochter würde *immer* an erster Stelle stehen. Sogar vor sich selbst.

Obwohl Rowan viel zu groß war, hob Blake sie auf und trug sie ein Stück, bevor sie die Treppe erreichten. »Komm, wir bringen dich rein, während die Beamten sich unterhalten.«

»Wohin geht Mr. Graham?«, fragte Rowan, während sie sich das Gesicht abwischte.

»Nach Hause, Schatz. Jetzt bringen wir *dich* nach Hause. Es sind nur wir beide, richtig? Wir sind ein gutes Team.«

Rowan schniefte, ging aber mit Blake auf den Fersen die Treppe hinauf.

Es stellte sich heraus, dass der Subunternehmer, den die Gallaghers als Ersatz für ihren verletzten Mitarbeiter eingestellt hatten, eigentlich von den Carmichaels angeheuert worden war. Und er hatte offenbar auch noch einen anderen Plan, falls Owen sich für jemand anderen entschieden hätte. Er war auch derjenige gewesen, der Gary auf der Baustelle verletzt hatte. Bei seinem Auffinden hatte er alles ziemlich schnell gestanden. Er hatte Rowan kein einziges Haar gekrümmt, aber er hatte alle zu Tode erschreckt.

Gegen die Carmichaels wurde Anklage erhoben und Blake wurde versichert, dass die Frage des Sorgerechts für immer vom Tisch sei. Vielleicht würde sie sich eines Tages auch entspannen können, aber im Moment musste sie ihre Tochter ins Bett bringen. Obwohl Owen und Murphy mit Graham gegangen waren, waren Maya und ihre Männer geblieben.

Sie hatten beim Aufräumen geholfen und die Presse in Schach gehalten, seit eine Vermisstenmeldung herausgegeben worden war. Sie hatten so viel für sie getan, und doch wollte Blake einfach nur mit ihrer Tochter allein sein.

»Es ist Zeit fürs Bett, Baby«, sagte Blake sanft.

»Willst du bei mir schlafen oder in deinem eigenen Bett?«

»Bei dir«, sagte Rowan, ihre Augen schläfrig. »Aber ich möchte, dass Mr. Graham mir eine Geschichte vorliest. Ich mag seine Stimme. Bei ihm fühle ich mich sicher.«

Wenn ihr jemand in diesem Moment mit einem rostigen Messer ins Herz gestochen hätte, hätte es nicht so weh getan, wie das zu hören.

»Graham ist nicht hier, Baby.«

Rowan schniefte. »Aber ich will Mr. Graham.«

»Wie wäre es, wenn ich dir eine Geschichte vorlese, Zwerg?«, sagte Jake hinter ihnen. »Ich habe nicht so eine tiefe Stimme wie Graham, aber er hat mir als Kind oft vorgelesen, also kann ich die Stimmen richtig hinbekommen.«

Rowan ließ die Schultern sinken, aber sie nickte. »Danke, Mr. Jake.«

»Kein Problem, Schatz.« Er warf Blake einen Blick zu und ging an ihr vorbei. »Also, was lesen wir?«

Blake suchte ihnen ein Buch heraus und ging dann ins Wohnzimmer, weil sie immer noch nicht darüber nachdenken konnte, wie es weitergehen sollte.

»Was brauchst du von uns?«, fragte Maya. Sie hatte die Hand auf ihrem Bauch und Border stand wie ein stummer Wächter an ihrer Seite.

Blake leckte sich über die Lippen. »Ich möchte, dass ihr geht. Danke, dass ihr hier wart. Ich werde für immer dankbar sein und in eurer Schuld stehen. Aber ich möchte, dass ihr alle geht.«

Maya schüttelte den Kopf. »Tu nicht, was ich getan habe, und stoße jeden weg, der sich um dich sorgt, wenn du Angst hast. Okay, Blake? Distanziere dich nicht.«

Blake hob ihr Kinn. »Geht einfach. Bitte.«

Sie starrten sie ein wenig an, bevor sie ihre Sachen zusammenpackten. Jake kam kurz darauf aus dem Kinderzimmer und schüttelte den Kopf, bevor er ohne ein Wort ging.

Bald war sie allein. Sicher, Rowan war im Nebenzimmer, aber sie war immer noch allein.

Das war sie immer gewesen und das musste sie auch sein.

Mehr hatte sie nicht verdient.

Kapitel Sechzehn

DIE SONNE PRALLTE auf Grahams Gesicht und die Brise, die über seine Haut glitt, tat nichts, um die Hitze zu lindern. Es war schon viel zu lange her, dass er einen Fuß an diesen Ort gesetzt hatte, aber er wusste, dass es an der Zeit war zu sagen, was er zu sagen hatte.

Heute war der Jahrestag von Cynthias Tod und er wusste, dass dies der einzige Ort war, an dem er sein sollte. Es mochte ihn mit jedem Schritt ein wenig umbringen, aber ausgerechnet in diesem Jahr fiel es ihm nicht so schwer, auf ihr Grab zuzugehen.

Er hatte mit Blake und Rowan einen Blick auf das Licht jenseits der Dunkelheit geworfen und das hatte ihm gezeigt, dass er vielleicht noch eine Chance im Leben hatte.

Nicht dass er wüsste, was er damit machen würde, sobald er den nächsten Schritt herausgefunden hätte.

Als er sich seinen Weg durch das Labyrinth aus Grabsteinen, Blumen und Symbolen für Verlust und Erinnerung bahnte, ließ er den Atem, den er ange-halten hatte, aus seiner Lunge entweichen. Er würde sich heute verabschieden, wohl wissend, dass es nicht das letzte Mal sein würde, aber dennoch ein weiteres Mal. Und wenn er fertig war, würde er eine Flasche finden, um sich darin zu ertränken.

Nur für heute Abend.

Er hatte sich dieses Recht verdient, auch wenn es ihn beschämte.

An ihrem Grab stand der einzige Mensch, den er angerufen hatte, um ihn dort zu treffen. Jake, Owen und Murphy hatten ihm angeboten, ihm beizustehen, während er Blumen auf das Grab seines kleinen Mädchens legte, aber er hatte sie abgewiesen. Als ihre Onkel hatten sie ihre eigene Form des Friedens gefunden und an seiner Seite getrauert. Sie würden später vorbeikommen, das wusste er, aber im Moment gab es nur einen Menschen, der bei ihm sein musste.

Ein letztes Mal.

»Du bist gekommen«, sagte er, als er sich neben sie stellte.

Candice strich sich das Haar aus den dunklen Augen und Tränen liefen ihr über die Wangen. »Das bin ich. Natürlich bin ich das.« Sie atmete aus.

»Vorhin … nun, vorhin wollte ich mich dafür entschuldigen, dass ich an jenem Tag einfach so zu dir gefahren bin. Es tut mir leid, was ich zu deiner Blake gesagt habe, und wie unhöflich ich war. Ich war einfach so verloren und habe es an dir ausgelassen. Hauptsächlich weil ich weiß, dass du es aushalten kannst. So bin ich nicht, Graham. Und so sind wir auch nicht. Ich weiß, wir sind keine Freunde mehr, aber wir hatten mal ein gemeinsames Leben. Ich sollte meinen Schmerz nicht an dir auslassen, weil dieses Leben nicht mehr da ist.«

Graham steckte die Hände in die Hosentaschen und wippte auf seinen Fersen zurück. »Ich war an dem Tag so wütend auf dich. Eigentlich war ich sogar sehr wütend auf dich.«

»Mir ging es genauso«, sagte Candice mit einem Seufzer. »Deshalb sind wir auch nicht mehr verheiratet. Aber ich möchte nicht, dass Cynthia auf uns herabschaut, und ich möchte nicht, dass sie sieht, wie ihre Eltern sich hassen.« Seine Ex-Frau hielt ihm die Hand hin. »Es tut mir leid, wie ich mich verhalten habe, und ich verspreche dir, dass ich nie wieder bei dir vorbeikommen werde. Aber ich hoffe, dass wir uns eines Tages wiedersehen werden. Vielleicht hier.«

Er starrte ihre Hand lange an, bevor er sie schüttelte. Dann zog er sie in eine Umarmung, um sich von ihr zu verabschieden.

»Vielleicht nicht nächstes Jahr«, sagte er leise,

»aber vielleicht im Jahr danach. Wir werden uns hier treffen und unserem kleinen Mädchen zeigen, wie unser Leben ist.«

Candice zog sich zurück, nickte und wischte sich die Tränen weg. »Das würde ich gern. Und du solltest deine Brüder mitbringen. Ich weiß, dass sie deine Felsen in der Brandung sind, auch wenn du versuchst, nicht daran zu denken.« Sie hielt inne und runzelte die Stirn. »Und vielleicht auch Blake. Falls ich das nicht ruiniert habe.«

Graham schüttelte den Kopf und stieß ein raues Lachen aus. »Nein, ich glaube, das habe ich möglicherweise ganz alleine ruiniert.«

»Oh, Graham, ich hoffe, das ist nicht der Fall. Du warst so wütend auf mich, weil ich ihr wehgetan habe, dass ich dachte, sie muss dir etwas bedeuten.«

»Das tut sie.« Er zuckte mit den Schultern. »Aber ich weiß nicht, was dabei herauskommen wird. Und Candice? Ich möchte im Moment wirklich nicht darüber reden.«

Sie lächelte sanft. »Ich verstehe.« Sie wandte sich dem Grabstein ihrer Tochter zu. »Wir kommen zu ihrem Geburtstag und dem Jahrestag hierher. Der Typ, mit dem ich zusammen war, sagte, es sei zu viel, dass ich mich zu sehr an etwas klammere, das so weit weg ist. Aber wie kann es zu viel sein, zwei Tage im Jahr hierherzukommen?«

Graham schluckte schwer. »Hast du mit dem Typen Schluss gemacht?«

Candice schnaubte. »Ich habe es nicht lange mit ihm ausgehalten, nachdem er meinen Schmerz verspottet hatte.«

»Gut. Und was uns betrifft, die wir hierherkommen? Wir haben uns weiterentwickelt, auch wenn wir uns gleichzeitig vorwärts und rückwärts bewegen, wie es scheint. Dass wir hierherkommen, ist für ihr Andenken, und offen gesagt auch für unser eigenes. Wir werden sie nicht vergessen.«

»Ich werde das nicht tun. Auch wenn ich es zu Anfang versucht habe, weil es so wehtat. Aber ich werde sie nie vergessen.«

»Dann legen wir unsere Blumen auf ihr Grab, erzählen ihr von unserem Tag und kommen zu ihrem Geburtstag zurück.« Graham schluckte den Kloß in seiner Kehle hinunter. »Ich bin stärker, als ich es war, als wir damit angefangen haben, und ich weiß, dass du es jetzt auch bist. Und wenn die Zeit kommt, in der wir dieses Stück von dem, was sie war, nicht mehr sehen müssen, um so zu trauern, wie wir es brauchen, werden wir uns dem stellen.«

Candice sah ihn über ihre Schulter an. »Du bist ein guter Mann, Graham Gallagher. Ich hoffe, du und Blake kriegt das hin. Du verdienst dein Glück.«

Graham atmete aus, erwiderte aber nichts auf ihre Worte. Er wusste nicht, was mit ihm und Blake passieren würde. Sie hatte ihn rausgeschmissen und sich vor ihm verschlossen. Er hatte gesehen, wie sie ihre Schilde so fest um sich gewickelt hatte, dass sie kaum noch atmen konnte.

Als er sich von seiner Tochter und der Frau, die er einst geliebt hatte, verabschiedete, dachte er an die Frau, die er jetzt liebte, und an das kleine Mädchen, das ein Teil seines Lebens sein sollte. Sie würden niemals das ersetzen, was er gehabt hatte. Auf keinen Fall würde das jemals ein Problem für ihn sein. Aber er musste sicherstellen, dass Blake verstand, dass er ihr jetzt zwar Raum gab, sie aber nicht völlig aufgab.

Er liebte diese Frau und alles, was sie mit sich brachte. Sie mochte ihn manchmal mit ihrem hitzigen Temperament aus der Fassung bringen, aber er wusste, dass er ohne sie nicht leben konnte.

Er legte die Blumen, die er mitgebracht hatte, auf Cynthias Grab und atmete aus. »Ich liebe dich, Baby«, flüsterte er. »Sei brav da oben. Und wenn meine Zeit gekommen ist, möchte ich eine Umarmung, okay? Ich denke jeden Tag an dich, auch wenn ich lerne, wieder zu lieben. Du hast mir beigebracht, dass ich *fühlen* und einfach *sein* kann. Du bist mein Ein und Alles, Liebling, und dadurch habe ich gelernt, dass ich mehr haben kann. Also, danke, mein kleines Mädchen. Ruhe in Frieden, Cynthia. Ruhe in Frieden.«

Und damit verließ er mit Candice den Friedhof und ließ sie bei ihrem Wagen zurück, während er sich auf den Weg zu seinem machte. Er würde seine Ex-

Frau erst wiedersehen, wenn sie sich an der Grab-
stätte trafen. Und selbst dann war er sich nicht sicher,
ob sie überhaupt zur gleichen Zeit dort auftauchen
würden. Sie waren nicht mehr die gleichen
Menschen, die sie einmal waren, aber er hatte das
Gefühl, dass sie zu den Menschen wurden, die sie sein
mussten.

Und es war Blake zu verdanken, dass er dieser
Mann sein konnte.

Er hoffte nur, dass sie ihm die Chance dazu geben
würde.

———

Es dauerte vier Tage, um den Termin zu vereinbaren,
und als er Montgomery Ink betrat, lagen seine
Nerven blank. Wahrscheinlich gab es einen einfa-
cheren Weg, ihr von Angesicht zu Angesicht zu begegnen, aber das war das Erste, was ihm in den Sinn
gekommen war. Natürlich setzte er dabei seinen
Körper aufs Spiel, aber was war schon ein kleiner
Schmerz, wenn es um die Liebe ging und darum
herauszufinden, ob die Sache für immer erledigt war
oder nicht?

Als er die Tür zum Laden öffnete, hob Derek eine
Augenbraue, hörte aber nicht auf zu arbeiten. Maya
schüttelte nur den Kopf und deutete auf den hinteren
Bereich, wo Blake sich hoffentlich aufhalten würde.

Da Maya Teil des Planungsprozesses hierfür gewesen war, hoffte er, dass sie immer noch auf seiner Seite war.

»Oh mein Gott«, murmelte er vor sich hin.

»Vermassele es nur nicht«, rief Derek und die anderen lachten.

Er zeigte ihnen den Mittelfinger und machte sich auf den Weg zum Piercingraum im hinteren Teil des Ladens. Sie stand dort mit dem Rücken zu ihm und griff nach einer Schachtel mit Handschuhen. Durch diese Bewegung verrutschte ihr Hemd und er erhaschte einen Blick auf ihre Haut. Ihre Tattoos.

Er liebte alles an dieser Frau und er würde verdammt sein, wenn er sich für immer von ihr wegstoßen ließe.

»Blake.«

Sie drehte sich so schnell auf dem Absatz um, dass sie die Kartons in ihrer Hand fallen ließ. Da der oberste offen war, flogen überall Handschuhe umher. Eine Schachtel landete in der Nähe seines Fußes und er bückte sich seelenruhig, um sie aufzuheben.

»Ich glaube, das hier hast du fallen gelassen«, sagte er langsam. *Geschmeidig, Gallagher. Wirklich geschmeidig.*

»Du bist hier«, hauchte sie. »Was machst du denn hier?«

»Ich habe einen Termin.«

Ihre Augen weiteten sich und sie warf die Kartons auf den Tisch. »Du? Aber ich dachte, das wäre für

einen Typen namens Steve. Er will sich die Brustwarzen piercen lassen oder so. Ich weiß es nicht, da
Maya den Termin ausgemacht hat.« Sie schnaubte.
»Ich nehme an, du bist Steve, aber willst du dir wirklich die Brustwarzen piercen lassen?«

Graham ging auf sie zu, langsam, um sie nicht
zu erschrecken, und umfasste ihr Gesicht. »Ja, ich
glaube, das tue ich. Aber zuerst möchte ich, dass du
weißt, dass ich dich liebe, Blake. Ich liebe dich so
sehr. Es tat höllisch weh, dich und Rowan zu verlassen, als du mich darum gebeten hast, aber ich tat es,
weil du es wolltest. Zwing mich nicht, wieder zu
gehen, Blake. Sag mir nicht, dass ich weggehen soll.
Denn ich werde es tun. Nur für dich. Aber weißt du
was? Jedes Mal wenn du mir sagst, ich soll weggehen, komme ich gleich wieder zurück. Ich liebe
dich, Blake. Sei mit mir zusammen. Nimm mich
zurück.«

Er hatte nicht vorgehabt, so schnell damit heraus-
zuplatzen, aber offensichtlich war es das Richtige
gewesen, denn ein Lächeln breitete sich auf ihrem
Gesicht aus.

»Sag es noch mal.«

Er runzelte die Stirn. »Das alles. Weil ich nicht
weiß, ob ich das alles ein zweites Mal richtig
hinbekomme.«

Sie schüttelte den Kopf. »Nein, nicht alles davon.
Nur den Teil, wo du mir sagst, dass du mich liebst.«

Dann grinste er und strich mit den Daumen über

ihre Wangenknochen. »Ich liebe dich, Blake Brennen.«

»Ich liebe dich auch, Graham. Ich liebe dich auch schon viel länger als nur heute.«

Er war sich ziemlich sicher, dass sein Herz ihm bei diesen Worten aus der Brust springen würde, aber er presste seinen Mund nicht auf ihren, noch nicht. Er war fast vierzig Jahre alt und hatte noch nie so etwas gefühlt.

»Ich weiß, ich hätte dich nicht wegstoßen sollen«, fuhr sie fort. »Ich wusste, dass ich einen Fehler mache, sobald ich dich zur Tür hinausgehen sah. Ich wusste nur nicht, wie ich dir sagen sollte, dass ich ein Idiot war und dich in meinem Leben haben wollte. Ich bin schlecht darin, gute Entscheidungen zu treffen, und ich dachte, mit dir zusammen zu sein, wäre die falsche Entscheidung. Aber zur Hölle, ich habe alles noch schlimmer gemacht, weil ich ständig an mir gezweifelt habe. Du bist der Eine für mich, Graham. Geh nicht wieder weg, auch wenn ich dich darum bitte. Sei einfach bei mir, auch wenn ich ein bisschen verrückt bin, und ich werde an deiner Seite sein, wenn du das Gleiche tust.«

Er schnaubte. »Nennst du mich etwa verrückt?«

»Ja, aber deshalb passen wir ja auch zusammen.« Sie schloss die Augen und atmete aus. »Verdammt, du hast mir total den Wind aus den Segeln genommen, weißt du.«

Er legte den Kopf schief. »Hm?«

Sie rollte mit den Augen. »Ich wollte eigentlich heute zu dir kommen, weil Rowan endlich wieder in der Schule ist und ich einen freien Nachmittag habe. Dann hat Maya diesen Termin gemacht und ich konnte nicht absagen. Und wie sich herausstellte, warst du es!« Sie schüttelte lachend den Kopf. »Ich kann nicht glauben, dass du es warst.«

»Ich wäre schon früher hier gewesen, aber gestern warst du ausgebucht und hattest dir außerdem eine Auszeit genommen, um bei Rowan zu sein. Geht es ihr gut, Babe?«

Blake nickte. »Ja, sie ist so verdammt stark. Obwohl sie in meinem Bett geschlafen hat, denke ich, dass sie bald wieder in ihr eigenes zurückkehren wird.« Sie biss sich auf die Lippe. »Sie hat nach dir gefragt.«

»Ich weiß.«

Sie warf den Kopf in die Höhe. »Was?«

Graham zuckte mit den Schultern. »Jake sagte mir, sie wolle, dass ich ihr vorlese. Es hat mich fast umgebracht, dass ich es nicht tun konnte.«

Sie stieß einen zittrigen Atem aus. »Mich hat es auch fast umgebracht. Und da wusste ich, dass es um mich geschehen ist.«

Graham küsste sie sanft und seine Welt kam endlich zur Ruhe, nachdem sie schon viel zu lange aus den Fugen gewesen war. »Heirate mich, Blake. Lass mich dich offiziell zu der Meinen machen. Und Rowan auch. Seid meine Familie.« Er hielt inne. »Ich will mit euch nicht die Familie ersetzen, die ich verloren habe. Ich möchte, dass du das weißt. Aber ich will mit dir eine neue Familie gründen. Kannst du das tun? Können *wir* das tun?«

Blake warf die Arme um seinen Hals. »Ja! Ja, ich werde dich heiraten, und oh mein Gott, Rowan wird so glücklich sein. Ich meine, ich hätte sie zuerst gefragt, bevor ich antworte, aber sie ist ganz vernarrt in dich, seit du weg bist, also denke ich nicht, dass es ein Problem sein wird.« Sie küsste sein Gesicht und er lachte mit ihr und drückte sie an sich. »Graham, Blake und Rowan Gallagher. Das hört sich gut an.«

Grahams Herz schwoll auf das Doppelte seiner Größe an. »Ich liebe es, wie das klingt.«

Blake rutschte wieder an seinem Körper herunter und landete auf ihren Füßen. »Bist du übrigens wirklich hergekommen, um dir ein Piercing stechen zu lassen? Oder war es nur, um mich allein zu erwischen? Denn ich würde dir auf der Stelle deine Brustwarzen piercen. Die wären gepierct absolut heiß.«

Graham lachte leise. »Ja, ich finde, das klingt perfekt.« Er zog eine Schachtel aus seiner Hosentasche. »Und es passt gut, da ich hier einen Ring für dich habe. Du kannst mir einen Ring oder auch zwei für meine Brustwarzen verpassen. Oder vielleicht einen Barbell, aber das ruiniert irgendwie die Symbolik.«

Blake erstarrte. »Du … du hast einen Ring.«

Graham rollte mit den Augen und ließ sich auf

ein Knie nieder. »Natürlich habe ich einen Ring. Du hast bereits Ja gesagt, also kannst du das nicht mehr zurücknehmen.«

»Er ist so romantisch«, sagte Maya trocken hinter ihnen.

»Verpiss dich, Maya«, knurrte er.

»Ist dir eigentlich klar, wie vielen Leuten du in diesem knurrigen Tonfall sagst, sie sollen sich verpissen?«, fragte Derek unschuldig.

Graham ignorierte den Austausch hinter sich und starrte in die Augen der einzigen Frau für ihn. »Was sagst du, Babe, willst du meinen Ring tragen?«

Blake biss sich auf die Lippe. »Zur Hölle, ja. Und ich kann es kaum erwarten, dass du meinen trägst.«

Er ließ den Solitär auf ihren Finger gleiten und presste seinen Mund auf ihren. Er hatte seine Frau, sein Leben, sein Ein und Alles.

Graham hätte nie gedacht, dass er in einem neuen Leben mit einer neuen Familie landen würde. Er dachte wirklich, er würde so sterben, wie er gelebt hatte – allein, aber zufrieden. Mit seinen Händen arbeitend und einem halben Herzen. Dann war Blake in sein Leben und auf seine Baustelle geschlendert. Er hätte schon beim zweiten Mal, als er sie mit dem Schwanz seines Bruders in der einen und einer Nadel in der anderen Hand gesehen hatte, wissen müssen, dass er sich in sie verlieben würde, aber manchmal brauchte es ein bisschen mehr als das, damit er es verstand.

Sie hatte ihm den Glauben an das Leben und die Vorstellung einer Zukunft zurückgegeben. Er hatte das Fundament schon vor langer Zeit gelegt, obwohl er Angst gehabt hatte, dass es Risse bekommen würde, als er seine Bestimmung verloren hatte. Aber sie hatte ihm wiedergegeben, wer er war, und würde ihm helfen, ein neues Leben aufzubauen.

»Ich liebe dich«, flüsterte er.

Sie fuhr mit einer Hand durch seinen Bart. »Ich liebe dich auch. Jetzt setz dich auf den Stuhl und zieh dein Hemd aus. Das wird nur ein bisschen wehtun.«

Er lachte, tat aber, wie geheißen. »Du bist die einzige Frau, der ich mit einer Nadel und einem Barbell in der Hand in meiner Nähe vertraue. Ich meine ja nur.«

Blake lächelte und tätschelte wieder seinen Bart. »Ach, du liebst mich wirklich.«

Er griff um sie herum und packte ihren Hintern. »Ja, das tue ich. Jetzt pierce mich, damit wir nach Hause fahren und ficken können.«

Sie klimperte mit den Wimpern. »Ach, Baby, du sagst die süßesten Sachen.«

Graham lächelte und sah ihr bei der Arbeit zu. Er war kein sonderlich eloquenter Mann, aber er wusste, dass sie ihn und seine Bedeutungen besser als jeder andere verstand.

Er hatte seine Blake gefunden, seine Familie, seine Zukunft. Und mit jedem neuen Tag konnte er es kaum erwarten zu sehen, wohin ihn diese Frau als Nächstes führte.

Die Gallagher-Brüder:
Passion Restored – Geheilte Leidenschaft

Weiter in der Montgomery Ink Reihe:
Ink Exposed -

Bücher von Carrie Ann Ryan

Montgomery Ink Reihe:
Delicate Ink – Tattoos und Überraschungen (Buch 1)
Tempting Boundaries – Tattoos und Grenzen
(Buch 2)
Harder than Words – Tattoos und harte Worte
(Buch 3)
Written in Ink – Tattoos und Erzählungen (Buch 4)
Ink Enduring – Tattoos und Leid (Buch 5)
Ink Exposed – Tattoos und Genesung (Buch 6)

Novellas:
Ink Inspired - Tattoos und Inspiration (Buch 0.5)
Ink Reunited – Wieder vereint (Buch 0.6)
Forever Ink - Tattoos und für immer (Buch 1.5)
Hidden Ink – Tattoos und Geheimnisse (Buch 4.5)

Die Gallagher-Brüder:
Love Restored – Geheilte Liebe (Buch 1)
Passion Restored – Geheilte Leidenschaft (Buch 2)

Und auch die folgenden Bücher von Carrie Ann Ryan werden in Kürze auf Deutsch erhältlich sein:

Aus der »Montgomery Ink Reihe«:
Inked Expressions (Buch 7)
Inked Memories (Buch 8)
Fallen Ink (Buch 9)
Restless Ink (Buch 10)
Jagged Ink (Buch 11)
Wrapped in Ink (Buch 12)
Sated in Ink (Buch 13)
Embraced in Ink (Buch 14)
Seduced in Ink (Buch 15)
Inked Persuasion (Buch 16)

Aus der Reihe »Die Gallagher-Brüder«:
Hope Restored (Buch 3)

Biografie

CARRIE ANN RYAN ist eine *New York Times* und USA Today Bestsellerautorin moderner und übersinnlicher Liebesromane. Außerdem schreibt sie Literatur für junge Erwachsene. Ihre Arbeit umfasst die »Montgomery Ink Reihe«, »Redwood Pack«, »Fractured Connections« und die »Elements of Five«-Reihe. Weltweit hat sie über vier Millionen Bücher verkauft.

Sie hat bereits während ihres Chemiestudiums mit dem Schreiben begonnen und hat seitdem nicht mehr aufgehört. Inzwischen hat Carrie Ann mehr als fünfundsiebzig Romane und Novellen fertiggestellt – und ein Ende ist nicht in Sicht. Carrie Ann wurde in Deutschland geboren und hat schon überall auf der Welt gelebt. Wenn sie sich nicht gerade in ihrer emotionalen und aktionsgeladenen Welt verliert, liest sie gern, während sie sich um ihr Katzenrudel kümmert, das mehr Anhänger hat als sie selbst.

Besuchen Sie Carrie Ann im Netz!
carrieannryan.com/country/germany/
www.facebook.com/CarrieAnnRyandeutsch/
twitter.com/CarrieAnnRyan
www.instagram.com/carrieannryanauthor/